必讀 精選

韓國
古典文學

⑧

유충렬전
조웅전

明文堂

고전은 겨레의 문학적 뿌리

　고전은 절대로 골동품이 아니다. 고전은 시대의 흐름 속에 살아 있으며 서민대중과 호흡을 같이하는 데에 의의(意義)가 있다. 인류가 문자생활(文字生活)을 영위한 이래 수많은 문자의 기록이 생성 소멸되었고, 혹은 오늘에 이르도록 유존(遺存)되어 왔으나, 그 가운데서도 유독 문학유산(文學遺産)처럼 각 시대의 대중들과 더불어 희로애락을 함께 한 기록은 거의 없다. 이것은 문학이 딱딱한 지식이나 까다로운 도덕률을 전파하려 함이 아니라, 인간생활의 정서와 취미를 풍부하고 다채롭게, 그리고 아롱지게 하는 진정한 서민대중의 벗이기 때문이다. 그러므로 수많은 고전 중에서도 문학적인 소산(所産)만은 그 지닌 바 생명이 장구하며 무궁하다. 그러나 이와 같이 구원(久遠)한 생명을 지니고 있음에도, 고전문학은 동서양을 막론하고 현대의 독서층과는 오히려 먼 거리에 있었고, 오직 일부 식자층(識者層)의 독점물인 양 인식되어 왔던 것이다.

　그 이유는 고전문학이 각기 그 시대의 문자, 즉 고어로 씌어져 있으므로, 그러한 고어(古語)에 어두운 후세 사람들은 읽기도 어렵거니와 시대 상황의 차이에 따라 내용 자체를 이해하기조차 힘들었던 탓으로 고전 문학은 오직 고어(古語)를 알고 고전을 이해할 능력의 있는 고어파(古語派)들의 연구대상으로서만 겨우 그 명맥(命脈)을 유지해 왔던 것이다. 우리는 이와 같은 점에 느끼는 바 있어, 고전소설을 한시 바삐 오늘날의 독자대중 앞에 보이고자 하는 초조한 마음으로,

첫째, 고전의 원모습을 그대로 지니면서도 현대인의 독서에 편하도록 문체와 체제를 다듬었고,

둘째, 일시에 고전을 조감(鳥瞰)할 수 있도록 전질(全帙)의 형식과 낱권으로도 읽을 수 있도록 편집하였으며,

셋째, 가급적 많은 독서대중에게 보급하기 위하여 염가판으로 이루어 놓은 것을 무엇보다 자랑스럽게 생각하는 바이다.

고전은 현대의 바탕이요, 이 현대는 다시 미래를 계시(啓示)해 주는 것이다. 따라서 고전에 무지할 때 현대는 우매해지고 미래를 기대할 수 없게 된다.

고전의 생명과 가치는 바로 여기에 있다. 우리의 고전소설들은 조선 일대(一代)에 걸치는 선조들의 흥분과 정서와 감각이 서려 있는 주옥 같은 작품들이다. 이것을 읽을 때 우리는 선인들의 감정세계를 거닐게 되고, 또 그들의 숨결도 느끼게 된다. 이 얼마나 즐겁고 고상한 정신의 산책(散策)인가 !

고전을 읽자 ! 겨레의 문학적 뿌리인 고전을 읽어야 한다.

한국고전문학대계(韓國古典文學大系) 편집위원

代 表 張 德 順

必讀精選 韓國古典文學大系

○ 차례 ○

劉忠烈傳

　대명(大明) 영종황제(英宗皇帝) 즉위초에 명나라 황실은 미약하고, 법령이 잘 시행되지 않아 남만북적(南蠻北狄)과 서역(西域)등 강성한 외적들이 모반할 뜻을 두고 있었다. 따라서 천자는 남경(南京)에 머물러 있을 생각이 없고, 다른 곳으로 도읍을 옮겨보려고 하시었다.

　그런데 마침 창해국(蒼海國) 사신으로 임경천이란 사람이 왔다. 천자는 이를 반가이 맞이하고, 융숭하게 대접한 후 우선 천도(遷都)에 대해서 의논하시었다. 이에 대해서 임경천은,

　"소신이 옥루에서 육대 산천을 *망기(望氣)하니 금황지지가 마땅한 줄로 아옵니다. 천하명산 오악(五嶽) 중에서 남악 형산(衡山)이 가장 신령한 산으로 일국주룡이 되고, 창오산(蒼梧山) 구리봉은 변화하여 외청룡되었고 소상강(瀟湘江) 동정호(洞庭湖)는 수세가 광활하여 내청룡되어 있어서 내수구를 막았으니 제왕조가 장구할 것이요, 또한 소신이 수년 전에 본국에서 망기하온즉 북두칠성 성기가 남경에 하강하고, 삼태성 채색이 황성에 비쳤으며, *자미원(紫微垣) 대장성이 떨어졌나이다. 이것은 미구에 신기한 영웅이 날 징조인데, 황상께선 어찌하여 조그마한 일로 금성지지(金城之地)를 놓으려고 하시며, 선황제마다 구방지지(舊邦之地)를 어찌 일조에 놓으려 하시나이까?"

하고, 아뢰었다. 천자는 이런 말을 들으신 뒤, 마음이 쇄락(灑落)하여 도읍 옮기심을 피하시고, 국사를 다스리시기에 전념하시었다. 이 때문에 시절은 태평하고, 인심은 더없이 좋았다.

　이때, 조정에 유심이라 하는 한 신하가 있었다.

　전일 선조황제 개국공신 유기(劉基)의 십삼대 손이요, 전 병부상서(兵部尚書) 유헌의 손으로 세대명가이며, 공후장록이 그 집에서 떠나지 아니했다. 유심은 벼슬이 정언주부이며, 사람됨이 정직하고, 성정이 민첩하고 마음이 충성해서 국록은 점점 늘고, 가산은 비길 데 없이 부유했다. 게다가 작법이 화평하고, 세상공명은 일대의 제일인지라,

---

*망기(望氣)──나타나 있는 기운을 바라보아 조짐을 알아냄.
*자미원(紫微垣)──삼원(三垣)의 하나인 성좌.

그야말로 만민이 칭송하는 바가 되었다.

다만 그에게 섭섭한 것이 있다면, 슬하에 일점 혈육이 없는 점이었다. 이 때문에 유심은 자나깨나 한탄하고, 선조에 제사를 드릴 때마다 혼자 앉아 우는 것이 일과였다.

"내 몸에 무슨 죄가 있어 국록은 먹으면서도 자식이 없소이까. 그러니 세상이 좋다한들 좋은 줄 어찌 알며, 부귀가 영화된 줄 어찌 알겠소. 죽어서 선산에 묻힌 백골 뉘라서 거두며, 선영향화(先塋香火)를 뉘라서 주장하리오 ! "

이런 말을 하며, 하염없는 눈물로 옷깃을 적시고 한없이 서러워해서, 보는 사람이 민망할 정도였다.

부인 장씨는 이부상서(吏部尚書) 장윤의 장녀였다. 남편의 옆에 앉아 있다가 이런 말을 듣고 일심이 비감하여지며 탄식하여 말하길,

"상공의 무후함은 소첩의 박복한 탓인 줄로 아오. 첩의 죄를 논하자면 벌써 버리셔야 할 것인데, 상공의 음덕으로 지금까지 부지하오니, 부끄러운 말씀 어찌 다할 수 있겠소. 듣자오니 천하의 절승한 산이 남악의 형산이라 하오니 수고를 생각하지 말고 산신께 발원하여 정성이나 들여 보사이다."

이 말을 듣자, 정언주부 유심은,

"하늘이 전지하셔서 팔자에 없는 것인데, 빌어서 자식을 낳는다면 세상에 무자한 사람이 있겠소."

하되, 장부인 여쭙기를,

"대체를 생각하면 그 말씀도 당연하오만, 만고 성현 공자(孔子)도 이구산에 빌어 낳았고, 성나라 정사산도 우싱산에 빌었으니 우리도 빌어 보사이다."

이에 주부는 마침내 삼칠일 재계를 하고 소복으로 정성껏 단장한 다음, 제물과 축문 등 갖출 대로 죄다 갖추어 가지고 부인과 함께 남악 형산을 찾아갔다. 형산의 산세는 웅장하여 봉우리가 우뚝우뚝 솟았고, 푸른 솔은 거침없이 울창하고, 층암절벽에 각색 백화가 다 푸르러 있었다. 소상강 아침 안개는 동정호로 돌아 들고, 창오산 저문 구

름은 호산대로 돌아가고 있었다. 강수성을 바라보며, 휘어진 수양가지를 부여잡고 육칠 리 들어가니 두 내외 앞에 연화봉이 우뚝 솟아 보이었다. 꼭대기에 올라서서 사방을 살펴보니 그 옛날 하우씨(夏禹氏)가 구년 치수를 하시느라고 파들어간 층암절벽의 옛터가 어제 일인 듯 완연하게 보이며, 산천이 매우 엄숙한 곳에다 천제단(天祭壇)을 높이 쌓아 백마를 잡던 곳이 또한 완연해 보이었다.

돌아서서 후면을 보면, 옛날 위부인(衛夫人)이 서동 오륙인을 데리고 도착하던 일층단이 무너져 있었다.

주부내외는 이곳에다 일층단을 따로 모아 젯밥을 정결하게 담아 놓기 시작했다.

그리하여, 부인은 단 아래에 엎드리고 주부는 단 위에 엎드려 분향 재배하고, 이미 마련한 축문을 맑은 음성으로 읽어 내려갔다.

그 축문에 하였으되,

'*유세차(維歲次) 갑자년 갑자월 갑자일에 대명국 동성문내에 거처하는 유심이 형산(荊山) 신령전에 비나이다. 오호라 대명태조 창국 공신의 후손이라, 선대의 공덕으로 부귀를 겸전하고 일신은 *무양(無恙)하나 *연광(年光)이 반이 넘도록 일점혈육이 없으니 사후 백골인들 뉘라서 *엄토(掩土)하며, 선영향화를 뉘라서 봉사하리요. 이리하여, 필시 인간의 죄인이 될 것이라 생각하니 원한이 만심이라, 이러한 고로 더러운 정성을 신령전에 발원하오니 황천은 감동하와 자식 하나 점지하옵소서.'

맑은 음성으로 이렇듯 정성껏 비니, 지성이면 감천이라고 신령인들 어찌 무심할 수 있겠는가. 과연 부인은 이날밤 일몽을 얻었다. 단상의 오색 구름을 사면에 옹위한 일위 선관(仙官)이 청룡을 타고 내려와 말하되,

---

*유세차(維歲次)──'이 해의 차례는'의 뜻으로 제문(祭文)의 첫머리에 쓰이는 문투.
*무양(無恙)──별 탈 없음.
*연광(年光)──세월.
*엄토(掩土)──흙이나 덮어서 간신히 지내는 장사.

"나는 청룡을 차지한 선관인데 *익성(翼星)이 무도(無道)하기 때문
에 상제께 아뢰어 익성을 벌주라 하여, 다른 방으로 귀양을 보내었
소. 그러나 익성이 이를 *함혐(含嫌)하여 백옥루 잔치 때에 익성과
대전한 후로 상제께 득죄하고 인간에 내치게 되어 갈 바를 모르던
중 남악산 신령들이 부인댁으로 가라 지시해서 왔으니 부인은 애휼
하옵소서."
하고는, 타고 온 청룡을 오운간에 풀어 놓으며,
"차후 *풍진(風塵)중에 그를 찾을 것이다."
하고, 부인 품으로 달려들거늘, 놀라 깨어 일어난 부인은 일장춘몽임
을 알게 되자, 황홀한 정신을 진정시켜 곧 남편을 부르게 했다. 꿈 이
야기를 들은 주부의 마음은 즐겁기 비길 데 없어 부인을 위로하여 춘
정을 붙여 두고 생남하기를 만심 고대하더니 과연 이날부터 태기가
있어, 만삭이 되었을 때에는 다시 없이 귀여운 옥동자를 낳게 되었다.
 꿈도 그러려니와 동자의 출산에도 신령스런 서기가 가득차 있었다.
산길의 방 안에 향취가 그윽하고, 문 밖에는 서기가 뻗질러, 생광(生
光)은 만지하고, 서채는 충천하는가 하더니 얼핏 일위 선녀가 오운을
타고 내려와 부인 앞에 꿇어 앉아 백옥상 위에 차려 놓은 과실을 부인
에게 건네주며,
"소녀는 천상 소녀이온데, 오늘 상제께서 분부하시기를 자미원 징
성이 남경(南京) 유심의 집에 환생하였으니 어서 내려가 산모를 구
원하고, 유아를 잘 거두라 하시기로 왔소이다. 백옥병의 *향탕수(香
湯水)를 부어 동자를 씻으시면 백병이 없어지고, *유리대(琉璃帒)에
있는 과실을 산모가 잡수시면 장생불사하오리다. 이것을 드사이
다."

---

*익성(翼星)——이십팔수의 스물 일곱째.
*함혐(含嫌)——혐의를 품음.
*풍진(風塵)——세상의 속된 일.
*향탕수(香湯水)——염습할 때 송장을 씻기 위하여 향을 넣어서 달인 물.
*유리대(琉璃帒)——유리로 만든 주머니.

산모는 그것을 꿈 속처럼 받아들었다. 유리대에는 과일 세 개가 있었다. 산모는 그것을 전부 먹어야 할지 아닌지 몰라 하고 있었다.

그러자, 선녀는 또,

"이 과실 세 개 중에서 한 개는 부인이 잡수시고, 또 한 개는 공자에게 먹이시고, 또 하나는 주부가 잡수셔야 합니다. 옥황상제께옵서 각기 임자를 정하여 놓으신 것이니 혼자서 다 잡수시지 마세요."

하고 일렀다.

선녀는 이어서 향탕수를 부어 아기를 씻어 *채금(彩衾) 속에 뉘어 놓은 다음 산모에게 하직을 하고는 이내 오운에 말려 가벼이 허공으로 사라져 갔다. 선녀가 사라진 뒤에도 반공에 어린 서기는 한동안 떠날 줄을 모르더라.

부인은 기쁜 마음으로 일어나 앉았다. 산고에도 불구하고 부인의 정신은 상쾌하고, *청수(淸秀)한 기운은 전일보다 배나 더하였다.

부인은 남편을 불러들여 아기를 보이고, 만족하게 기쁜 웃음을 웃으면서 선녀가 남겨놓고 간 말을 낱낱이 고하니, 정언주부 유심 또한 감격해서 어쩔 줄을 모르며, 선녀가 사라져간 공중을 향하여 옥황께 사례하고 축하해 마지않았다.

아기는 처음부터 웅장하고 기이하게 생겨 있었다. *천정(天庭)이 광활(廣濶)하고 *지각(地角)이 방원(方圓)하여 초생 같은 두 눈썹은 강산 정기 쐬었고 명월 같은 앞가슴은 천지 조화 품었으며, 단산(丹山)의 봉(鳳)의 눈은 두 귀 밑을 돌아보고 칠성에 싸인 종학 *융준용안(隆準龍眼) 번듯하다. 북두칠성 맑은 별은 두 팔뚝에 박혀 있고 뚜렷한 대장성이 앞 가슴에 박혔으며, 삼태성(三台星) 정신별이 *배상(背上)에

---

*채금(彩衾)——채색이 있는 이불.
*청수(淸秀)——얼굴이 깨끗하고 준수함.
*천정(天庭)——양미간 또는 이마를 상서(相書)에서 이르는 말.
*지각(地角)——얼굴의 바탕.
*융준용안(隆準龍眼)——잘생긴 얼굴을 일컫는 말.
*배상(背上)——등 위.

떠 있는데 주홍으로 새겼으되 ‘대명국 대사마 대원수’라 은은히 박혔으니 웅장하고 기이함은 만고에 제일이요 천추에 하나로다. 유심의 기쁨은 또한 말할 나위 없었다.

　“여보 부인, 이 아이의 상을 보니 *천인적강(天人謫降) 적실하고 만고 영웅이 분명하오. 전일 황상께옵서 도읍을 옮기시려 하실새 창해국 사신이 남경에 하강하고 자미원 대장성이 황성에 떨어졌으니 미구에 신기한 영웅이 나리라 했는데, 그러고 보면 이 아이가 그러하니 이 어찌 기쁘다 아니할 수 있겠소. 오래지 않아 대장 절월(節鉞)을 요하에 횡대(橫帶)하고, 상장군 인수를 금낭에 넣어 가지고, 부귀영화를 선영에 빛내고, *맹기영풍(猛氣英風)은 사해에 진동하게 되겠으니 누가 아니 칭찬할 수 있겠소. 산신의 깊은 은덕 사후에도 난망이요, 백골인들 어찌 있을쏘냐.”

　유심은 모처럼 얻은 아들의 이름을 충렬(忠烈)이라 하고, 자는 성학이라고 했다. 세월은 유수와 같았다. 충렬이 일곱 살이 되자 벌써부터 골격이 뛰어나고, 총명은 만인을 넘고, 필법은 왕희지(王羲之)요, 문장은 이태백(李太白)이며, 무예장략(武藝將略)은 손오에게 지나게 되었다. 천문지리는 흉중에 *갈마두고, 국가흥망은 장중에 매여 있었으니 말 달리기와 칼 쓰는 기술이 또한 천신도 당하지 못할 정도였다. 그러나 유이 불행하였는지 조물(造物)이 시기하는 바였던지, 유심의 세대에 흥진비래(興盡悲來)가 다 되었으니 이를 어찌 피하겠는가.

　유주부는 *조참적소(遭讒謫所)하고, 장부인은 *피화봉수적(避禍逢水賊)했다.

　이때 조정에 신하 둘이 있었는데 하나는 도총내장(都總大將) 징한님이요, 또 하나는 병부상서(兵部尙書) 최일귀라는 자였다. 원래 천상

---

*천인적강(天人謫降)——천상(天上)의 사람이 인간계(人間界)에 귀양옴.

*맹기영풍(猛氣英風)——용맹한 기운과 영웅스러운 풍모(風貌).

*갈마두다——갈무리하다, 즉, 모아두다.

*조참적소(遭讒謫所)——참소를 만나 귀양감.

*피화봉수적(避禍逢水賊)——화를 피하다가 수적을 만남.

익성으로 자미원 대장성과 백옥루 잔치 때에 대전한 죄로 상제로부터 득죄하고 지상에 귀양와서 명나라 황제의 신하로 된 자여서 그 내력과 같이 천상의 인물로 지략이 출중하고, 술법이 신묘하기 그지없는 터였다. 그런데다가 금산사 옥관 도사를 데려와 별당에 거처시켜 놓고 술법을 배웠으니, 그야말로 *만부부당지용(萬夫不當之勇)이 있고, 백만군 중에 대장지재였다. 벼슬은 일품이고, 포악이 또한 무쌍해서 만민의 생사는 오로지 그에게 매여 있고, 일국의 권세는 그의 손끝에 달렸으니, 초회왕(楚懷王)의 항적(項籍)이요, 당명황(唐明皇)의 안록산(安祿山)이라고까지 했다.

따라서 이들은 자기의 실력에 교만해져, 언제나 천자를 도모할 어두운 모반의 마음을 갖고 있었다. 그런고로 정언주부 유심의 직간(直諫)을 꺼리고, 또 다른 상소들을 은밀히 배척하기도 했다. 이러구러 하던 중 이들에게 드디어 기회가 찾아왔다.

영종황제(英宗皇帝)가 즉위하자 열국 제왕들이 제각기 앞을 다투어 사신을 보내오고, 조공을 바쳐 왔다. 그러나 다만 토번(吐蕃)과 가달만은 예외였다. 그들은 자신의 강포만을 믿고 천자를 능멸하고 조공을 바쳐오지 아니했다.

이런 때를 타서 정한담과 최일귀 두 사람이 천자께 아뢰기를,

"폐하께옵서 즉위하신 후로 군덕은 만민을 덮고, 천위는 사해에 떨치고 있사온데, 따라서 열국 제신이 모두 다 한결같이 앞을 다투어 조공을 바치옵는데, 오직 토번과 가달만이 저희들 강포를 믿고 천명을 거스릅니다. 신 등은 비록 재주 없사오나 이들 오만한 무리들을 쳐서 항복을 받아 충신으로 돌아오고자 하옵니다. 그러면 폐하의 위엄이 남방에 가득하고, 신 등의 공명은 후세에 길이길이 전하리니, 바라건대 황상폐하께옵션 이러한 신 등의 충성심을 깊이 살피시옵소서."

천자 역시 이들 남적들이 하루하루 강성해감을 심히 근심하고 계시었다. 그러던 참이라 두 신하의 충성심과 용기는 천자의 가슴을 흡족

---

*만부부당지용(萬夫不當之勇)──만 사람이 당할 수 없는 용맹.

하게 하였다.

"경들의 마음대로 기병하라."

천자는 대희(大喜)하며 이렇게 즉답하시었다.

이때, 정언주부 유심은 조회하고 나오다가, 이 말을 듣고 펄쩍 뛰며 곧 *탑전(榻前)으로 들어가서 어전에 부복하여 여쭈오되,

"듣자오니 폐하께옵서 남적을 치라 하시고, 이 때문에 기병하신단 말씀이 옳으니이까?"

"한담의 말이 있기에 그렇게 하기로 했소."

하고, 천자는 아무렇지 않은 듯이 대답하시었다.

"폐하. 아뢰옵기 황공하오나, 어찌 망령되게 그런 중대사를 허락하였소이까? 왕실은 지금 미약하고, 도적은 강성하니 이것이야말로 범을 잡으려는 것과 같고, 달리는 토끼를 놓침과 같나이다. 한낱 새알이 천근의 무게를 어찌 견딜 수 있겠나이까. 가련한 백성들의 목숨만 없애고, 그러면 그들의 고혼인들 어찌 서럽다 아니하겠사옵나이까. 바라건대 황상께옵선 기병치 마옵소서."

천자는 무어라고 단안을 내려야 좋을지 몰라 한동안 묵묵히 내려다보고만 계시었다.

그러자, 낌새를 알아차린 교활한 정한담과 최일귀는 일시에 천자께 아뢰었다.

"유심의 말을 듣사오니 *살지무석(殺之無惜)이요, 오국(誤國) 간신 동유이오니다. 대국을 저버리고 도적만을 칭찬하니, 개미 무리를 대국에 비하는 것과 같고, 한낱 새알을 폐하께 비하는 것과 같으니, 이 어찌 일대 산신이 아니며, 만고의 역직이라 아니힐 수 있겠나이까. 신들은 저어하건대 유심의 말이 가달을 못 치게 하니 그는 가달과 동심하여 내응이 된 듯하옵기로 우선 유심을 선참(先斬)하시고, 그 다음으로 가달을 치사이다."

천자가 이를 허락하시니, 한림학사(翰林學士) 왕공렬이 부리나케 어

---

*탑전(榻前)──임금의 자리 앞.
*살지무석(殺之無惜)──죽여도 아깝지 않음.

전에 엎드리며 여쭈오되,

"정언주부 유심은 선황의 개국공신 유기(劉基)의 손이요, 사람됨이 정직하고, 일심에 충성하온즉 남적을 치지 말자는 그의 말은 충성심에서 나온, 사리 당연한 것인 줄로 아옵니다. 그럼에도 그의 말을 죄라 하와 충신을 죽이시면 태초 황제 사당 안에 상공을 배향(配享)하였으니 춘추로 행사(行祀)할 때 무슨 면목으로 뵈오며, 또 유심을 죽이시면 이후 직간할 신하가 없을 것이니 황상께옵선 깊이 생각하시와 그의 죄를 용서하옵소서."

천자는 이런 말을 듣고 슬며시 정한담을 돌아보시었다. 그러자 한담이,

"유심을 죄하실진대 만사무석이오나 공신의 후예이오니, 죄목대로 다하지 마옵시고 다만 *정배(定配)나 하사이다."

"그 말이 옳을까 하오! 유심을 황성 밖으로 *원찬(遠竄)하라!"

천자는 마침내 그렇게 소리치시었다. 정한담은 청령하고, 승상부 높이 앉아, 곧 유심을 잡아내어 수죄(數罪)하는 말이,

"네 죄를 논지컨대 선참후계가 당연하겠지만 국은이 망극하사 네 목숨만은 살려준다. 차후에는 그런 역적의 소리를 말라. 또 그런 말을 하게 되면 능지처참이라는 것을 알라. 연북에 정배하니 어서 바삐 발행하라!"

주부 이 말을 들음에 분심이 탱천(撐天)하여 양구에 하는 말이,

"내 무슨 죄 있기에 연북으로 간단 말인가! 왕망(王莽)이 섭정한 한실(漢室)이 미약하자 동탁(董卓)이 장난질쳐서 충신이 다 죽어간 것을 아느냐! 이놈! 이 만고의 악랄한 역적! 나 죽은 후에 내 눈을 빼어 동문에 높이 달아 가달국 적장 손에 네 머리 떨어지는 줄 완연히 보게 하고, 지하에 돌아가되 오자서(伍子胥)의 충혼이 부끄럽지 않도록 하라!"

정한담은 분노가 충천해 올랐다. 그러나, 천자의 명령을 넘어서 그

---

*정배(定配)──귀양 보냄.
*원찬(遠竄)──멀리 유배함.

를 죽일 수는 없었다.

그는 겨우 자기를 억제하며 어명이라는 것을 앞세우고 죄인에게 발명을 허락지 않으려 애썼다.

정한담은 죄인의 반항을 피할 겸 궐문에 들어가려고 일어섰다. 그리고는 금부도사(禁府都事)에게 엄명을 내려 죄인을 즉시 끌고 가도록 했다.

금부도사의 명령집행은 엄숙했다. 유심은 할 수 없이 집행관들에게 끌려 적소로 떠나기 위해 우선 집으로 돌아갔다.

포졸들에게 끌려서 돌아온 주부를 보자, 유심의 가정은 왈칵 뒤집히었다. 곡성이 초상집 같았다.

"부인! 안심하오. 우리 연광이 반이나 넘도록 자녀 하나 없었더니 황천이 감동하서 이 아들을 점지하시지 아니하셨소. 이제 우리가 이 아들에게 봉황의 쌍을 얻어 영화를 보려고 했더니 가운이 불행하고, 조물이 시기하여 마침내 간신의 참소를 입게 되었구려. 이제부터 만리 적소로 떠나가면 피차 생사를 아지 못할 것이 아니겠소. 어느 날 또 보겠소. 부인! 나 같은 인생은 조금도 생각말고, 이 자식을 잘 길러 후사를 받들게 해주오. 그러면 황천에 돌아가도 눈을 감고 잘 것이오. 부인의 깊은 은덕은 후세에 갚으리이다."

유심은 부인의 손을 잡고 말했다.

부인은 울기만 하고, 아직도 어린 충렬은 어머니의 옆에 붙어서서 모든 것을 알아 본다는 듯이 어머니와 아버지를 지켜보고 서 있었다. 유심은 아들의 손목을 잡았다.

"네 아비는 무슨 죄로 연경에 귀양간단 밀이냐. 니를 두고 가는 애석함을 말한다면 단산에 날으는 봉황이 알을 두고 가는 듯하고, 북해 흑룡이 여의주(如意珠)를 버리고 가는 듯하니, 도무지 분해서 견딜 수가 없구나. 가슴에 맺힌 한을 죽은들 잊을 수 있겠느냐. 너는 아비 생각 말고, 모친을 잘 모셔 무사히 지내며, 봄풀이 푸르거든 부자 상면할 줄 알고 잘 있거라."

그의 눈에서는 눈물이 비오듯 쏟아져 내리었다. 그는 겨우 진정하고, 또 이렇게 계속했다.

"구천에서 상봉한들 부자의 신표(信標)가 없어서야 되겠느냐. 이 칼
을 잃지 말고 부디 잘 간수하여 두어라."

하고, 아버지는 죽도를 끌러 어린 아들에게 주었다.

이때에 포졸들의 재촉은 대단했다. 불행한 죄인 유심은 겨우 행장
을 차려 울고만 있는 처자와 이별하고 문 밖으로 걸어 나왔으나, 정신
이 아득하고 가슴이 천리나 내려앉는 것 같아 도무지 걸을 수가 없었
다. 한번 걷고 두번 걷고, 열 걸음, 백 걸음에 구곡간장 다 녹고, 일편
단심 다 녹아 없어지는 것만 같았다.

이쯤 되고 보니 길가에서 보는 사람 누가 감히 눈물을 아니 짓는 사
람이 있었겠는가. 강산 초목인들 어찌 섧다 아니하겠는가. 동성문을
나서서 연경을 향해 걸어가건만, 눈물은 비가 되어 땅을 적셔 주는 것
만 같고, 좌우 전후에 보이는 산천초목, 온갖 삼라만상은 오직 이 불
행한 죄인을 위해서 슬퍼해 주는 것만 같았다.

삼일을 갔을 때 어느새 청송영을 지나 옥해관에 당도하니, 이때는
이미 가을로 접어든 팔월 망간이라 소슬한 가을 바람은 어깨를 넘어
서서 낙엽은 소소하니 스산한데, 이따금 마을 집앞에서 눈에 띄는 국
화꽃은 나그네의 수심을 띠고 있고, 푸른 하늘을 건너가는 달은 삼경
깊은 야회를 도도하게 취하는 듯했다. 객창 한등(寒燈) 깊은 밤에 촛
불로 벗을 삼고 객침 베고 누워 있노라면 타향의 가을은 나그네의 수
심을 다 녹이고야 만다. 공산에 우는 두견새는 귀촉도 불여귀를 일삼
고 청천에 뜬 기러기는 한창 밖에서 슬피 울 제, 행역(行役)이 피곤한
들 잠 잘 가망조차 전혀 없어 이날 밤을 뜬 눈으로 지새우고 다음날
또다시 길을 떠나 소상강을 바쁘게 건너고, 멱라수(汨羅水)에 다다르
니 이곳이야말로 초회왕의 만고 충신 *굴삼려(屈三閭) 간신이 패를 보
고 연못가에 장사지낸 곳이다. 후인들이 비감하여 회사정을 높이 짓
고 조문을 지어 바쳤으니, 그 조문에는,

'일월같이 빛나는 충혼 만고에 빛나 있고, 금석같이 굳은 절개는 천

---

*굴삼려(屈三閭)──전국시대 초회왕의 충신이며 문학가인 굴원(屈原).

추에 밝았느니라. 그러니 이 땅을 지나는 사람이면 누가 아니 감탄할 것인가.'

이런 슬픈 글을 현판에서 본 유심은 문득 충심이 직발하여 필묵을 내들고, 회사정 동벽상(東壁上)에 대자로 쓰기를,

'대명국 유심은 간신 정한담과 최일귀의 참소를 만나 연경으로 적거(謫去)하다가 일월같이 밝은 마음 변백(辨白)할 길은 전혀 없고, 빙설같이 맑은 절개는 뵈일 곳이 없어 멱라수를 지나다가 굴삼려의 충혼을 만나 물에 빠져 죽노라!'

라고 써 놓고 서서히 물가로 내려갔다.

먼저 하늘을 향해 축수하고, 일성 통곡에다 옷자락으로 눈을 가린 다음, 만경창파 푸른 물에 풀썩 뛰어들려고 했다. 그러나 순간, 영거하던 포졸들이 깜짝 놀라 달려들어 그의 손을 잡았다.

"충성은 천신도 알 것이오. 그대의 죄안은 천자에게 매였으니 명을 받아 적소로 가옵다가 이곳에서 죽사오면 나도 또한 죽을 것이요, 그대가 적소를 버리고 죽사오면 무죄함은 천하가 아는 바니, 천행으로 천자께서 감심하시어서 쉬이 방송할 줄 모르고, 죽어서 충혼이 될지라도 사는 것만 같겠소."

이런 식으로 포졸들이 한사코 만류하고 손목을 잡아 백사장으로 끌어내는 바람에, 유심은 하는 수 없이 죽음을 포기하는 도리밖에 없었다.

회사정을 지나 황주에 이르니, 서호(西湖)가 바로 여기였다. 송(宋)나라 망국시에 일품대신(一品大臣)들이 국사를 돌보지 아니하고 풍악만 일삼고 서호의 고운 태도를 서시(西施)에게 비하였으니 어찌 망국하지 않겠는가. 이런 땅을 뒤로 하고, 석달 만에 연경에 당도했다.

유심은 귀양살이 가는 사람의 순서로서 우선 그곳 자사(刺史)에게 예사했다. 자사는 문서를 두루 살핀 후, 객실로 안내했다. 이 객실이야말로 그의 불행한 운명을 최후로 결정지을 적소인 것이었다.

때는 눈내리는 겨울로, 연경은 더구나 무섭게 추운 극한지대인지라 다리가 푹푹 빠질 지경의 눈이 쌓여 있고, 한번도 손을 대본 일이 없

는 퇴락한 객실방의 냉풍은 그곳에 든 사두(射頭)의 심장마저 꽁꽁 얼어붙게 할 정도였다. 유심이 객실에 들어섰을 때에도 하얀 눈은 거침없이 내리고 있었으며 인적이 끊어져 불쌍하고 고상(苦狀)함은 측량치 못할레라.

한편, 정한담과 최일귀는 귀찮은 유심을 멀리 쫓아보낸 뒤로, 점점 교만해지기 시작했다. 그들은 어느날 별당으로 옥관도사를 찾아 들어가 마음 속에 깊숙히 숨겨온, 천자를 도모할 묘책을 물었다. 이에 대하여 도사는 말없이 문 밖으로 나가 조심스럽게 천기를 관찰하고 들어와 하는 말이,

"요새는 밤마다 천기를 살피온데, 두려운 일이 황성에 있나이다."
하고, 그는 자신있는 어조로 느릿느릿하게 입을 떼었다.

정한담은 놀라 급히 그 까닭을 물었다. 그리고 상대방의 설명이 떨어지기도 전에 그의 마음은 벌써 무언가의 확신으로 굳게 뭉쳐지는 것만 같았다.

"천상의 황태성이 황성에 비쳤는데, 그 중에 유심의 집에 비쳤단 말씀이오. 유심은 비록 멀리 연경에 가 있다고 하더라도, 신기한 영웅이 황성 안에 살아 있다고 보면, 그대가 도모할 일도 역시 어려울 듯하오."

이 한 마디로 정한담의 기대는 완전히 배신당한 것만 같았다. 그는 확신을 잃고, 마음 속에 무서운 혼란을 가져왔다.

그러나, 그러한 마음의 혼란을 외면으론 나타내지 않고, 되도록 정중히 그 자리를 떠나서 밖으로 나왔다. 문 밖에서 기다리고 있던 최일귀가 얼른 다가왔다.

"어찌 되었소?"

그렇게 되묻는 최일귀의 귀에 대고 정한담은 도사의 이야기를 모두 설명했다.

"그럴 것이오! 도사의 신기함은 천신과 비길 수 있지요. 신기한 영웅이 황성 안에 있다고 하면 진실로 마음이 황공하구려."

"지금 내가 생각하기로는, 유심이 연만했으면서도 자식이 없지 않

았소. 그래서 수년 전에 형산에 올라가 산제를 지내고 비로소 자식을 얻었다 하더니, 도사의 말씀이 이 황성에 영웅이 있다 하니 의심하건대 유심의 아들인가 보오.”

“그렇다면 좋은 도리가 있소.”

“무슨 도리?”

“유심의 집을 아예 함몰해서 후환이 없게끔 하는 것이오.”

이에 한담도 옳다 하고 그날 삼경에 가만히 승상부(丞相府)에 나와 나졸 십여 명을 뽑아내어 유심의 집을 둘러 싸고 화약 염초를 갖춰서 그 집 사방에 묻고 화승에 불을 붙여 일시에 불바다로 만들어 버리자는 약속을 하였다.

이때에 남편과 생이별을 한 장부인은 아들을 데리고 눈물과 한숨으로 세월을 보내었는데, 이날밤 늦게까지 한숨을 쉬고 앉아 있다가, 얼핏 자신도 모르는 중에 잠에 취해 버리었다. 그런데 한 백발노인이 한 손에 홍선(紅扇) 한 자루를 들고 부인 앞에 슬며시 나타났다. 노인은 그 부채를 부인에게 넘겨주며,

“오늘 밤 삼경에 큰 변이 있을 것이니, 이 부채를 갖고 있다가 불꽃이 일거든 부채를 흔들면서 후원 담장밑으로 가서 은신하시오. 그러다가 인적이 끊긴 후에 충렬만을 데리고 남쪽을 향해 끝없이 도망하오. 만일 그렇게 못할 때엔 옥황께서 주신 아들이 불속의 고혼이 될 것이오.”

이런 말을 남겨놓고 노인은 간 곳조차 없이 사라져 버렸다.

부인은 놀라서 깨어 일어났다. 남가일몽이었다. 도무지 알 수 없는 일이었다. 충렬은 깊이 잠들어 있고, 옆에는 노인이 건네준 홍선 한 자루가 놓여 있었다. 그것을 집어들고 몇 번이고 확인해 보다 어린 충렬을 깨워 앉히고 경경불매(耿耿不寐) 하던 차에, 삼경을 당하였는데 일진광풍이 일며 난데없는 천불이 사면으로 일어나니 웅장한 고루거각(高樓巨閣)이 홍로점설(紅爐點雪)되어 있고, 전후에 쌓인 세간 추풍낙엽 되었도다.

어린 충렬을 데리고, 한 손으로는 꿈속의 노인이 남겨놓고 간 신비

의 부채를 흔들면서 예고한 대로 후원의 담장 밑으로 피신한 장씨는 거기서 사경이 될 때까지 숨어 있었다.

사경이 되어서야 겨우 인적이 드물어지고, 불꽃이 죽어갔고 중문 밖에는 군사 두 놈만이 지키고 있었다.

장씨는 중문으로 나가지를 못하고, 후면 담장의 조그만 수채구멍을 더듬어 뚫고 나갔다.

이 때문에 어머니와 아들은 전신이 온통 피투성이가 되었다. 그러나, 두 사람은 아픈 줄도 모르며, 되도록 샛길을 더듬어 남쪽을 향해서 끝없이 도망쳐 갔다.

한참 가니 왼쪽 앞으로 높이 솟은 산이 달빛에 반사되어 꺼멓게 보이었다. 안개가 자욱하고, 오색 구름이 층층 말려 있는 듯했다. 그것은 언젠가 장씨와 장씨의 남편이 자녀를 얻기 위해 산제를 지내러 갔던 그 형산임에 틀림이 없었다. 산을 바라다보는 장씨의 머리에는 그 옛날 칠년 전의 온갖 기억이 일시에 피어올랐다.

"충렬아! 너 저 산을 아느냐? 칠년 전에 네 부친과 저 산에 올라가서 산제를 지내고, 너를 주십사고 천지신명께 빌어 너를 낳은 곳이란다. 아! 그런데 네 부친은 지금 어디에 계실꼬! 오늘의 이 광경을 보신다면 얼마나 놀라실 것인가. 저 신령한 산을 또 다시 보게 되니, 모든 것이 분해서 죽겠구나!"

장씨는 그런 말을 하며 눈물을 쏟았다.

어린 충렬의 눈에서도 눈물이 흘러나왔다. 달빛이 두 사람의 눈물의 흔적을 이상하게 비춰주고 있었다.

"저 산에 산제를 지내서 나를 낳았다구요? 적실히 그러하면 산신은 이러한 연유를 알건마는 산신도 무정하네."

충렬은 혼자말처럼 그런 소리를 문득 지껄이었다.

장씨는 더욱 목을 놓아 울기 시작했다. 아들은 어머니를 달래고, 어머니는 아들을 위로하면서 또 걷기 시작했으나, 절망에 싸여 있는 불행한 장씨의 울음은 좀처럼 그칠 줄을 몰랐다. 눈물이 발을 멎게 하고, 옛추억이 걸음을 묶어 놓는 것만 같았다.

충렬을 앞세우고 다시 걷기 시작한 장씨는 어느새 번양수(鄱陽水)를 건너 회수(淮水) 가에 다다랐다. 벌써 해는 저물어 마을의 밥짓는 연기가 뽀얗게 산밑으로 번져가고, 새들도 제 집을 찾아들고 있었다. 그러나 불행한 두 모자에게는 한끼의 저녁도, 하룻밤 쉬어 갈 곳도 없었다.

어머니는 아들을 품에 안고 오직 하늘을 향해 탄식할 뿐이었다.

한편, 유심의 집에다 불을 지른 정한담과 최일귀는, 그집이 다 타버린 흔적을 돌아보고 마음 속으로 십분 만족해 마지않았다. 그 값비싼 재물과 가재가 죄다 재로 변해버린 것도 고소하다 하려니와 집에 남아 있던 사람새끼는 고사하고 쥐새끼 한 마리도 남지 않았을 것을 생각하면 더욱 통쾌하였다.

그런지라 완전 초토화되어 버린 유심의 집을 보고난 두 사람은, 그 길로 옥관도사를 찾아갔다.

"유심의 집이 씨도 없이 타버렸으니 선생이 말씀하신 영웅이라는 것도 필시 타죽었을 것이 아니오? 혹시 어떨까 또 한번 천기를 보아 주오."

도사는 질문에 대답할 것도 없이 문 밖으로 걸어 나갔다.

"이제는 삼태성이 황성을 떠나 번양수를 비추고 있으니 그 일이 수상하구려. 내가 생각하기로는 아마 유심의 가권이 저소를 찾으려고 회수가로 가지 않았나 싶구려."

밖에서 서서히 걸어 들어온 도사의 입에서 이런 말이 떨어지자, 두 사람의 얼굴은 별안간 새파랗게 변해 버리었다. 경악과 의혹이 함께 얽힌 표정이었다.

"불길이 그토록 대단했는데, 설마한들 거기서 빠져나올 수 있었을까요?"

하고, 정한담은 얼마 후 입을 떼었다.

도사는 짤막하게 고개를 좌우로 흔들 뿐이었다.

"그렇다면 그럴지도 모르겠군요? 진정 영웅이라면 그런 불에서 벗어날 수도 있을지 모르지. 아무러나 그렇다면 군사를 보내서 잡는

　도리밖에 없지요."

　두 사람은 다시 외당으로 달려나와 날랜 군사 다섯 명을 뽑아 올리라고 호령했다. 그리곤 뽑혀온 군사에게,

　"지금 당장 회수로 달려가서 그곳을 지키고 있다가 충렬 모자 일행이 지나면 지체 말고 잡아 물에 집어넣어라. 만일 그러지 못할 때에는 너희는 물론 회수의 뱃사공마저 다 잡아 죽이리라."

하고 엄명을 내리었다. 그리고, 겸해서 충렬 모자의 인상을 대충 간략하게 덧붙여 설명해 주었다.

　엄명을 받고 긴장한 다섯 명의 나졸들은 대경(大驚)하여 나는 듯이 회수로 달려갔다.

　과연 물가에 인적이 있어 여인의 울음소리 들리거늘 사공을 불러내어 한담의 하던 말을 낱낱이 고하니 사공이 대경하여 말하기를,

　"감히 대감의 영을 죽사온들 피하오리까."

하고 소선 일척을 강가에 대고 고대(苦待)하더라.

　이때 건널 길이 없어 물가에서 헤매던 장씨와 어린 아들은 배를 발견하고 이제야 살았다고 생각하며 배가 오는 곳으로 달려갔다.

　사공은 기뻐서 달려드는 두 불행한 모자를 친절히 배에 올려싣고, 물 가운데로 노를 저었다.

　물 가운데로 배가 들어섰을 때 난데없이 바람이 일고, 돛대가 쓰러지며, 별안간 어디선가 도적들이 우르르 달려들었다. 그리고는 부인을 잡아매고, 결박짓고, 한쪽에서는 어린 충렬의 덜미를 잡아 물 속에 동댕이쳤다. 이 모두가 순식간의 일이었다.

　뒤늦게 아들이 없어진 것을 알아본 장씨는 자신의 고통에도 불구하고 아들을 불러대기 시작했다. 그러나 칭칭 결박당한 몸으로 무슨 소용이 있을 것인가. 아들을 따라 물에 뛰어들고 싶어도 그럴 수가 없는 처지였다.

　배가 물가에 닿았을 때는 어느새 동녘 하늘이 밝아왔다. 지칠 대로 지쳐버린 장씨는 거의 의식조차 잃은 듯했다. 다만 입으로 아들의 이름을 중얼거릴 뿐이었다. 배에서 내린 도적들은 장씨를 잡아내어 마

상에 앉히고 말을 채찍질하여 달려가니 세상에 불쌍한들 이에서 더할 쏘냐.

이때에 회수 사공 마용이라 하는 놈에게는 아들 셋이 있었다. 모두가 용맹이 과감하고, 검술 또한 신묘한 무리들이었다. 장자의 이름은 마철이라 하는데, 이 마철은 일찍 상처하고 아직 아내를 얻지 못하고 있었다. 그 점을 언제나 마음에 두고 있는 사공은 장씨를 보자 우선 먼저 그 생각부터 한 것이었다.

비록 옷은 헐고, 행로에 지친 몸이라고는 하나, 아직도 어여쁜 모습을 그대로 간직하고 있었고, 양반으로서의 품위와 미질도 그대로 남아 있었다.

장씨가 의식을 차렸을 때에는, 어느 깊은 산중 굴 속의 방에 갇혀 있었다.

문은 철편으로 엄중하게 만들어 놓아 도저히 빠져나갈 구멍이 없었다. 주의를 끌 만한 아무것도 없었다.

자신의 처지를 돌아본 장씨는 또다시 눈물을 쏟기 시작했다.

만리 연정에 가군(家君) 잃고 천리해상에 자식을 잃었으되 모진 목숨 죽지 못하고 도적놈에게 잡혀와 이 지경이 되었으니 자신을 짓밟고 깨쳐버리고 싶도록 미웠다.

"아! 나는 자식을 따라 죽지도 못하는가."

두 손으로 가슴을 치며 통곡했다.

그리하여 마침내 기진맥진해서 쓰러져 있을 때, 계집 하나가 석반(夕飯)을 차려 왔다. 장씨는 기진하여 먹지 못하고 도로 보내니 계집이 나시 비음을 가셔와 먹기를 권하고 날래었다. 그러다 장씨는 불시로 먹고 싶어졌다. 아들의 그후 소식을 꼭 알아야 한다는 절실한 의지가 작용했기 때문이었다.

장씨는 절망으로 쓰러져 있는 동안에도 순간순간 알 수 없는 기대가 문득문득 머릿속을 스쳐 지나곤 하는 것이었다. 무어라고 정확히 단정할 수는 없지만 아들이 살았으려니 하는 일종 막연한 신념이 움터 왔고 그것이 시간이 갈수록 점점 강해졌다. 천신이 감동하고 신령이 도운 아들! 불 속에서 건져준 아들, 그런 아들이 물 속에서라고 죽을 수는 없었다. 천지신명이 옆에 붙어서 어떠한 재난에도 건져주신다. 그러한 확신이 마침내 장씨의 전 감정과 상념을 지배하게 되어 그 여자는 살고 싶은 충동을 억제할 수가 없었다.

'끝까지 살아야 한다! 끝까지 살아서 아들을 만나고, 남편을 만나자. 아들은 나중에 큰 일을 해줄지도 모른다. 그러니까 빨리 이곳을 빠져나가 연경으로 가서 남편을 만나고, 그이와 함께 아들을 찾고, 아들의 빛나는 장래를 기대해 보자. 그러기 위해서 죽지 말아야 한다. 겉으로만은 이놈들에게 복종하는 척하고, 기회를 보아 도망치자.'

장씨는 이렇게 결심하고 미음을 받아 계집의 친절과 인정에 못이겨 먹는 척했다.

교활한 종년은 장씨의 이러한 변화에 희망이 있다고 생각한 모양이었다. 안으로 들어가 사공에게 보고했다. 사공, 아니 도적의 장수는 그 말을 듣자 침을 꿀꺽 삼키었다.

"그러면 그렇지! 계집이란건 젖떨어진 짐승과 같은 거야. 처음 한동안 못 살 것 같지만 길들면 살거든. 너, 되도록 잘 먹여라. 주인을 잘 따르도록!"

야욕에 불 붙어 있는 사공은 후한 관대와 인내마저 보여주며 그렇게 소리쳤다.

도적은 이날 밤 살그머니 장씨의 방으로 들어갔다. 자기의 손아귀에 든 고기를 마음대로 먹을 수 있는 강한 욕망과 쾌감을 마음 속으로 유유히 음미하면서, 이런 자일수록 희생자를 더없이 존중하는 법이다. 마치 그 존중을 일삼기라도 하는 듯이,

"부인! 이런 누지(陋地)에 오셔서 나 같은 자를 섬기고자 하시니 진실로 감격하오이다."

장씨는 그 말을 들으매 분심이 탱천(撐天)하나 신세를 생각하니 연연 약질(弱質)이 함정에 든 범 같은 고로 하릴없이 거짓 답하기를,

"팔자가 기박해서 물에 빠져 죽게 된 것을 건져주셨고, 도적의 손에

서 지켜 주셨으니, 고마움 어찌 다 말씀드릴 수 있겠습니까. 게다가 백년동거를 하시자는 것이니, 그저 감격할 뿐이오. 다만 한 가지 미안한 일이 있으니, 이달 초삼일은 내 부친의 기일이라 아무리 여자라도 부친 제삿날을 눈앞에 두고 어찌 길례를 지내오며 또 설령 백년을 해로할진대, 어찌 길일을 가리지 않을 것이오.”
하고 말했다. 도적이 그 말을 듣고 즐거운 마음 측량치 못하여 정답게 하는 말이,
“진실로 그러할진대 난들 장인의 제삿날을 모른 척할 수야 없지요. 사위로서 정성을 다해야 하구말구.”
그렇게 말하는 도적의 얼굴에는 옆에서도 알아볼 수 있을 만큼 완연하게 기쁨이 넘쳐 있었다.
그래서 사공은 또 계속하여,
“제물은 내가 극진히 장만할 터이니까 염려 말고 그동안 몸이나 충실히 하시오.”
하고 큰소리를 쳤다.
“고마운 말씀 어찌 다할 수 있겠소.”
“그럼 우선 종년을 보내어 부인을 모시도록 할 테니, 무슨 일이고 염려 말고 시키시고…… 그 옷도 갈아 입어야 하겠군. 점잖은 부인답게. 자, 그럼 편히 쉬구려.”
사공을 가장한 도적놈이 만족한 웃음을 웃고 걸어나가자, 장씨는 장씨대로 성공을 예감하면서 만족해 했다.
미음을 가지고 왔던 계집은 이번에는 옷을 가지고 들어와 장씨의 옷 갈아입는 것을 시중 들고, 물이다 먹을 것이다 해서 그 접대하는 태도는 궁중의 나인과 조금도 다른 것이 없었다. 그리고, 밤에도 옆에 붙어 자며, 모든 수고를 혼자서 도맡아 했다.
장씨는 잠을 자는 척만 했다. 기회만 있으면 언제든지 도망칠 생각에서였다. 계집이 옆에 와서 자는 바람에 문이 잠겨져 있지 않은 것만도 다행한 일이었다. 밤이 이슥해서야 기회가 온 것을 알아본 장씨는, 계집이 옆에서 쿨쿨 자고 있는 것을 보고, 소리없이 슬며시 일어나 밖

으로 빠져 나갔다. 제삿날로 예고해 둔 초삼일이 되기 전에 어서 도망쳐야 했다.

그런데, 약삭빠른 계집은 깊이 잠든 중에도 거의 본능적으로 길게 손을 뻗쳐 옆을 더듬었다. 그리고는 질겁을 하듯이 벌떡 일어섰다. 장씨가 없어진 것이다. 계집이 부인을 부르며 쫓아오거늘 부인이 대경하여 거짓 앉아 뒤보는 체하고 꾸짖어 말하기를,

"연일 고생하여 목이 마르기로 냉수를 많이 먹었더니 배가 불안하여 나와 뒤를 보거늘 네 이런 잔말을 하여 집안을 놀래느냐."

계집종이 무료(無聊)하여 방으로 들어가고 부인도 속절없이 방으로 들어가 자며 다음 기회를 위해 오히려 자신의 신임을 높일 수 있는 다시없는 기회였다고 부인은 생각하기에 이르렀다.

이리해서 장씨의 탈출의 기회는 초삼일 제삿날까지 연기되었다. 이날, 도적 사공의 집에서는 아침 일찍부터 제물 만들기에 여념이 없었다. 사공의 명령과 지시 아래 음식은 산더미처럼 만들어지고 남녀 노비들은 이마에 비오듯 땀을 쏟으며 안팎으로 줄달음질치며 쏘다녔다. 사공은 정말 흥분해서 고래고래 소리 지르기가 일쑤였다. 장씨는 성의를 보이기 위해서 짐짓 목욕을 해야 했고, 목욕을 하며 물소리를 낼 때에 사공의 흥분은 거의 미친 사람이나 다름이 없었다.

장씨는 옷을 갈아입고, 젯상이 차려질 방으로 들어왔다. 아직도 제물이 차려지지 않은 빈 제삿상을 돌아보는 순간, 부인은 깜짝 놀라 눈을 멈췄다. 오색이 찬란하게 아롱진 옥함 하나가 거기에 덩그라니 놓여있는 것이 아닌가. 그 옥함이 신비하게도 모든 신령스러운 힘을 다하여 자기를 유혹하고 있다는 것을 부인은 거의 본능적으로 직감했다. 아니, 무엇인가 보이지 않는 힘이 장씨의 눈과 마음을 그리로 끄는 것이었다.

장씨는 그 방에 자기밖에 없는 것을 천만 다행으로 생각했다. 그리하여 한 걸음 다가가 신비한 옥함을 자세히 관찰했다. 인간의 욕망과 허영을 완전히 압도해 버릴 그것은 용궁의 조화가 아니면 천신의 물건이었다. 전면의 금빛 문자를 보았을 때 부인의 경악은 더욱 극도에

달했다.

'대명국 도원수 유충렬은 개탁(開坼)이라'

이렇게 새겨진 글자가 싯누렇게 빛나고 있었다.

"이 어찌된 조화인가!"

부인은 자신도 모르게 입밖에 내어 짤막하게 소리쳤다. 무언가의 초연한 계시를 부인은 이 옥함에서 얻은 듯했다. 그리고도 다음 순간에는 유충렬이라는 아들의 이름에 반신반의의 복잡한 감정을 경험했다.

"세상에 동성동명이 또 있단 말가. 진실로 내 아들 충절의 기물(器物)일진대 어찌 이곳에 있는고."

하며,

"충렬아, 너의 옥함은 여기 있다마는 너는 어디 가고 너의 기물을 모르느냐."

옥함을 고쳐 싸서 그곳에 놓고 밤 들기를 기다리더니, 밤이 되자, 사공은 준비된 재물을 노비들을 시켜 방으로 들여왔다. 장씨는 기쁜 얼굴로 그것을 손수 받아 젯상에 진설했다.

도적의 협력으로 제사는 때를 맞춰 지극히 엄숙하게 끝마쳤다. 최후의 음복을 한 후, 사람들은 제각기 잠자리에 들었다. 도적이며 노속등이 종일토록 피곤하여 나 깊이 잠이 들자 장씨는 예의 옥함을 행장 속 깊이 간직하고 밖에 나와 북두칠성을 바라보며 가없이 도망하다 동녘 하늘이 부옇게 밝기 시작했을 때에는 어느새 영릉관이라는 곳에 당도했다. 이곳에서 조반을 걸식하고 종일토록 가되 몇 리를 온지 모르더라.

그러자, 얼핏 넓은 강물 하나가 앞길을 딱 가로막았다. 바다같이 넓은 강물이었다. 건널래야 건널 방법조차 없었다. 해는 이미 서산에 뉘엿뉘엿 기울고, 배는 없고, 날개 긴 물새는 물귀신이라도 시기하듯 이 어둠에 덮여져가는 물 위를 끽끽거리며 지나갈 때, 나그네의 비애는 말할 나위없다. 더구나 장씨와 같은 경우고 보면 그 심정 얼마나 고통스러우랴. 고통을 넘어서 절망이며 파멸이다. 넓은 강물이 칠흑의 어둠으로 화해 버린다.

근방에는 인가도 없었다. 한쪽은 무변의 황야이고, 또 한쪽은 멀리 미지의 높은 산으로 중중첩첩 싸여 있었다. 장씨는 한동안 물가 모래 사장에 주저앉아 마음껏 눈물을 뿌려 보았다. 그 눈물이 강물에 보태 져서 점점 불어나 새까맣게 변해가지고 홍수처럼 밀려드는 듯도 했 다. 장씨는 몇번이나 이런 착각을 느끼며 놀라 일어섰는지 모른다.

한번은 자기를 삼켜버리려는 무서운 홍수의 환상에 쫓겨 멀리 달아 났다가 그제야 정신을 차리고 땅 위에 주저앉아 행장 속의 옥함을 꼭 품어 안기도 했다. 해도 어느새 서산으로 졌다. 어둠의 장막이 눈앞을 가리자 장씨는 일어서서 걷기 시작했다. 물을 따라 강변을 걸었다. 그 물이 뿌리를 박고 있는 산으로 들어가면 행여나 하룻밤의 안식처라도 있겠지 하는 한가닥 희망에서였다.

넓은 물에 비길 만큼 산은 한없이 깊고 험했다. 점점 깊숙히 걸어들 어가자 장씨의 눈에 별안간 별빛만한 불빛 하나가 나타났다. 머리 위 의 나뭇가지에서 산새들이 놀라 푸드득거리고, 원숭이의 기묘한 공포 의 울음소리에도 불구하고 장씨는 빠른 걸음으로 그 불빛을 향해 달 리었다. 여느때 같으면 쓰러질 법한 피곤조차 잊은 듯했다.

불빛의 본거지는 깊은 산비탈의 나무그늘에 조촐하게 서 있는 몇 간 초가집이었다. 반가운 마음으로 장씨가 문을 들어서자 개 한마리 가 달려나오며 짖기 시작하고, 이어서 늙은 할멈이 의아한 표정으로 어정어정 걸어왔다.

장씨는 사정을 말하고, 하룻밤 재워 달라고 요구했다. 할머니는 한 참 쳐다보다가 그제야 이해한 모양으로 선선히 방으로 안내했다. 그 리고, 부엌으로 나가 먹을 것을 차리기 시작했다. 그러는 동안, 방에 서 혼자 기다리고 앉았던 장씨는 이 의문의 산중 초옥에 호기심을 가 득 불러일으키며 실내 광경을 이리저리 살피었다. 처음에는 매우 구 차한 살림살이라고 생각했다. 그러나, 벌써 며칠 동안 무서운 역경 속 에서 시달려온 부인은 이러한 빈곤쯤은 이해하고도 남았다. 이해에 앞서 동정이 가고, 더구나 이날의 경우에는 친절히 맞이해 주는 노파가 한없이 고맙기만 했다.

　그러나, 이러한 첫 인상도 차차 방안을 살펴보는 동안 장씨의 마음 속에서 알 수 없는 불안과 공포의 감정으로 변해 갔다. 자세히 살펴보니 사면에 여복은 하나 없고 남복만 걸려 있고 또한 옆 방에서 남자 소리가 나거늘,

　'그러면, 이 집이…… 남자들만이? 깊은 산중인데…….'

　장씨의 가슴 속에서는 모든 감정을 압박하고, 그 대신 경계의 본능이 불현듯 치솟았다.

　청각과 시각을 총동원해서 주위를 경계했다. 얼마전 도망쳐온 무서운 뱃사공의 얼굴이 획 하고 뇌리를 스쳐 지나갔다. 어느새 남자라면 무서운 존재이며, 짐승이나 지옥의 아귀와도 다를 것이 없다고 단정해 놓고 있는 것이었다.

　노파가 들어오기 전에 도망가야 하겠다. 이와 같이 혼자서 자문자답하고 있을 때, 아까의 노파가 부엌에서 저녁밥을 가지고 들어왔다.

　노파가 있다는 것을 장씨는 까마득히 잊고 있었다. 그저 새삼스럽게 동류의 친근감을 깨달으며 밥을 먹어치웠다. 밥상머리에 앉아 상대방의 밥 먹는 것을 유심히 관찰하고 있던 초라한 노파는, 부인이 마지막 젓가락을 놓자,

　"어디서 사시는데 혼자서 이토록 깊은 산중에 찾아드셨답니까?"
하고, 비로소 말문을 열었다.

　"황성에 살고 있어요. 친정에 갔다가 회수에서 도적을 만나 겨우 구사일생으로 도망쳐 오는 길이죠."

　밥을 먹고 기운을 얻은 상씨는 석낭히 거짓말 반, 진담 반을 대답했으나, 막상 대답하고 나서 잘못했다고 후회했다.

　노파는 슬며시 일어서서 웃방으로 넘어갔다. 그리하여 아들 하나를 구석으로 끌고 가서 그의 귀에다 소곤거렸다.

　"안방에 지나가는 여인 하나가 와 있다. 얘기 듣자니 회수에서 도적을 만났다가 구사일생으로 도망쳐 오는 길이라는 것인데, 내가 생각하기에는 암만해도 수상하구나. 회수에서 사공노릇을 하는 석장

동 당질놈이 나루터에서 여자 하나를 얻어 마누라를 삼는다는 얘기도 있었는데, 이 여자 같다. 도망친 게 틀림없을 게다. 그러니, 너이 밤으로 말을 몰아 석장동 가서 마철에게 일러 주고 데려가라고 그러려무나. 다시는 도망치지 못하게 엄중히 감시하라고 그래라. 알겠느냐? 그 동안은 염려 말아라. 내가 있고, 저애들도 있으니까. 지금 밥을 먹여 놓았으니까, 잠들면 알 게 무어란 말이냐. 어서 말을 몰고 뒷문으로 빠져나가란 말이다.”

아들은 말없이 툭툭 털며 일어섰다. 그 태도가 어머니의 말이라면 절대 복종하는 눈치였다. 아들의 말은 천리마라고 해서 하루 천리를 달릴 수 있는 유명한 말이었다. 따라서, 석장동은 눈앞에 있는 거나 다름이 없고, 그러니까 더욱 장씨의 파멸은 경각지간에 았다고 해도 좋았다.

아들을 보낸 노파는 또 다시 시치미를 뚝 떼고 안방으로 건너왔고, 장씨는 그러한 노파에게서 아무런 의문도 발견하지 못했다. 그것은 초라한 노파에게 악의가 있을 수 없다는 장씨 자신의 단순한 신뢰에도 과오가 있겠으나, 그 주요한 이유의 하나는 피곤한 몸에 밥을 먹고 난 후의 육체적 피로에 있다고 해도 좋았다. 육체적 긴장이 풀림과 동시에 정신적 경계심이 완전히 마비되고야 만 것이었다.

따라서, 노파의 친절을 가장한 간계에도 깜쪽같이 넘어가, 잠시 후에는 장씨는 깊이 잠들어 버리고 말았다. 노파도 안심하고 잠을 청했다. 장씨는 꿈을 꾸었다. 호호백발의 노인 하나가 소리없이 나타나 부인의 앞에 앉았다. 그리고는 위엄있는 어조로,

“오늘밤에 큰 변이 일어날 것인데, 부인은 무슨 잠을 그리 자시오? 자, 빨리 일어나오. 빨리 일어나서 동산에 올라가 숨으시오. 그래 가지고 변이 일어나거든 재빨리 물가로 내려가시오. 거기에 내려가면 쪽배 하나가 있을 것이니 그 배를 타고 화를 면하도록 하시오. 그러지 않고는 천금보다 귀중한 부인의 몸을 안보할 방법이 없을 것이오.”

하고, 일러놓고 일어서서 어디론지 사라졌다.

장씨는 깜짝 놀라 잠에서 깨어 일어났다. 그러자 웬일인지 옆에서 잠들어 있을 줄 알았던 노파가 보이질 않았다. 웃방에서도 남자의 목소리는 들리지 않았다. 부인은 행장을 수습하여, 문을 살그머니 열고는 밖으로 내달았다. 노파는 아들 일행을 맞이하기 위해 부인이 잠든 동안에 어느새 일어나서 나간 것이 틀림없었다. 웃방의 남자들도 그럴 것이리라. 아니나 다르랴, 꿈속의 노인 지시대로 동산에 올라가 숨어 있노라니까, 장씨의 귀에 멀리서 말 발굽소리와 방포소리가 울려오고, 이어서 불빛이 번갯불처럼 하늘을 날으는 것이 눈에 띄었다. 그것은 점점 가까워지고 요란해지며, 얼마 후에는 장씨 자신을 찾는 짐승 같은 외침소리가 이쪽에서 무섭게 들려오고 있었다. 아마도 그들은 발 밑에 육박해 온 것이 분명했다.

장씨는 기겁을 하며 도망쳤다. 길도 없는 험한 절벽과 숲속을 엎어졌다 쓰러졌다 미칠 듯이 달아나, 꿈속 노인이 가르쳐 준 물가로 갔다. 그러자, 신비하게도 그곳에 쪽배 하나가 있었다. 쪽배엔 어둠 속에서도 완연히 알아 볼 수 있을 만큼 하얗게 차려입은 선녀 하나가 서 있었다. 선녀는 기다렸다는 듯이 급히 배를 저어와 불행한 장씨를 배에 오르라고 재촉했다. 그러면서 장씨를 부축해 올리었다.

배에 오른 장씨는 다짜고짜 선녀 앞에 무릎을 꿇었다. 무릎을 꿇었다기보다 쓰러져 넘어졌다. 열화 같은 간격으로 목이 메어 말이 나오지 않을 정도였다.

"박명한 천첩을 이렇게 구원해 주시니 선녀의 깊은 은덕 무엇으로 갚아야 좋으리까 ! "

하고, 부인은 겨우 울음 섞인 음성으로 말했다.

"소녀는 남해 용왕의 장녀랍니다. 오늘 부왕께서 분부하시기를, 대명국 유충렬의 모친 장부인이 오늘밤에 도적의 변을 당할 것이니어서 가서 구원하라 하시기에 이렇게 창황히 온 것이오. 부인의 명은 상제도 아는 바요. 소녀 같은 계집에게 무슨 은혜가 있다하리까."

이런 말을 듣고, 부인이 다시 하늘을 우러러보며 상제에게 감사를 올리자 그것이 미처 끝나기도 전에 뒤를 추격해 온 도적들이 물가로 육박했다. 어디선가 배 한 척이 휙하고 바람처럼 날아들었다.

그 배에는 예의 석장동의 마철이라는 놈이 창검을 높이 비껴 잡고 중간에 우뚝 버티고 서 있었다.

"네 이년! 가면 어디로 갈 것인가. 천신이면 몰라도, 그렇지 않을 바에 거기에 꿈쩍 말고 있거라!"

마철은, 창검자루로 뱃전을 치며 호령했다.

부인은 하릴없이 통곡하며 고개를 쳐들어 하는 말이,

"무지한 도적놈아! 나는 이래봬도 남경 유주부의 아내다. 간신의 참소를 만나 이 지경이 되었을망정 너 같은 도적놈의 계집이 될 수는 없다. 네 아내가 되느니 차라리 물에 빠져 청백고혼(淸白孤魂)이 될 테다."

"홍! 사지를 발기발기 찢어 죽일 년! 그래도 입은 살아 나불나불 지껄이는구나!"

무서운 마철은 커다란 창검을 번쩍 추켜들고 배를 몰아 육박해 왔다. 막 내려치려 할 때, 생각지도 않은 일진 광풍이 휙 몰아쳐 배를 떼어놓고, 강물도 모래사장도 도적놈들도 순식간에 아비규환의 수라장으로 만들어 버리었다. 백사장에 구르던 돌이 빗발치듯 날려 마철이 타고 있는 배를 반은 부숴 놓았다. 물결은 태산처럼 일어 방향을 잡을 수도 없고, 그대로 멈춰 있을 수도 없었다.

이쯤 되고 보니 적선의 생사는 경각에 놓여 있었다. 그렇건만 장씨가 타고 있는 용왕의 배는 순풍에 돛을 단 것처럼 평탄한 물 위를, 바로 그들을 위해서만 열어 놓은 항로를 가볍게 미끌어지듯 달려 갔다. 아! 이것이 상제가 명령하고, 용왕이 파견한 불사조의 배가 아니었더냐.

도적들의 파멸을 뒤로 보며 건너편 물가에 닿자, 장씨는 용왕의 장녀에게 무수히 치사하고 언덕으로 올랐다. 언덕에 올라서자 장씨는 땅에 평덩 주저 앉은 채 한 동안 일어날 줄을 몰랐다. 도무지 꿈 같고 믿어지지가 않으며 이 모든 것이 머릿속에서 제멋대로 오락가락 할 뿐이었다.

　얼마 후 장씨는 간신히 일어나 걷기 시작했으나, 지쳐서 걸을 수가 없었다. 하루를 걸어, 해가 서산에 기울었을 때에는 주위 산천이 매우 아름다운 곳에 당도하였다. 그곳은 천덕산 한림동이라는 고장이었다. 장씨는 날이 저무는 것을 보면서도 극도로 지쳐버려 시냇가에 앉은 채로 꾸벅꾸벅 졸고 있었다.

　그러자, 어젯밤 꿈에서 나타났던 고마운 노인이 신비스럽게 앞으로 걸어와 부인을 불러 내는 것이었다.

　"이제는 안심하고 저 산골짜기로 들어가시오. 거기에 가면 부인의
　곤란을 구할 사람이 있을 것이오."

　부인은 놀라 눈을 떴다. 역시 꿈이었다. 그러나, 어제의 일을 생각하여, 노인의 말대로 산골짜기를 찾아 걸어 들어갔다. 매우 험한 산이었다. 지쳐서 웬만한 나무 뿌리에도 걸려 쓰러지고, 돌에 채여 발가락에 피가 솟고, 쓰러지면 한동안 정신을 잃고 일어나지 못하기도 했다. 그리고도 걷고 또 걸었으나 좀처럼 현몽의 노인의 말과 같은 고마운 인물은 나타나지 않았다.

　"아 ! 나는 내 몸조차 이 이상 더 부지할 수 없다. 구해 줄 사람이
　있다던 그 노인의 말도 이제는 믿을 수가 없다. 그렇다고 연경으로
　가자니, 여기서 연경까지는 아직도 삼만 오천육백 리나 남았다. 여
　자의 몸으로 가망조차 없는 거리다. 또 가본다 하더라도 도중에 무
　슨 일이 있을지도 모른다. 생명을 잃지 않는다고 누가 장담할 것인
　가. 차라리 예서 죽어, 결백한 혼백이나 남아서 고향으로 돌아가리
　라. 또 거기서 설령 만난다 하더라도 기쁘게 대할 수가 있다."

　부인은 그런 말을 중얼거리며, 행장을 끄르기 시작했다.

　"아들에게 이것만은 전해야 할 것이 아니냐."

　장씨는 행장에서 옥함을 내어 놓고, 비단 수건에다 주홍글씨로 다음과 같이 새겨 썼다.

　'모월 모일, 대명국 동성문 안에서 살고 있는 유충렬 모 장씨는 옥
　함을 내어 아들 충렬에게 전하노라. 죽은 혼백이라도 받아보라.'

그리하여 수건과 함께 옥함을 다시 정중하게 싸서 시냇물에 집어넣고, 옷을 입은 채 물에 빠져 죽으려 했다. 그러는 동안에도 쉴새 없이 목놓아 울어대었다. 슬픈 울음소리가 천지를 진동하고, 울창한 수림 속으로 쟁쟁히 울려퍼졌다.

장씨가 막 몸을 던지려 할 때 저편 깊숙한 골짜기에서 물동이를 옆에 끼고 물을 길러 나왔던 어느 여인 하나가 급히 달려 내려왔다. 여인은 아까부터 웬 울음 소리인가 하고 수상히 여기고 있던 모양이었다.

여인은 장씨를 잡아 바위에 앉히고 물었다. 그리고, 짐짓 자기 집으로 끌고 갔다.

장씨도 싫어하는 것은 아니었다. 예의 꿈 속의 노인의 말이 상기되었기 때문이었다.

여인의 집은 거기서 얼마 떨어지지 않은 험한 바위 사이에 있었다. 몇 칸밖에 아니 되는 초옥이나, 매우 정결하고 얼핏 보아도 신비한 기운이 그 집에 덮여져, 그 집에서 살고 있는 사람들의 품격을 짐작할 수 있을 만하였다. 흔히 말하는 군자나 신선의 거처임에 틀림없었다.

여인의 안내를 받아 방으로 들어가자, 벽에는 갈건야복(葛巾野服)이 말쑥하게 걸려 있고, 안상(案上)에는 무수한 책자가 정연하게 쌓여 있었다. 장씨는 마음이 흡족해지고, 피로도, 배고픔도, 방금까지의 모든 고통스럽던 정신적 고통도 일시에 가신 듯 그저 편안하기만 할 뿐이었다.

장씨가 마음이 반갑고 안정하여 고생하던 전후 말과 연경을 찾아가다가 중로에서 봉변하던 말을 낱낱이 고하자 주인도 낙루하고 손도 슬피 울었다. 뜻밖에 부인의 말을 듣고 크게 놀라 전후수말(前後首末)을 다 못하고 낙루하여 말하기를,

"부인께선 아마 나를 모르실 거요. 유주부는 바로 내 처숙이 되는 분입니다."

"아니, 그럼……."

주인은 원래 훌륭한 벼슬을 하던 이인학의 아들 이처사, 바로 그 사

람이었다. 성격이 결백하고, 정신이 숭고한 탓으로 젊었을 때 지켜오던 벼슬의 길을 헌신짝처럼 내던지고 이 깊은 산중에 들어와 농사를 지으며 학문에 힘써 온 지 오래였다. 그 높은 덕성은 이미 세상에 널리 알려져 있는 터이었다.

이처사의 모친은 유심의 종숙모였다. 황성에서 벼슬을 할 때에는 유주부와 자주 만날 수 있었고, 피차 친절하게 내왕해 왔다. 그러나, 그것도 먼 옛날의 일이었다.

"정말 오랜 일이라 몰라 보아 죄송합니다. 더구나 이렇게 되실 줄 누가 알았겠습니까. 사람들의 하는 짓이란 높고 낮고 간에 결국 존경할 만한 것이 아무것도 없다는 것을 말해 주는 거겠지요."

하고, 이처사는 처사다운 초연한 어조로 그렇게 말했다.

장씨는 비로소 안식처를 얻은 셈이었다. 처사와 여인의 극진한 대접을 받으며 아무것도 그리울 것이 없었다.

그러나 아들을 생각하고 남편을 생각하는 연연한 비애는 날이 갈수록 더해 갔다. 아들을 잃고, 남편과 생이별을 한 집없는 아내가 그 몇 갑절의 친절로 향연을 받는다고 하더라도 어찌 하룬들 편안할 수가 있을 것인가. 장씨는 거의 눈물로 아니 지내는 날이 없었다.

각설, 이때에 충렬은 모친을 잃고 물에 빠져 살 길이 없더니 문득 두 발이 닿거늘 자세히 살피어 보니 물속에 큰 바위라. 밟고 올라섰을 때에는 어느새 물 위로 떠 있었다. 그제야 비로소 충렬은 어머니가 없어진 것을 알았다.

"어머니! 어머니!"

충렬은 미친 듯이 어머니를 불러대며 울었다. 그러나, 어머니가 거기에 있을 턱이 있겠는가. 시야를 메워 버린 망망한 강물만이 그의 애끊는 비명을 더욱 차갑게 조롱하는 듯했다.

얼마만큼 불러대고 또 울었는지 모른다. 때마침 그곳을 지나던 장사치 일행이 배를 저어 접근해 왔다. 이들은 북경과 남경을 왕래하며 장사를 하는 행상들로서 이때는 남경에서 물건을 많이 사서 배에 싣고 북경으로 가던 참이었다. 이들은 소년의 구슬픈 울음소리를 듣고

뱃머리를 돌려 급히 접근해 온 것이었다.

장사치들은 물 가운데의 바위에 앉아 우는 충렬을 보자 다같이 힘써서 자기네 배에 올려 주었다. 그들은 영문을 캐묻기 시작했다. 소년은 도적을 만났다는 것과 함께 가던 어머니가 온데 간데 없어졌다는 얘기를 했다.

이에 선인 등은 비감하여 물가에 내려 주고 갈 대로 가라 하며 배를 띄워 북경으로 행하였다. 충렬은 배에서 내린 언덕의 그 자리에 주저앉은 채 또 다시 어머니를 찾으며 울었다. 도저히 그 강물에서 그냥 떠나갈 수는 없었다.

한참 후, 묵묵히 앉아 있던 소년은 그제야 무언가를 결심한 것처럼 털고 일어서서 걷기 시작했다. 발걸음이 향하는 대로 무작정 걸었다. 배가 고프면 마을을 찾아가 찬밥덩어리를 얻어 먹고 또 걸었다. 걷는 것만이 자기의 유일한 의무인 것같이.

며칠이 지나고, 몇 달이 지나고, 차가운 겨울마저 지나 해가 바뀌었을 때에는 충렬의 모습은 아예 딴 아이처럼 변해 있었다. 옷은 헌 누더기가 되고, 살은 새까맣게 그을었다. 게다가 때와 먼지가 엉겨붙어 가엾은 거지라도 이만한 거지는 없었다. 새까만 얼굴 복판에서 두 개의 눈알만이 별빛처럼 반짝반짝 빛나고 있을 뿐이었다. 그전 어머니 밑에 있으면서 어머니의 손에 잡혀 다닐 때의 그의 모습을 본 사람이라면 이 엄청난 변화에 깜짝 놀라지 않을 수가 없을 것이다.

충렬은 어느새 열네 살이 되었다. 키도 훨씬 크고 몸도 아주 단단해 보이지만, 그러나 거지의 모습은 벗어나지 못하였다. 그에게는 걷는 것만이 유일한 생활이었다. 이 마을에서 또 다른 마을로 걷고, 같은 마을을 두 번 찾아가는 법이 없었다. 이처럼 불행한 소년은 정처 없이 무작정 전국을 걸어 헤매었다. 어느 날 충렬은 초(楚)나라 땅에 들어섰다. 춘추 전국시대에 형(荊)·초(楚)의 무변한 넓은 땅을 발판으로 멀리 중원(中原)과 대적해서 만세에 길이 용명을 떨쳐온 초나라 땅이었다. 정치나 사회의 추악한 부패상에 환멸을 느끼고 자신의 몸을 멱라수(汨羅水)의 깊은 물에 집어 던져 투신 자살해 버린 만고의 위대한 낭만 시인 굴원(屈原)이 한숨을 쉬며 걸어다녔던 초나라 땅이었다.

충렬은 이러한 유서 깊은 땅을 걷다가 넓은 물가에 앉아 피곤한 다리를 쉬기로 했다. 바다같이 망망하니 끝도 없는 물은 전국을 헤매어 다닌 그의 가슴을 한없이 부풀게 하고, 감명깊게 했다. 공상은 날개를 단 듯 천리를 달리고, 하늘에 뛰어올랐다.

백구가 훨훨 날개를 흔들며 물 위를 날 때, 충렬 또한 마음만은 백구에 못지 않을 만큼 하늘 높이 솟아 오르고, 또 물 속 깊숙히 파고 들었다. 온갖 이치가 그 물과 넓은 자연에 있는 성싶었다.

얼핏 눈을 돌리니 물가 자그만 언덕 위에 정자가 서 있었다. 충렬은 일어서서 그리로 걸어갔다.

'회사정!'
이라는 정자의 이름이 뚜렷하게 보이었다. 충렬은 호기심에 정자에 올라가 사방을 둘러 보았다. 어린 마음에도 이 정자를 세운 사람은 위대한 멋쟁이라고 생각되었다.

아름다운 멱라수를 한눈에 내려다 볼 수 있는 참으로 경치 좋은 곳이다. 벽을 쳐다보니 군데군데 어른들의 손이 무난히 닿을 만한 곳에 글이 씌어 있다. 어떤 것은 이내 알아보지 못할 만큼 내둘러 썼고, 어떤 것은 정자로 또박또박 씌어 있다. 그 글을 하나 하나 눈여겨 보았다. 군삼려의 글도 있었다. 그런데 동벽상에 세로 두 줄 글이 있거늘,

'무년 무월 무일, 남경 정언주부 유심은 간신의 참소를 만나 연경으로 적거하다가 멱라수에 빠져 죽노라.'

하거늘 충렬이 정상(亭上)에 거꾸러져 통곡하며,

"아! 이게 웬일이냐? 우리 부친이 연경으로 간 줄만 알았더니 이 물에 빠졌도다. 회수에 모친 잃고 멱라수에 부친 잃었으니 나 혼자 살아나서 무엇할꼬. 그렇다면 나도 죽으리라."

하고 물가에 이르러 최후의 몸가짐을 단정히 하였다. 이때 영릉 땅에 강희주라 하는 재상이 있었는데 강희주는 소년 등과하여 높이 재상 벼슬까지 딴 준재였다. 학문이 깊은 총명한 재상일 뿐만 아니라, 또한 인격이 고결하기로도 유명했다. 이러한 고결한 인물일수록 사회는 가

혹하게 냉대하는 법이다. 곧은 충성심과 결백한 정신을 가진 강희주는 재상으로 있을 때에 많은 적을 가졌고, 마침내는 그 때문에 간신들의 참소를 만나기까지에 이르렀다. 정한담과 최일귀는 그의 최대의 적이었다.

그래서 할 수 없이 벼슬을 버리고, 고향인 영릉에 내려와 자연 산천을 벗삼고 지내는 중이었다. 이날은 우연히 본부에 갔다가 돌아오는 도중 멱라수에서 그리 멀지 않은 주점에서 쉬고 있었다. 잠깐 잠이 들었는데 괴상한 꿈을 꾸었다. 멱라수에 오색 구름이 깃들고, 청룡 하나가 물에 빠지려 하며 물가에서 한없이 통곡하고 있는 꿈이었다. 학문이 남달리 높은 강희주는 꿈에서 놀라 깨어 일어나 멱라수로 달려오니 과연 동자 하나가 물가에 앉아 울거늘 급히 달려들어 그 아이 손을 잡고 회사정에 올라와 자세히 물으니,

"소자는 남경 동성문내에 사는 정언주부 유공의 아들이온데 부친께서 간신의 참소로 연경으로 적거하시다가 이 물에 빠져 죽은 종적이 회사정에 있는 고로 소자도 이 물에 빠져 죽고자 하옵니다."

충렬의 설명을 다 듣고난 강희주는 유심의 글이 있는 벽 앞으로 걸어갔다.

"아, 이게 웬말이냐! 그 유주부가? 그놈들의 참소를 만나 결국은 죽었단 말이구나. 그 악당놈들에게, 만고의 역적들에게, 고이한 놈들! 고이한 놈들! 이런 줄은 꿈에도 몰랐다. 네 부친 유주부로 말하면 만고의 충신이며, 고결한 현신이었다. 나와는 막역한 사이였다. 참말 이럴 줄은 몰랐구나. 하늘이 감동하셔서 그러한 훌륭한 벗의 아들을 내게 보낸 모양이다. 아무튼 가자. 우리 집으로 가서 나와 함께 지내자."

"아니올시다! 소자는 천지간에 다시 없는 불효자라 살아서 무얼 하옵니까. 어른의 말씀은 고마워도 아버지와 어머니를 물 속에 잃은 저는 추호도 살 마음이 없습니다."

"무슨 소리! 그럴수록 살아서 부모의 유훈을 받들어야 한다. 네가 죽으면 유주부의 사당을 누가 돌본단 말이냐. 세상 사람들이 자식

낳아서 좋단 말이 무엇이냐. 후사를 끊기지 않고 대대손손 이어가
자는 것이 아니냐. 잔말 말고 가자 ! ”

강희주의 강요에 할 수 없이 충렬은 따라가기로 했다.

강희주의 집은 영릉 땅 월계촌이란 곳이었다. 산천 아름답고 인구
많아, 처음 발을 들여 놓는 소년의 눈을 황홀하도록 취하게 할 정도였
다. 집들이 죄다 크고 깨끗하며, 지나는 사람들도 예의 바르고 존경할
만한 사람들뿐이었다. 강희주의 집은 마을을 한 눈에 내려다볼 수 있
는 높직한 산 밑 아름다운 수목이 우거진 곳에 자리잡고 있었다.

강희주는 우선 소년을 외당에 두고, 안으로 들어가 부인 소씨에게
오늘의 사건을 자세히 설명해 들려주었다. 소씨 역시 남편 못지 않을
만큼 훌륭한 지성과 교양을 갖춘 여자였다. 나이도 그쯤되면 인생의
갖가지 경험을 다 겪고, 그 경험을 자손들에게 남기고 싶어할 수훈의
노경에 들어 있었다.

충렬을 보자 소부인은 그의 손을 잡고 뜨거운 눈물을 흘렸다.

“네가 동성문 안에서 사시던 장부인의 아들이었구나. 부인이 아들
이 없다고 항상 한탄하시더니 그래 산에 가서 빌으신 덕으로 이와
같이 훌륭한 아들을 얻으셨구나. 그런데도, 아 ! 가엾은 부인 ! 이
토록 잘 생긴 아들을 두고 가시다니. 이게 대체 어떤 몹쓸 운명의
짓이냐. 참으로 세상사가 허망하구나. 간신의 해를 입고 충신들이
다 죽어가니 나라인들 무사하겠느냐. 나는 그래도 네 모친만은 했
는데, 그 훌륭한 부인도 그렇게 되었구나. 가엾다 ! 다른 데 가지
말고 내 집에 있어라. ”

충렬은 눈물을 흘리며 겨우 감사의 인사를 하고 내당을 나왔다.

이때 강승상이 아들은 없고 다만 일녀를 두었는데 강희주의 딸도
따지고 보면 충렬의 부모가 충렬을 얻은 것과 똑같은 결과로 얻은 딸
이었다.

충렬의 모친 장부인이 나이가 들어도 자녀가 없어서 늘 근심해 오
던 것처럼, 강희주의 부인 소씨도 자녀가 없어서 오래도록 우울한 세
월을 보내왔다. 서로는 황성에 있을 때, 자식이 없다는 것으로 말동무

였다.

장씨가 형산에 올라가 산제를 지내 충렬을 얻었을 때, 소씨는 월계촌에서 꿈을 꾸고 딸을 보았다. 그 꿈이 또한 신기하였는데,

　"소녀는 옥황선녀이옵더니, 자미원 대장성과 연분이 있사와 한가지로 인간계에 내려올 제 소녀를 강문에 보내매 왔사오니 부인은 애휼하옵소서."

하고 아리따운 선녀가 오운을 타고 내려와 부인에게 안기는 것이었다.

그뒤 딸을 낳았는데, 그 출생에 얽힌 아름다운 기적처럼, 낳아 놓은 딸이 실로 이상적인 딸이었다. 아니나 다르랴, 차차 자라면서 그 아이는 용모가 비범하고 거동이 단정하고 시서 음률에 통치 않는 것이 없고, 여중 군자며, 총명지혜 하였다. 한마디로 말해 절세의 이상적인 여자였다. 총명하고도 아름다운 무남독녀였으니, 그 딸이 얼마나 애지중지 자랐겠는가 하는 것은 누구나 짐작하고도 남는 일이었다.

연분이라는 것은 어쩔 수 없는 일이다. 첫째 강희주와 충렬이가 만난 것도 신기한 연분이려니와, 강희주의 무남독녀와 충렬이가 둘 다 이렇게 고를래야 고를 수 없을 만큼 실로 마땅한 소년소녀였다는 것이 그 둘째가는 연분이었다. 서로가 하늘에서 도운 남자였고 여자였다. 이런 천명으로 정해졌으니 누가 감히 끊을 수가 있겠는가.

강희주 내외는 충렬을 보던 그때부터 마음 속 어딘가 딸의 운명을 예견하고 있는 듯했다. 그것이 차차 날이 가고 달이 감에 따라 성숙하고, 부부는 서로 마음의 비밀을 표시하기 시작했다. 처음에는 눈짓과 미소로써 상대방의 의사를 타진해 보는 듯하다가, 그 후에는 대담하게 말로 표현했다. 말하자면 모든 것이 어린 소년소녀의 경사스러운 백년 결합을 위해 진력해온 것이었다.

이리하여 아름다운 한 쌍의 원앙이 탄생하였다. 충렬의 나이 열다섯이었다. 그들의 사랑은 열렬했고, 부모와 동네 사람들은 그들의 장래를 즐거운 마음으로 촉망했으며, 자연도 그들의 애정을 시샘하는 듯했다.

이러구러 세월은 흘렀다. 강희주 내외는 딸 내외의 행복한 생활을 위로로 삼으며 늙은 여생을 보내고 있었다. 원래 추상같이 고결한 성격이고, 학문과 덕성을 좋아하는 강희주는 벌써 머리가 하얗게 세어 가고 있었지만, 곧은 성품과 지조는 조금도 변하지 않았다.

'내가 이제 바랄 것은 아무것도 없다. 있다면 내가 평생의 뜻으로 해온 충성심에 끝을 맺는 점이다. 충신을 배척하고, 간신을 두어둔 조정을 청소해서 이 나라의 장래와 만승천자의 앞날에 행복한 태양이 비치도록 해야 할 것이다. 나라를 좀먹는 간신을 없애고, 충신의 길을 열어야 할 것이다. 유주부의 불행한 고혼을 고이 잠들도록 해야 할 것이다.

내가 이것을 못한다면, 이 막중한 사업을 내 생전에 못해 놓는다면, 이 나라는 영영 간악한 사람들만이 뛰노는 암흑의 세상이 되고야 말리라. 내가 해야 한다. 한 자 한 자 뜨거운 피를 토해 써 올린다면, 잠시 혼미 속에 빠져계시는 황제라 하더라도 반드시 눈을 뜨시리라.'

그러던 어느날 강희주는 유사의 위엄을 세우며 황성을 향해서 집을 떠나기로 했다. 그의 결심은 대단하였다. 공맹(孔孟)의 정신에 투철한 어떠한 충신도 그를 당하지 못할 정도였다. 부인 소씨가 팔을 잡으며 만류해도, 딸과 사위가 눈물을 흘리며 무가치함을 역설해도 소용이 없었다.

"충신은 남의 말을 듣지 않는 법이다. 일단 마음에 옳다고 결정한 일이라면 목에 칼이 떨어지더라도 실천하는 것이 충신이다. 백발이 성성한 내게 두려울 것이 무엇이 있겠느냐. 너희들의 백년 인연을 맺어 놓았으니 부모로서의 의무는 다한 셈이고, 이제는 신자로서의 의무가 남아 있을 뿐이다. 나를 말리지 말라. 태양이 제 갈 길을 자유롭게 가듯이 나는 자유롭게 간다. 충신은 햇빛 아래서 죽고, 간신은 달빛 아래서 죽는다는 이치를 너희들은 두고두고 생각해 보라!"

위대한 노충신은 이런 말을 남겨놓고 황성으로 향했다. 예로부터 충신은 고집이 세고, 간신은 살살 미꾸라지 같다는 법이지만, 그러나 이토록 고집이 센 충신은 또 없을 것 같았다.

황성에 당도한 강희주는 퇴임한 재상 권공달의 집을 찾아가 우선 여장을 풀었다. 그 집에 사처를 정하고, 한 자 한 자 피와 혼이 맺힌 붓을 들어 황제에게 상소를 지었다.

승지를 통해 올려진 그의 상소문은 이러했다.

"전임 승상 강희주는 돈수백배하옵고, 폐하 전에 상소하나이다. 황송하오나, 충신은 국가의 본심이요 간신을 물리치고 충신을 가까이 하시와 인정을 행하시고 덕을 베푸사 창생을 살피시면 소신 같은 병골이라도 태고순풍 다시 만나 청산 백골이나 좋은 땅에 묻힐까 하였더니, 간신의 말을 듣삽고 주부 유심을 연경으로 원찬하시니, 선인의 하신 말씀에, 인군이 신하 보기를 초개같이 하여 그로 인해서 충신의 입을 막고 간신의 악을 받아 국권을 앗았으니 어찌 아니 한심하오리까? 왕망이 섭정하매 한실(漢室)이 미약하고, 회왕(懷王)이 위태하매 항적이 죽었으니 복원하옵건대 황상께옵선 깊이 생각하옵소서. 신이 비록 죽는 날이라도 사은 바다 같사오니 복원하옵건대 황상께옵선 유심을 즉시 방송하와 폐하를 돕게 하옵소서. 주달하올 말씀은 무궁하오나 황송하와 그치나이다."

그러나, 천자는 상소문의 뜻을 정한담 일파를 꾸짖고, 그들을 몰아내는 동시에 그 반대파를 들여 달라는 뜻으로 이해하시었다. 하나를 쓰면 다른 하나가 반대하고, 이쪽이 이기면 저쪽이 시기하는 것이 아닌가 라는 것이었다. 따라서, 이 문제를 정한담과 최일귀에게 보여서 원만하게 해결하는 것이 명군의 도리라고, 천자는 결심하시었다.

강희주의 상소를 보고난 정한담은 대번에 새파랗게 안색이 변했다. 그 첫째 감정은 상소의 주인공에 대한 냉혹한 증오였으나, 그러나 그는 이내 그러한 감정을 어전의 편리에 따라 일종의 국가적 분노로 돌리는 것을 잊지 않았다.

"전임 대신 강희주의 상소를 보오니 한마디로 대역무도이옵나이다. 충신을 왕망으로 견주어 폐하를 원망하였으니 이놈을 역률로 다스리시와 능지처참하옵고, 일변 그 놈의 집 삼족을 멸하여지이다.”

천자는 그러라고 승낙하시었다. 이에 정한담은 승상부를 나가기가 무섭게 즉시 나졸들을 재촉했다. 이윽고 강희주는 권공달의 집에서 잡혀 왔다. 강희주는 결박을 당한 채 잡혀 왔으나, 황성 안은 온통 뒤집히고야 말았다. 개는 짖고, 사람은 사시나무 떨듯 떨었다. 그들은 이런 일이 있을 때마다 수백 명씩 무고한 사람들이 죽어가는 것을 보아왔기 때문이다. 상소가 던진 파문은 온 황성을 뒤집어 놓았고, 경우에 따라서는 전국의 곳곳에까지 번졌다.

사람들은 이 파문을 피해 달아나려고 숨도 쉬는 둥 마는 둥 하지만, 결국은 물결이 자연 진정될 때까지 기다리는 수밖에 없다.

생류들은 무고하게 연좌될까 해서 저마다 전전긍긍했다. 친척이라도 친척이 아니라고 우기고, 평소에 막역한 사이라도 전연 만난 일도 없다고 핏대를 올렸다.

강희주는 충렬이 연좌될까 하여 급히 편지를 만들어 집으로 보내고 철망에 싸여 금부(禁府)로 들어가니 정한담이 승상부에 높이 앉아,

“네가 자칭 충신이라더니, 충신도 역적이 될 수 있단 말인가!”

하며 강희주를 꾸짖는 것이다.

“싱거운 수작 마라! 죽이려거든 빨리 죽여라! 관숙(管叔) 채숙(蔡叔)이 주공(周公)더러 역직이라고 아니하더냐. 양화(陽貨)가 공자(孔子)더러 소인이라고 했으니, 네가 그러한 무리가 아니고 무얼까!”

“충신은 입만 살아서 나불나불하는 것이 충신인가. 붓을 들고 눈물을 흘리며 끄적끄적해대는 것이 충신인가. 죽어서나 충신노릇 하려무나. 여봐라! 저 만고역적놈을 거리에 내쳐다가 대명국 법률이 엄존함을 명시하고, 누구라도 역적이면 이렇게 목을 벤다고, 어리석은 무리들을 일깨워 주어라!”

강희주는 또 한 번 눈을 부릅떴으나 아무런 효과도 못보고, 나졸들의 손에 끌려서 밖으로 나갔다.

그런데 거리를 한 바퀴 돌고 처형하려 할 때, 별안간 처형 금지령이

내렸다. 강희주의 고모로 황태후가 되어 있는 여인이 조카의 처형에 대한 이야기를 듣고 천자께 사정을 한 것이었다. 황태후의 딱한 호소에 못이겨 천자는 급한 명령으로 처형을 중지시켰고, 그 대신 강희주는 옥문관(玉門關)으로 귀양보내고 그 일족은 잡아다가 궁노비로 공입(貢入)하도록 하신 것이었다.

영릉땅 월계촌은 이때까지도 아무런 변화가 없었다. 황성에서 멀리 떨어져, 유유한 대자연만을 즐기며, 평화가 넘실거리었다. 충렬의 젊은 내외는 꽃다운 신방살이를 계속하고, 어머니 소씨는 어린 것들의 즐거운 생활을 위로로 삼아 생활하고 있었다. 그런데 난데없이 급한 편지가 날아 들었다. 충렬은 편지를 받기가 무섭게 위기를 본능적으로 직감했다.

'오호라! 늙은 아비는 전생에 죄가 중하여 슬하에 자식 하나 없고, 다만 딸 하나를 두었더니 천생으로 그대를 만나 부귀영화를 보려하고 딸의 평생을 그대에게 부탁하였더니, 가운이 그러한지 조물이 시기함이 충신을 구원하다가 만리 변방에 생사를 모르게 되었나니, 이러한 변이 또 있겠느냐. 늙은 아비는 연만하여 풀잎의 이슬 같고, 여년이 불원하여 이제 죽어도 섧지 아니하지만 딸의 일을 생각하니 가련하고 불쌍한지라. 천생연분으로 그대를 만나, 정신이 미흡하여 이 지경이 되었으니 형용이 어찌 될까. 가슴이 답답하다. 그러하나 늙은 아비는 역률로 잡히어 철망을 쓴 채 옥문관으로 원찬되어 가고, 내 일가족은 잡아다가 궁노비로 쓰기 위해 나졸들이 곧 내려가게 되었으니 그대 급히 집을 떠나 대환을 면하라. 만일 신정을 못 잊어 도망치지 못하면 우리 두 집은 일점 혈육이 씨없이 될 것이니, 부디 도망하였다가 일후에 귀히 되거든 딸을 찾아 버리지 말고 백년해로하여 나 죽은 날 박주일배라도 향화를 피운 후, 장승상은 일생 그리던 충렬의 손에 많이 흠향하고 가라 하면 구천의 여혼(餘魂)이라도 일배주를 만반 주육으로 먹고, 청산에 썩은 뼈도 춘풍을 다시 만나 그 은혜를 갚으리라.'

하였거늘 충렬은 가슴이 쿡 내려 앉는 느낌이었다. 이미 짐작이 아니

가던 것도 아니지만, 쏟아져 나오려는 눈물을 꾹 참고 편지를 가지고 아내의 방으로 들어갔다.

"이제, 어떻게 하지요?"

아내는 편지를 보고나서 그렇게 말했으나, 그것은 자신에게 묻는 말 같기도 했다.

"전생의 죄로 나는 언제나 명이 기박한 듯하오. 부운같이 떠돌아 다니라는 신세인 것 같소. 당신과 만난 지 일년도 못가서…… 아무튼…… 자, 이것을 받으시오. 후일 만납시다."

충렬은 고의 한삼을 벗어 거기에다 두어 구 글을 써서 내어 밀었다.

아내는 남편의 옷을 잡고, 참았던 울음을 터뜨렸다. 그러나 이내 진정하며,

"이왕 이렇게 되었다면, 나를 생각 말고 어서 화를 면하세요."

아내도 역시 옷 한자락을 떼어 글 두 구를 적어주었다. 그리고, 급하게 행장을 차려주며 떠나기를 재촉했다.

"어서 가요! 뒤를 생각말고 어서 떠나요. 아버님도 불쌍하고 어머님도 불쌍하지만, 당신은 살아야 해요. 나는 궁노비의 고역을 치르게 되면 저 세상에나 가서 당신과 만나게 되겠지요. 어서 떠나세요. 나졸놈들이 들이닥치면 야단나요."

아내는 울지 않으려고 애썼다. 눈물은 쉴새 없이 흘러서 양뺨을 홍건하게 적셔놓고, 전신은 부들부들 떠는 것이 옷위로도 알 수 있었다.

충렬은 아내, 장모와 이별하고 돌아섰다.

별안간 눈물이 앞을 가로막아 걷지를 못했다. 두 다리 역시 무언가에 묶어진 듯이 움직여지지를 않았다. 뒤에서는 모녀의 통곡하는 울음소리가 온 세상의 음향을 압박하는 듯했다.

충렬은 겨우 힘을 내어 서천을 향해서 걷기 시작했다.

이로부터 나흘이 지난 뒤에 금부의 나졸들이 초상집 같은 강희주의 집에 달려들었다. 나졸들은 소씨 모녀를 잡아 금부의 수레에 실어 놓고, 집은 죄다 파헤쳐 연못을 만들어 버리었다. 무자비한 권력의 힘은 그 끝을 몰랐다. 정한담의 복수의 잔인한 욕망은 강희주를 멀리 귀양

보내어 잠시 살려 두는 대신에, 그 일가의 멸종, 아니 기억에서조차 그들의 인상을 완전히 없애버리려 한 것이었다.

소씨 모녀는 권력의 횡포에 말없이 끌려갔다. 청수강에 당도해서 압송 제 일야를 보냈다.

모녀는 따로 방을 정하고 나졸들은 나졸들대로 방을 정했다. 이슥한 한밤중이 되어 누군가가 방문을 살그머니 두드렸다. 불행한 모녀는 물론 잠을 자지 않고 있었기에 이내 문을 열어 주었다.

"소인은 장한이라는 나장이올시다. 조금도 겁내지 말고 제 말씀을 들으소서."

장한이라고 자칭하는 나장은 간단하게 낮은 음성으로 자기의 소개를 했다. 그의 설명에 의한다면 강희주가 재상으로 있을 때에 승상부 서리로 있던 그의 아버지가 죄를 지어 처벌을 당할 뻔했는데, 강희주의 덕으로 죄를 면하게 되어 그들 부자는 언제라도 꼭 강승상의 은혜를 갚아야 한다고 결심해 오던 중이라는 것이었다. 이런 말을 듣고 모녀 두 사람은 심야에 찾아든 낯모르는 남자에 대하여 우선 안심을 했다. 나졸들이라 하더라도 모녀는 조심스럽게 경계해 왔기 때문이다.

"강승상이시라면 소인의 얼굴을 잘 기억하고 계십니다. 그래서 말씀인데, 훗일은 소인이 적당히 처리할 터이니 어서 이곳을 도망가셔서 아무 데고 살만한 곳으로 가십시오. 다른 놈들이 잠들어 있는 것을 보고 왔습니다. 이 밤만 잘 피하신다면 내일은 소인이 그놈들을 얼렁뚱땅해서 쫓지 못하게 넘겨치우겠습니다. 자, 우리 부자가 평생을 두고 결심해온 은혜인 줄 아시고 어서 도망치십시오."

소씨 모녀는 부랴부랴 서둘러, 장한의 안내를 받으면서 어둠 속의 집에서 빠져 나갔다.

이미 삼경이 지나 있었다. 동산을 넘어 십리나 왔을 때, 장한은 또 밤하늘에 하얗게 보이는 강물을 가리키며, 이렇게 말했다.

"저것이 청수강이올시다. 강을 지나실 때, 물에 빠진 흔적을 남겨 놓고 가세요. 그러면 투신 자살로 생각할 것입니다. 강을 건너면 어디로든지 가십시오."

장한은 돌아서고, 모녀는 걷기 시작했다. 어머니 소씨는 장한의 친절에 감사하고, 지혜가 있는 남자라고 생각했다. 특히 물에 빠진 흔적을 남겨 놓으라는 말에는 어쩐지 호감이 가는 듯했다.

그러나 그녀는 잠시 생각에 잠기더니,

"장한이라는 남자가 나에게 한 말 같다. 신발을 벗어놓고 죽으면, 저 애만이라도 혐의를 벗어나 안전하게 살아갈 수 있겠지. 장부인도 물에 빠져 죽었듯이 나도 죽는 것뿐이다. 어린 딸이 고생하는 것을 보기 전에 죽는 것뿐이다."

이런 말을 중얼거리면서 신발을 물가에 단정히 벗어 놓고, 물에 뛰어들었다. 장한의 친절한 충고가 그야말로 소씨의 죽음의 요인이 되어 버리고 말았다. 그동안 겪어온 과도한 정신적 고통이 부인을 파멸에 몰아 넣었다고나 할까.

아무튼 뒤늦게 달려온 아가씨는, 이 세상에 자기 혼자만 남은 것을 알자 도저히 살아갈 생각이 없었다.

얼마 후, 망연자실해 서 있던 그녀는 어머니의 신발 옆에 자기의 신을 나란히 벗어놓고 물가로 걸어갔다. 그때 누군가가 뒤에서 손을 잡아, 깜짝 놀라며 돌아보았다. 낯 모르는 한 부인이 자기의 손목을 잡고 있었다.

"왜 이런 데서 죽으려고 하시오. 이렇게 젊은 아가씨가. 자, 이리 오셔서 사정이나 들어봅시다."

낯 모르는 부인은 아가씨의 손을 끌고, 물가로 나왔다.

알고 보니 그 부인은 그 지방 고을의 관비로서, 이웃 마을에 갔다가 밤길을 더듬어 오는 중이었다. 어머니의 뒤를 따라 죽으려 한다는 아가씨의 설명을 듣자, 관비는 내 집에 가서 같이 살자하였다.

이리하여, 관비의 집에 정착하여 살게 되었으나, 관비는 남에게 무한정 밥을 먹여도 좋을 만큼 부유하지는 않았다. 그녀는 아가씨를 수양딸로 정한 후에 자색과 태도를 살펴보니 천상선녀 같은지라 이 고을 동리마다 수청을 드렸으면, 천금재산을 부러워하며 만량태수를 원할쏘냐. 만가지로 달래어 다른 데로 못가게 하더라.

각설하고 이때에 충렬은 아내의 사정을 전혀 모르는 채 서천을 향해서 걷고만 있었다. 몇 년 전, 회수에서 어머니와 이별했을 때와 똑같은 방랑의 그날 그날이었다. 대자연을 벗삼아 높은 산을 만나게 되면 멈춰서 푸른 하늘을 바라보며 탄식을 하고, 깊은 물을 만나게 되면 앉아서 공상을 즐기는 자유로운 사색의 행각이었다. 유상공의 집에서 배운 글은 생각에 깊이를 주었고, 한 살 한 살 더 먹어가는 소년의 나이는 이해에 넓이를 가져왔다. 아버지와 어머니를 잃고, 게다가 젊은 아내마저 잃은 새로운 정신적 고통은 그의 마음에 너무나 큰 짐이었다.

이렇게 정처 없이 며칠을 걷다가 어느 날 무척 높고 깊은 산을 지나게 되었다. 한없이 깊고, 험준한 미지의 그 산은 충렬의 호기심을 끌기에 충분했다.

'아, 그렇구나! 내가 어째서 절이라는 것을 이때까지 생각 못했을까? 저 산에 들어가면 필경 절이 있을 터이니 그리로 들어가서 학문이나 해보자.'

충렬은 그렇게 자기를 타이르며 초입부터 수목이 울창한 산길을 더듬어 올라갔다. 하얀 안개가 뽀오얗게 서려 시야가 느닷없이 좁아지고 바람소리, 물소리, 새소리, 짐승의 괴이한 울음소리, 그것은 신비한 대자연이었다. 한참 동안 찾아 올라가자, 별안간 시야가 탁 트이고 넓어지며 눈 위로 전각의 묘를 자랑하는 절간이 보이기 시작했다. 그것이 서해 광덕산 백룡사라는 것은 나중에 *산문(山門)을 들어서서야 알았다.

충렬의 마음은 기쁘고 흥분되었다. 불교의 심오한 교리가 일시에 압도해 오는 것 같았다.

그가 걸음을 재촉하며 산문을 들어섰을 때, 중 하나가 바쁜 걸음으로 걸어나오고 있었다.

얼핏 보기만 해도 높은 지위의 중 같았으며, 검은 장삼을 입은 모습이라든지, 생김생김이라든지 결코 범승은 아닌 것 같았다. 솔 같은 긴

---

*산문(山門)──절의 바깥문.

눈썹은 눈을 덮었고 넓은 이마에 양쪽 귓바퀴가 축 늘어져 어깨에 닿을 듯 말 듯하고, 훤칠하게 큰 키에 손에는 백팔염주와 육환장을 짚고 있었다. 우선 첫 인상이 장한 걸승이로구나 하고 생각하였다.

그런데 그 노승이 먼저,

"소승이 연만한 탓으로 유상공이 오시는 행차를 동구밖까지 나가 맞지 못한 무례함을 용서하옵소서."

하는 것이었다. 게다가 그 소리가 또한 이 세상 사람의 음성 같지가 않아서 충렬은 더욱 어리둥절하기만 했다.

"소생더러 하시는 말씀이오니까?"

"무례함을 용서하옵소서."

"그게 무슨 말씀! 소생은 팔자가 기박해서 조실부모하고, 정처 없이 떠다니는 가엾은 인간이올시다. 우연히 이곳에 왔을 뿐인데, 대사께서 그토록 관대하옵시고, 또 소생의 성을 어찌 아시오니까?"

"어제 남악 형산 화선관이 소승의 절에 오셨지요. 소승더러 부탁하기를 내일 오시(午時)에 남경 등성문 사시는 유심의 자제 유충렬이 올 것이니 쫓지 말고 대접하라 하시기에 소승이 찾아나온 참이오. 상공의 복색을 보오니 그런가 싶으오이다."

충렬은 놀랍고 또 반가운 마음으로 늙은 승려의 인도를 받으며 안으로 들어갔다. 노승의 접내는 극진했다. 여러 승려들을 불러내어 합장케 하고 직접 자기 방으로 안내해서 저녁을 권하기끼지 했다.

충렬은 이튿날부터 노승에게 병서(兵書)를 배우고, 불교의 진리를 논하기도 했다. 모든 속세의 번뇌를 잊고 오로지 학문과 수도에 전심할 수가 있었다. 그러기에는 안성맞춤인 곳이기도 했다. 조용하고 엄숙한 분위기가 그의 마음을 한 가지로만 이끌어 주는 것이었다.

노승은 또한 가지가지 신법비술을 그에게 전수해 주었다. 손오공에게 신묘한 술법을 가르쳐 준 수보리조사(須菩提祖師)의 열의를 가지고 주야로 소년을 교육했다. 소년의 총명과 발전이 손오공에 못지 않음은 말할 나위도 없다. 원래 천상 사람으로 생불을 만났으니, 천지 일월성신이며 천하 명산의 신령들이 저마다 합력하여 소년의 공을 이루어 놓은 것이었다.

한편, 조정에서는 최대의 강적 유심과 강희주를 멀리 만리 밖에 내쳐버렸으니, 총대장 정한담과 병부상서 최일귀의 문자 그대로의 독무대가 되어 버리고 말았다. 권세를 그들 멋대로 농락하고, 천자도 업신여기는 그 교만한 꼴이란 참으로 눈꼴 사나울 정도였다. 두 사람은 차차 천자를 도모할 생각으로 쉴새 없이 무예를 닦고 있었다. 원래 이들도 천상 익성으로 인간은 도저히 당하지 못할 만큼 병서 무예에 특출했다. 병법과 둔갑 장신지술과 승천 입지지책과 변화 위신지법이며, 이 모든 신묘한 술법에 능하지 않은 것이 없었다. 따지고 보면 강희주나 유심 같은 충성의 열의만으로는 도저히 당하지 못할 백반 무예를 척척 해내는 실력가들인 것이었다. 이들은 그러한 능력을 게을리하지 않고 끊임없이 닦아온 것이었다.

따라서, 조정에 새로운 변이 예기되는 것은 더 말할 나위도 없었다. 명나라는 망하고 저놈들이 권력을 잡는다 라는 식의 위험한 이야기가 도처에서 오고갈 정도였다. 이때가 영종황제(英宗皇帝) 즉위한 지 불과 삼년밖에 아니되는 춘정월이었다. 악한 일에 기회가 있다는 말은 이런 때를 두고 하는 말이리라. 아니나 다르랴, 국운이 불행한 때여서 거꾸로 강성해진 외적들은 명나라를 넘보고, 합세하여 처들어 오기 시작했다. 남흉노(南匈奴) 선우(單于)며 북적(北狄)들과 동심하여 공세를 취하기 시작한 서천 삼십육도 군장과 남만 가달, 그리고 토번(吐蕃) 오국이 장사 팔천여 명과 정병 오백만으로 형성된 대군을 이끌고 주야로 행군하여 남관(南關)에서 격서를 남경에 올려 보내놓고, 어느새 진남관에 웅거하고 있는 것이었다.

이쯤 되니 평화에 젖어 있던 백성들은 극도의 공포와 불안 속에 뿔뿔이 흩어지기 시작하고, 남경과 적군이 지나갈 예정의 행로는 완전한 혼란 속에 빠져 걷잡을 수 없는 형편이었다. 전쟁의 무서움이 새삼 느껴지는 것이었다. 오백만의 적군이 지나온 행로는 황하의 홍수조차 무색할 지경으로 인간과 자연을 깨끗이 쓸어 버려 남은 것이라곤 보기 흉한 파괴뿐이었다.

천자는 이때 정월 망일의 호산대에 올라 망월하고 황궁에서 큰 잔치를 베풀고 있었다.

정월 망일의 궁중 망월잔치인지라 그 규모는 대단했고, 즐겁기 한이 없었다. 입에 풀칠조차 못하는 백성들과 비교한다면 참으로 천양지차였다. 백성들은 천궁의 성대한 망월잔치를 위해서 일년 열두달 먹지도 못하고 일하여 바쳤다고 생각하면 역시 뼈아픈 일이 아닐 수 없다.

그러자 뜻밖에도 진남관 수문장의 급한 장계가 날아들어 이 호화찬란한 궁중의 연회는 수라장이 되어 버리고야 말았다.

"남적이 장성하고, 오국과 합력하여 진남관 평시터에서 백리 내에 가득하고, 백성을 노략하며 황성을 치려 하오니 바삐 군병을 보내어 도적을 막으소서."

먹물이 아직도 채 마르지 않은 듯한 굵직굵직한 글발이 천자의 눈을 위협했다. 취기가 도도한 중에도 천자는 황성을 치겠다는 위협적인 글을 똑바로 보시었다.

천자는 장계를 덮어 놓으시고, 즉시 신하를 모으셨다. 그런데, 이미 이런 위기를 알고 있었던 정한담과 최일귀는 이때가 다시 없는 기회라고 생각하고, 우선 별당으로 예의 도사를 찾아 들어갔다. 도사 역시 밖으로 나가 천기를 보고 들어와서,

"되었소? 되었소?"

하고, 자신있게 호응하는 것이었다. 도사의 말인즉은, 그동안 황성에 나타났던 영웅의 징후는 없어졌으니까, 유일한 방해자로 생각해온 영웅은 죽어버렸다. 게다가 외적이 쳐들어 오고 천자를 잡을 기회는 이때니 모름지기 천재일우의 호기를 잃지 말라는 얘기였다.

정한담과 최일귀는 흥분해서 그 방을 나왔다. 바라던 대로 호기는 온 것이었다. 천자가 신하들을 모아놓고 위험의 대비책을 묻고 계실 때, 별안간 바람이 일며 눈부시게 무장한 커다란 장군이 두 사람 어전에 배복하는 것이 아닌가. 천자를 비롯하여 여러 신하들은 깜짝 놀라 두 사람에게 시선을 모았다. 한 사람은 신장이 십여 척이요, 면목이

웅장하고 황금투구에 녹운포를 입고 있고, 또 한 사람은 면상이 먹구름 같고, 안채가 황홀하며, 백금투구에 홍운포를 입고 있었다. 신하들은 그제야 이 긴급한 어전회의에 정한담과 최일귀가 빠져 있었다는 것을 알게 되었다.

　"소장 등이 비록 재주는 없사오나, 한발 나가서 남적을 함몰하여 황상의 근심을 덜고, 소장의 공을 세워지이다!"

　전에 없이 자신 있는 음성으로 정한담이 소리 높여 아뢰었다.

　천자는 기뻐서 체면조차 아랑곳 없이 뛰어 내려가셔서 두 장군의 손목을 잡으시고 울먹울먹하시었다. 마음이 든든하시고, 이제는 살았다 하는 표정이시었다.

　"경들의 충성지심은 짐이 이미 잘 알고 있는 바요. 남적을 함몰하여 짐의 근심을 덜게 하오!"

　천자는 겨우 그렇게 명령하시었다.

　청령하고 나온 정한담과 최일귀는 즉시로 정병 오천씩을 추려 거느리고 진남관으로 행군해 갔다. 그들의 목적은 뚜렷하였기에 조금도 주저할 것이 없었다. 진남관 이쪽에다 진을 쳐놓고, 이날밤 군사를 죄다 자게 했다. 다만 심복 부하 하나만을 불러서, 아무도 모르게 항서(降書)와 편지를 써주어서 적진에 달려 보냈다.

　적장은 편지와 항서를 받아 읽어내렸다.

　'남경 장사 정한림, 최일귀는 일장 서간을 남진 대장수께 올리나이다. 우리 양인 등이 갈충진심하여 천자를 도와 국가에 유공하고, 백성에게 덕이 있어서 지성으로 봉공하되, 지기하는 인군을 못만나 항시 앙앙한 마음이 있는지라, 대장부 세상에 태어나서 어찌 남의 슬하가 되리요. *남아유방백세(男兒流芳百世)를 못할진대 역당 유취만년이라 하였으니, 이때를 당하여 어찌 묘계가 없으리요. 우리 양인을 선봉으로 삼으시면 항복할 것이니 대장의 뜻이 어떠하뇨? 즉시 회답을 보내소서.'

　이런 편지를 읽고난 적장은 만족한 미소가 얼굴에 피어 올랐다.

─────────────────────
*남아유방백세(男兒流芳百世)──── 남아가 꽃다운 이름을 후세에 전함.

"우리가 남경을 향해 올 때, 아닌게 아니라 우리 도사가 근심하고 있었지. 정한담과 최일귀를 조심하라고 말씀이야. 그런데 이와 같이 그들이 먼저 항복을 청해 왔으니 천우신조가 아니겠소!"

적장은 기쁜 얼굴로 좌우를 돌아보며 이렇게 말하고 나서, 즉시 회답을 써주었다.

'장군의 뜻이 우리와 같은지라 선봉을 원대로 시켜줄 것이니 오늘 밤에 반가이 대하십시다.'

정한담과 최일귀는 회답을 읽고 나서 이내 적진으로 달려갔다. 두 사람의 시간이 걸릴 것이 없었으나, 이런 사실을 뒤늦게야 알게 된 중군장이 충성심에 못이겨 황성으로 달려 올라갔다. 천자는 설명을 들으시고 대경하여,

"그놈들이 충성을 가장하고!…… 이제 이 일을 어찌해야 좋을꼬? 그놈들이 도적에게 항복했으니, 적진은 그야말로 범이 날개를 얻은 듯하고, 짐은 용이 물을 잃은 것과 같으니 이 일을 어떻게 해야 좋을꼬! 그러나 이제는 할 수 없는 노릇, 성중에 있는 군사를 죄다 모으고, 각도 각읍에 행관하여 군사와 군량을 준비하고, 우승상 조정만으로 도성을 지키고, 태자로 종군을 정하고, 짐이 친히 후군이 될 터이니 빨리 거행하라!"

천자의 미칠 듯한 불호령이 떨어지자 군사 십여만명과 장수 백여명이 순식간에 열을 짓고, 행군을 서두르기 시작했을 때, 의외에도 한 장군이 원문 밖에 부복하고,

"소신이 재주 없사오나, 이때를 당하여 신하된 도리에 어찌 사직을 돕지 않사오리까. 소신으로 선봉을 정하옵소서."

한다. 알고 보니, 지난 날 길주 자사로 가 있던 이행이라는 자였다.

천자는 다소의 위로를 받은 듯하셨다. 이행의 원대로 선봉으로 삼고 행군을 개시했다.

적진에 항복한 정한담은 선봉이 되고, 최일귀는 중군대장이 되어 있었다. 그리하여, 새로운 장수를 얻은 적군은 의기양양해서 어느새 황성으로 쳐들어 오고 있었다. 그들의 형세는 대단했다. 호령이 엄숙

하고, 기치 창검은 팔봉산의 나무같이 벌여 있고, 투구 갑옷은 청천의 태양같이 눈이 부시고, 금고 함성은 천지를 진동하고, 목탁 나팔은 강산을 뒤흔드는 듯했다. 이들은 순식간에 쳐들어와 금산성 밖 백리 남짓하게 빈틈 없이 벌여 서서 내외 음양진을 치고, 도사는 진중에 망기하며, 싸움을 재촉하는 것이었다.

그런데, 적진 중에서 갑자기 방포 소리가 나고, 이것을 신호로 장수 하나가 급히 달려나왔다. 그는 제법 자랑스러운 태도로 명나라 진을 휘둘러 보고 나서, 커다란 음성으로 소리를 질렀다.

"너희들 중에 이 척극한을 당할 장사가 있거들랑 즉시 나와서 대적해보라!"

이에 명나라 진에서도 지체 없이 호응하는 방포소리가 오르고, 이어서 좌익장 주선우가 말을 몰며 달려나갔다. 싸움은 비로소 시작되어 양쪽 진영에서는 이 서전의 영광을 피차 자기편에 끌어들이려고 무척 긴장하고 있었다.

그러나, 싸움은 몇 합도 가지 않았다. 언제 그렇게 되었는지도 알 수 없을 만큼, 옆에서 보는 눈에 하얀 칼날이 번쩍하고 튀는 듯했다. 그와 동시에 주선우의 머리가 호박덩이처럼 말 아래로 굴러떨어졌다. 이것을 보고, 명나라 진에서 또 하나 장수가 급히 내달아 왔다.

"척극한, 이놈아! 비겁하게 도망치지 말고, 최상정의 칼을 받아라!"

새로운 장수는 이렇게 입이 찢어질 듯이 소리를 질렀으나, 척극한은 조금도 도망칠 생각이 없이 서 있었다. 그럴 뿐 아니라, 이 용감한 적병의 장수는 한걸음 앞질러 최상정의 머리를 방금과 똑같이 멋지게 베어버렸다. 다음으로 명진에서는 왕공열이 커다랗게 호령하며 나왔다. 척극한은 이번에도 같은 방법으로 대담하게 육박했다. 그러자 명진에서는 팔대 장군이 일시에 쏟아져 나왔다. 그렇지 못했더라면 왕공열 역시 척극한의 무서운 칼에 머리가 떨어졌을 것이었다.

적병의 진영에서는 척극한을 돕기 위해 한진이라는 자가 뛰쳐나왔다. 이리하여 이번에는 무리 싸움이 되어, 피아의 장수들은 한동안 정신 없이 찌르고 받고 했다. 척극한의 무적의 용맹은 여기에서도 두드러지게 나타났다. 명나라의 팔대 장군은 선후에서 차례로 그의 칼에 넘어지고야 말았다.

이쯤 되고 보니, 명나라군은 처음부터 사기가 꺾이어, 승패는 이미 판가름난 듯했다.

중군에 있던 태자가 말을 몰고 급히 뛰쳐나갔다.

"이놈들! 무도한 남적놈들아! 천명을 거역하니 그 죄 마땅히 능지처참인 줄 알아라. 너의 진중에서 정한림과 최일귀의 머리를 베어 보내는 자가 있으면 후한 상을 전할 것이다!"

태자는 이렇게 외치고 척극한과 싸우려 덤벼들었다. 그러자, 명나라 진에서 선봉장 이행이 말을 몰고 번갯불 치듯 달려들어 태자를 가로막았다.

"태자께옵선 아직 분을 참으옵소서. 소장이 해치우리다!"

이행은 순식간에 척극한의 머리를 베어 버리고, 다음으로 한진의 머리를 베어 그것을 양손에 갈라 들고 유유히 본진으로 걸어 들어갔다. 이것을 보고 격분을 참지 못한 정한담이 천사마를 채쳐 구척장검을 높이 들고 뛰쳐나왔다. 그러나, 이때 공명심에 들떠 있던 전임 선봉장 정문걸이라는 자가 그를 가로막고 앞으로 나섰다.

"대장은 잠시 분을 참으소서! 저만한 이행쯤은 소장이 잡아 버리리다."

아닌게 아니라, 그는 호기가 충천했고 무예 또한 출중해서, 잠깐 사이에 이행의 머리를 베어 버리었다. 그것을 장창에 꿰어들고 그는 다시 명나라 진영으로 무찔러 들어갔다.

"명나라 황제는 귀가 있거들랑 잘 듣거라! 눈이 있거들랑 이것을 잘 보아라! 이 이상 불쌍한 인생들을 죽이지 말고, 바삐 항복하라!"

그의 음성은 대단했다. 피가 뚝뚝 떨어지는 이행의 머리를 높이 쳐들어 시위를 하며 그렇게 외치기가 무섭게, 대담무쌍하게도 혼자서 쳐들어갔다. 그러나, 이미 사기가 완전히 꺾여버린 명나라군은 그를 받아서 대항해 나올 사람이 없었다. 순식간에 선봉의 군사가 죄다 쓰러지고, 이어서 중군으로 달려들었다. 이렇게 되고 보니, 성급한 태자도 투지를 잃어버리고 말머리를 돌려 후군과 천자를 모시고 금산성으로 도망쳐 버리고 말았다.

이런 광경을 정문걸은 뒤에서 껄껄껄 웃으며 바라보다가 전리품을 집어들고 서서히 말머리를 돌리었다. 정한담은 기회를 잃지 않으려고 천자의 뒤를 쫓았다.

천자는 이 무서운 반역자를 멀리 보시면서, 혼자말로 이렇게 말씀하시었다.

'짐이 불명하여 사백년 왕업을 일조에 저놈 정한담에게 잃게 되니, 이야말로 양호위환이다. 누구를 원망할 것인가. 모두 다 짐의 불찰이다. 황천에 돌아간들 선황제를 어찌 보며, 그렇다고 인간에 살아 있은들 네놈에게 어찌 무릎을 꿇으랴!'

천자는 한숨을 길게 쉬시며 눈물이 글썽하셨다. 자신도 모르게 떨어뜨린 옥새를 그제야 깨달으며 놀라서 집어드셨다. 그리고는 또 다시 길게 한숨을 내쉬었다.

이때 하남 절도사가 군병을 거느리고 왔다고 수문장이 보고해 왔다. 천자는 절도사를 불러들여 치하하시고, 선봉을 삼아 그의 군병 십만으로 금산성을 지키도록 하시었다. 절도사는 청령하시고, 성밑으로 내려가 방어진을 쳤다.

천자의 뒤를 쫓던 정한담은 그 길로 도성으로 들어가 용상에 높이 올라앉아 백관을 호령하기 시작했다. 만조백관은 일시에 항복하고, 무서운 반역자에게 설설 기었다. 이쯤 되고 보니 도성 안 백성들은 어떻게 되었을 것인가. 그들은 시세에 따라서 움직일 수밖에 없다. 도적의 밥이 되고, 희생자가 되어간 이들을 가리켜 애국심이 부족하고 충성심이 모자란다고 하면 그것이야말로 역설도 이만저만한 것이 아니니라. 그들은 침략자에게 짓밟히면서 협력할 수밖에 없었다.

정한담은 다시 삼군을 재촉하여 금산성을 함락시키기 위해 나섰다. 용상에 높이 앉았다고 하더라도 옥새가 없는 황제고 보면 제구실을 못하는 것이라고 느꼈기 때문이다. 그러나, 침략군이 성문에 올라서 기 전에 하남 절도사의 용감한 십만군은 강력한 저항을 보이었다. 이 때문에 용맹무쌍하기로 신장(神將)과 다름이 없는 정문걸이 또 다시 필마단창으로 앞질러 나섰다. 그의 위명은 이미 널리 알려져 있었고, 또 사실상 손오공과 다름이 없는 이 불사신의 적장을 당할 사람은 명 나라 군중에는 불행하게도 한 사람도 없는 형편이었다. 그런지라 그 의 활동은 전격적이었고, 그의 앞에서 쓰러져 가는 송장은 미처 헤아 리지 못할 정도였다. 추풍낙엽이라는 말은 그의 칼앞에 떨어져 가는 머리를 형용한다고 해도 과언이 아니었다.

　"이놈들, 문을 열라! 문을 열고, 명나라의 비겁한 황제는 즉시 나
　　와서 옥새를 바쳐라!"

　어느 사이엔가 성문에까지 육박한 무서운 정문걸은 성문을 부술 듯 이 치면서, 우레와 같은 음성으로 호령을 했다.

　성중에 있는 군사들은 정문걸의 이러한 음성을 듣자, 고양이의 소 리를 들은 쥐와 같이 정신을 차리지 못하며, 새파랗게 질려서 숨도 제 대로 쉬지 못할 정도였다. 벌써부터 꼬리를 빼려고 하는 자들이 대부 분이었다. 이렇게 되고 보니, 천자께서도 공포를 느끼시며, 조정만과 함께 황황 급급히 북문을 열고 도망치시어, 커다란 바위 사이에 숨으 시었다.

　태자는 황후와 태후를 모시고 뒤늦게 도망쳤다. 그러나, 이미 성문 을 부수고 뛰어든 정문걸의 손에 그들은 잡히고 말았다. 정문걸은 황 제를 잡으려고 그들을 본진으로 보내 버리고 다시 찾기 시작했다. 본 진에서 대기중이던 정한담은 황후를 결빅지어 자기 앞에 꿇어 앉히고 황제의 행방을 대라고 족쳤다. 무지한 군사들이 창검을 빗대들고 좌 우에 갈라서서 고문을 하는 광경은 참으로 모골이 송연할 정도였다. 정한담은 이런 경우 정복자의 쾌감을 맛보는 듯했다.

　"이몸은 계집이라 성중에 묻혀 있다가 불의에 난을 당하여 밖에 계
　　시던 천자님의 생사존망은 전혀 알 길이 없노라!"

　"저 앙큼한 계집을 가두어 굶겨서 죽여라! 그동안 많이 먹었으니

굶는 것도 소원일 것이다!"

정한담은 이러한 식으로 연약한 황후를 고문하다가, 이들 전부를 진중에 가둬두고 굶어죽게 했다. 그리고, 도성에 올라가 용상에 높이 앉아, 천자의 일을 행하고, 군사를 호령하고, 명나라 황제를 사로잡는 자에겐 천금의 상과 만호후의 작을 봉하리라고 장담을 해두었다. 명예와 공명심에 날뛰는 군사들은 이러한 호언을 듣자, 두 눈알이 시뻘겋게 충혈되어 풀어 놓은 짐승처럼 뿔뿔이 흩어져 떠났다.

조정만의 호위를 받으며 바위 뒤에 은신하고 계시던 천자는 황후 일행의 불행한 소식을 듣자 무서운 절망 끝에 바위에서 뛰어내려 자결하시려 했다. 그러나 조정만이 재빨리 달려들어 구원해서 그 길로 천자를 등에 업고 명성원으로 피해 갔다. 그리고, 천자를 위로하면서 재기(再起)를 권고하고, 그러기 위해 산동(山東) 육국의 군사를 청해 오도록 하는 것이 좋겠다고 의견을 내었다.

"남경이 진탕이 되었사오니, 도적 정한담은 고사하고, 정문걸을 잡을 장수조차 없나이다. 만약 산동 육국에 청병해서 그것조차 패하게 될 경우에는 황공하온 말씀이오나 옥새를 가지고, 소신과 함께 용동수에 빠져 죽사이다."

천자는 이 말을 따라, 명성원에 이르는 대로 곧 조서를 써서 산동 육국으로 달려보냈다. 수일 뒤에 조서를 받은 육국은 합세한 병력 십만과 장수 육천여명을 즉일로 조발해서 올려보냈다. 육십만 대군이 황성을 향해서 호산대 넓은 들을 빈틈 없이 메워 행군해 오는 광경은 실로 장중하게만 보였다. 폐허로 화해 버린 황성의 소생을 의미하는 듯도 했다.

천자는 기운을 얻으셔서 군중으로 들어가 그들을 친히 위로하고, 적병의 형세와 피아 관계에 대해서 자세히 설명하셨다.

그런 후, 적응으로 선봉을 삼고 조정만으로 중군을 삼아 관군의 위세를 올리며 황성을 향해 행군해 들어갔다. 그리하여 금산성 아래에 진을 펴고, 적과 대진하여 싸움을 청했다.

적군의 진영에서는 또 다시 용맹무쌍한 불사신 정문걸이 필마단창으로 뛰어나왔다. 이것을 보자 자칭 천자로 행세하기 시작한 정한담은 소리 높여 그를 불러 세웠다.

"적병이 대치한데, 장군이 어찌 혼자서 경솔히 가려하오?"

"폐하! 어찌 소장의 재주를 수이 아시오니까? 장병 군졸 사십만과 백기를 한 칼에 다 죽였으니, 남경이 비록 육국에 청병하여 억만 병이 왔다고 한들 소장의 한칼에 죄다 죽는 것을 앉아서 구경하소서."

정한담은 대희하며 장대 높이 올라가 싸움을 구경할새 정문걸의 호령이 들려왔다.

"이놈! 명나라 황제놈아! 옥새를 가져왔느냐! 너를 잡으려 했더니 이제 왔으매, 죽음만은 면할 수도 있을 것이다. 바삐 항복하여 잔명을 보존하라!"

그 말이 미처 떨어지기도 전에 용감한 정문걸은 적장을 향해 무인지경처럼 달려들고 있었다. 동장(東將)을 치는가 하면 남장(南將)을 베고, 북장(北將)을 베는가 하면 서장(西將)이 쓰러져 가고, 삼두육비도 이를 당할 도리가 없는 듯했다. 그가 지나는 곳마다 피를 토하는 군사들이 산을 이루고, 흐르는 피가 뻘겋게 바다를 이루어 가고 있었다. 정한담은 감격해서 쉴새 없이 격찬을 하고 그의 시선은 영웅의 뒷모습을 찾기 위해 쉴새 없이 움직여가고 있었다.

이때 유충렬은 서해 광덕산 백룡사에 들어가 생불로 일컫는 노승을 만나 천지간의 신통한 비법과 병서 무예와, 가지가지 도를 닦았는데 충렬이 어떻게 총명하게 통달하던지, 이제는 배울 것이 없을 정도였다. 수보리조사(須菩提祖師)에게서 묘술을 죄다 배운 손오공이 하직을 하고 돌아간 것처럼 그 역시 돌아갈 때가 온 것만 같았다.

하룻밤인가는 생사를 알 수 없는 어머니가 그리워지고, 아버지가 가엾어졌다. 충성심으로 해서 옳은 말을 했던 결백한 충심이 어째서 귀양살이라는 커다란 죄의 멍에를 짊어지고 만리 연경으로 귀양을 가야만 했던 것인가. 아버지도 그렇거니와 장인 강희주도 그렇다. 그리고, 가엾은 아내는 어떻게 되었을 것인가. 궁비로 들어가 아직도 살아 있을까. 살아 있다면 꼭 만나야만 하겠다. 충렬은 불행하게도 아내의 소식을 전연 모르고 있었다. 장모도 그러했다. 그는 한시 바삐 이들과 만나보고 싶었다. 요즘에 와서는 더구나 견디지 못할 정도였다. 이러한 상념에 젖으면서 오래도록 잠을 이루지 못하고, 이리 궁리 저리 궁리하고 있었다. 노승이 밖으로 나가는 소리가 났다. 얼마 후 노승이 들어와 충렬을 불렀다.

"상공은 오늘 밤 천기를 보시었소?"

충렬은 깜짝 놀라며 노승의 이야기에 심상치 않은 의미가 있다는 것을 느꼈다.

충렬은 밖으로 나가 천문을 보았다. 천자의 자미성이 떨어져 명성원에 잠겨 있고, 남경에 살기가 가득 차 있다. 충렬은 한숨을 짓고, 눈물을 뚝뚝 떨어뜨리었다. 그동안 배워온 천문의 지식은 그에게 중대사를 고해 주었고, 그의 짐이 무거워진 것을 예감케 해주었다.

그러나, 이토록 멀리 떨어져 있고 보면 무슨 소용이 있을 것인가. 눈물을 떨어뜨리며 방문을 들어선 충렬을 보자 노승은 말했다.

"남경에 병란이 있을망정 산으로 피난온 사람이 무슨 근심이 있으시오?"

"소생은 남경과 세척지신이올시다. 나라의 변이 이러한데 어찌 근심이 없겠습니까. 그러나, 적수단신이 만리 밖에 있고 보니 한탄도 아무 소용이 없구려."

노승은 알 만하다는 듯이 미소를 지었다. 그리고, 일어나서 벽장문을 열고 신기한 옥함 하나를 내어놓았다.

"이 옥함은 용궁의 조화거니와, 그러나 이것을 싸맨 수건은 누구의 것인지 자세히 보옵소서."

수건에는,

"모년 모월 모일, 남경 동성부 안에서 사는 충렬의 모친 장부인은 내 아들 충렬에게 부치노라."

라고 씌어 있었다.

충렬은 놀라 또 한번 읽어 보았다. 노승의 손에서 그것을 받아쥐고 세번이나 고쳐 읽어 보았다. 장부인이 틀림이 없고, 충렬의 이름이 틀림이 없다. 충렬은 옥함을 살펴 보았다.

'대명국 도원수 유충렬은 개탁(開坼)이라.'

옥함의 표면에 금빛 글자로 새겨져 있었다. 충렬은 자기와 관련이 있는 물건이라는 것을 본능적으로 알아 보았다. 그러나, 남경 도원수라느니, 모친 장부인이라느니……. 그는 어떻게 된 영문인지 알 수가 없어 어리둥절하고, 이유를 알 수 없었으면서도 반가워서 눈물을 흘리었다.

"이 옥함의 내력을 소승이 설명해 드리지요."
하고, 미소만 짓고 있던 노승이 충렬의 반가운 표정을 보자 설명하기 시작했다. 노승은 몇년 전 절을 중수하기 위해 번양 회수에 갔을 때 옥함을 얻었다는 것이었다. 물가에 오색구름이 뽀얗게 끼여, 기묘하도록 눈을 유혹해서 가보니 옥함이 있고, 이름이 있기에 주인을 찾아 주려고 가져다 놓았다고 했다. 이어서 노승은 의미있는 웃음을 웃었다.

"이제야 알았지만, 상공의 전쟁무기가 이 함 속에 있는가 생각되오."

충렬은 자기 손에 들어온 소중한 물건을 손에 쥐고 뚜껑을 열어보았다. 그러자, 뚜껑이 열리고, 그 속에는 무수한 보물이 가득 메워져 있었다. 그러나 내어서 살펴보니, 갑주 한 벌과 장검 한 자루와 책 한 권이 들어 있었다. 갑옷은 무엇으로 만들었는지 알 수 없을 만큼 고귀한 것이었는데 옷깃 밑으로 '용인갑'이라는 금자가 새겨져 있었다. 장검은 상검답지가 않고, 짤막하니 묘하게 생겨 있었다. 그래서, 신화경 책을 펴놓고 칼쓰는 법을 보니,

'갑주 입은 후에 신화 일편을 보고, 천상 대장성을 세번 보게 되면
 사려진 칼이 저절로 펴져 변화 무궁할 것이다.'
라고 되어 있었다. 충렬은 그대로 즉시 실험을 해보았다. 그러자, 묘한 칼은 대번에 십척 장검으로 번듯하게 변하고, 서슬이 사람의 가슴을 얼음처럼 서늘케 해주었다. 가운데 대장성이 뚜렷하게 박혀져 있

고, 금자로 '장성검'이라 새겨져 있었다.

이리하여 천우신조가 두터운 유충렬은 신비한 용인갑과 장성검을 얻어 무장을 하기에 이르렀다. 그것을 모두 행장에 정중하게 싸놓고 보니, 충렬의 마음은 또 부족함을 깨달았다.

손오공이라면 몰라도 만리 떨어진 길을 하루에 달려갈 수는 없었다. 그러한 손오공조차 여의봉을 얻기 위해 용궁을 찾아갔고, 불로장생 영원한 몸이 되기 위해 명부(冥府)를 찾아가서 염라대왕과 실력으로 맞서기까지 하지 않았던가. 유충렬은 용궁이나 명부에 찾아가지는 못할망정 눈앞에 있는 노승에게 의논은 할 수가 있었다.

"천행으로 대사 같은 어른을 만나, 갑주와 장검을 얻었소이다만, 용마가 없으니 무슨 수로 만리 떨어진 남경에 속행하며, 장군이 무용지재가 아니오니까."

노승은 가만히 바라보고만 있다가, 그런 질문이 나올 줄 알고 있었다는 듯이 서서히 입을 떼었다.

"옥황께옵서 장군을 대명국에 보내려 하옵시는데, 사해 용왕이 모른 척할 리야 없지요. 소승이 수년 전에 서역(西域)에 갔다올 때, 백용암이란 곳에 들르니까, 어미를 잃은 망아지 한마리가 누워 있기로 그 말을 가져왔지요. 내게는 마땅치가 않아서 송암촌 동장자에게 지금 맡겨놓고 있으니 그곳을 찾아가 그 말을 얻어 보소서. 지금 천자의 목숨이 경각에 있사오니, 그 말을 타고 중로에 지체말고 급히 황성으로 올라가셔서 어서 구원하도록 하시오."

충렬은 노승의 말이 떨어지기 무섭게 급히 송암촌을 찾아갔다. 동장자를 만나 노승의 얘기를 하고, 말을 좀 구경시켜 달라고 하니까, 동장자의 대답이 있기도 전에 의외의 사태가 벌어졌다. 거창한 괴음(怪音)이 별안간 일어나며, 그와 동시에 날랜 말 한필이 백여장이나 되는 토굴을 단숨에 뛰어넘어, 충렬 앞으로 달려왔다. 그리고는 말굽으로 땅을 파고, 울어대고, 옷을 물어보기도 하고, 몸을 대어 보기도 하는데, 그것은 틀림이 없는 환영의 표시였다. 말은 기뻐서 견딜 수 없는 듯했다.

동장자는 옆에서 싱글싱글 미소를 짓고 있었다. 처음에는 시무룩하니 반신반의의 의아한 표정조차 없지 않았으나 이제는 완연하게 상대방에게 호의를 가지는 태도였다. 그리고, 자기를 보고 기뻐하는 말을 요모조모 관찰하고 있는 충렬을 그도 역시 기쁜 얼굴로 주시하고 있었다. 생김생김이 건장하고, 아름답고, 네굽이 반듯하며 과연 얻기 어려운 말이었다.

귀밑에 자그만 점으로 용인이 박혀 있는데, 거기에는 '사송 천사마'라고 되어 있었다.

충렬은 감격하여 탄성을 올리었다.

"이 말을 나에게 파시오."

충렬이 말하자, 동장자는 싱긋 미소를 지었다.

"수년전에 백룡사 노승이 이 말을 맡기고 가며, 잘 길러서 임자를 찾아주라 그러셨답니다. 그래서 길러 왔는데, 웬일인지 자라면서 길들이기가 힘들고, 말을 듣지 않아 할 수 없이 토굴 속에 가둬버렸지요. 천만인이 구경을 하겠다고 와도 한 사람도 접근을 시키지 않았소. 그런데, 오늘 이 말은 제 스스로 뛰쳐나왔구려. 그러고 보면, 노승이 말씀하시던 임자는 바로 댁이 분명한 것 같소. 하늘이 정해주신 보배를 내가 어찌 판단 말씀입니까? 물각유주라 했습니다. 주인일진댄 어서 가져가십시오."

충렬은 고맙다는 말을 하고, 천사마에 인징을 차려, 그길로 다시 광덕산으로 달려 노승에게 이별을 고했다. 노승은 물론, 여러 승려들의 인정에 넘치는 고별은 소년의 가슴에 길이 길이 남아서 떠나지 않았다.

충렬은 천사마에 높이 앉아 달리기 시작했다. 가슴이 뿌듯하니 감개가 무량했다.

할 일이 많은 것 같고, 무엇을 먼저 해야 좋을지 모를 정도였다. 모든 것이 한결같이 중대한 것만 같았다. 자기의 비범한 존재가 세상에 뚜렷하게 나타난다는 것도 유쾌한 일이었다.

이제는 아무 일이고 거뜬거뜬 해치울 수 있는 자신이 들었다. 악을 물리치고 선을 내세운다는 것은 얼마나 통쾌한 일일 것인가. 그렇기 때문에 아내를 만난다든가, 어머니를 생각한다든가 하는 사사로운 일은 다음으로 미뤄야 한다.

바람처럼, 새처럼 날으는 천사마에 앉아 달리고 보니 충렬의 마음도 걷잡을 수 없이 하늘을 달리었다. 이따금 제정신을 차려 둘러보면 거기에는 자기가 아닌 딴 누군가가 말과 함께 하늘을 날아가고 있다고밖엔 느껴지지 않았다.

"하늘은 나를 낳으시고, 용왕은 너를 내셨으니 그 뜻이 모두 다 남경을 도움이 아닌가. 지금 남적이 강성해서 천자의 목숨이 경각에 있다고 하니, 대장부의 급한 마음 일각이 여삼추라. 자, 내 보배로운 말아! 너는 전력을 다해 남경에 순식간에 득달케 해다오. 나는 그것만을 바라고 생각할 터이다."

주인의 이런 말을 천사마도 알아 들은 모양이었다. 별안간 기묘하게 울부짖으며 속도를 배로 늘려 푸른 하늘의 하얀 구름 속으로 포탄처럼 솟구쳐 들어가는 듯했다. 사람은 천신이요, 말은 비룡이라.

어느새 그들, 천신과 비룡의 예민한 코는 하늘에 꽉 들어찬 살기와 피비린내를 맡은 듯했다. 순풍이(順風耳)와 같은 뛰어난 청각은 천지를 진동하는 곡성을 들은 듯했다.

아니나 다르랴, 용감 무쌍한 정문걸의 감투로, 명나라의 진영은 완전히 파멸의 직전에 들어 있었다. 산동 육국의 군병들도 그의 신출귀몰하는 창검에 가을의 볏가리처럼 몰락하고 천자는 마침내 최후의 결심을 한 후 중군장 조정만과 더불어 옥새를 가지고 도망쳐서 요동수에 빠져 죽으려 하신 것이었다. 그러나, 승리를 거듭할수록 오만 광포해진 적군은 이것마저 용서치 않았고, 천자는 철통처럼 막고 있는 적병의 포위를 벗어날 도리가 없으셨다.

정한담은 천자를 행세하고, 최일귀는 대장이 되어 삼군을 호령하면서 그 위세는 실로 대단한 바가 있었다. 어제의 충신을 자처했던 대신들은 오늘의 적당이 되어, 불행한 주인을 파멸하고, 새로운 천자 정한담에게 충성의 실천을 해보이고 있는 터이었다.

그러자, 가엾은 천자의 눈에 뜻밖에도 북편에서 수없이 많은 병마가 밀려 들어오는 것이 보였다. 그들은 천자를 부르고 천자의 군사를 가장하고도 있었다. 천자는 깜짝 놀라 환호를 올리셨을 정도였다. 그러나 그것이 천자를 유인해 온 적병의 간악한 전술이었다는 것을 알게 되었을 때, 천자는 또 한번 실망했다. 공명심에 불붙어 있던 북적(北狄) 마룡이란 놈이 남적과 배를 맞춰, 피해서 보이지 않는 천자를 생포하기 위해 교묘한 가장 작전으로, 도사를 데리고 공격해온 것이었다.

"이놈! 명나라 천자놈아! 어서 항복하지 않을 테냐? 내 한칼에 네 마지막 보루였던 육국 군병이 죄다 죽어버렸고,, 또한 북쪽의 여러 나라가 우리에게 합세해 왔으니 너는 무슨 재주로 당할 수 있겠는가. 어서 나와 항복하고, 너와 네 태자의 목숨을 찾아가거라!"

그러자, 얼마 후, 옥새를 목에 걸고, 항서(降書)를 손에 든 천자가 눈물을 뿌리며 서서히, 힘없이 걸어나오고 있는 광경이 정한담의 눈에 들어왔다. 정한담은 발딱 일어서서 욕기에 넘치는 충혈된 붉은 눈으로 주시하였다.

천자의 뒤로는 중군장 조정만을 비롯한 몇몇 남은 군사들이 목놓아 울고 있었다.

이때 충렬은 금산성에 들어와 있었다. 여기에 형세를 검토하고, 결심을 새로이 한 그는, 일광주 용인갑에 장성검을 높이 들고 천사마를 채찍질하여 중군 속으로 날으듯 뛰어들어갔다. 항복하러 나가신 불행한 천자를 내버려두고 울고 있는 조정만을 만나 자기의 성명을 고하고, 항전의 계속을 요구했다.

"그대의 충성은 알겠지만, 지금 황상께옵선 항복하실 참이오."
하고, 목놓아 울던 조정만은 충렬의 손을 잡으며 그렇게 대답했다.

"적진의 형세가 어떠한지 아시오? 그대의 능력이 어느 정도인지 알 수 없어도, 아직도 어린 몸, 그대의 꽃다운 청춘이 전장의 백골이 될 것이니 원통하고 망극할 뿐이오."

충렬은 기가 막혔다. 이럴수록 실력을 보여야할 때라고 생각하고, 그는 분격해서 진문을 박차고 나가, 소년의 음성이라기엔 너무나도 놀랄 만큼 벽력 같은 소리로 호령부터 했다.

"거기 있는 만고역적 정한담 놈아! 남경 동성문 안에 사는 유충렬을 아느냐 모르느냐! 어서 빨리 나와서 그 잔악한 목을 바쳐라!"

난데없는 이 음성은 쩌렁쩌렁 울려퍼져 양편 진영을 뒤흔들어 놓고야 말았다. 참으로 대담무쌍한 호령이었다.

천자의 항복을 받으려고 맨 앞에 나와 방약무인격으로 오만하게 대기 중이던 정문걸은 깜짝 놀라 뒤를 돌아보았다. 이 용감한 불사조의 맹장은 이번 전쟁에서 영예의 최고 정점에 올라왔으므로, 누구 하나도 그에게 대적할 사람이 없는 것은 이미 자타가 공인한 사실이었다. 누구보다도 그 자신이 잘 알고 있는 것이리라. 그에게는 무서운 사람이 없었고, 막아설 사람이 없었다. 따라서, 소년의 출현은 그의 허영심에 최대의 자극제가 되었다.

정문걸은 아직도 귀를 쟁쟁하게 울리고 있는 목소리의 비범한 인상과 함께 마음속으로 보통놈이 아닌 것 같다고 생각했다. 우선 그 소년의 형상조차가 정문걸의 마음을 혼란시켜 주었다. 일광 투구는 반짝반짝 눈을 쏘고, 용인갑은 은신의 장난을 하고, 천사마는 비룡이 되어 안개 속에 싸인 채 망망하니, 상대방의 존재를 잘 알아볼 수도 없다. 그러면 공중에서 그런 소년의 음성이 내려왔던 것인가, 정문걸은 얼핏 그렇게 생각했을 정도였다.

그래서, 정문걸은 창검을 높이 든 채, 잠시동안 공격도 후퇴도 못하고 우두커니 서 있기까지 했다. 무서운 짐승을 만난 약한 동물이 행동감각을 잃고 망연자실해 버리는 상태와 꼭 같았다. 그리하여 다음 순간 자기를 되찾고 활동을 취하려 했을 때에는 이미 때가 늦었다. 유충렬의 무서운 호령이 또 다시 떨어지기가 무섭게, 장성검이 허공에서 번쩍했는가 하자 어느새 정문걸의 머리는 달아나고 없었다. 그것은 너무나 순식간의 일이었기에 아무도 자세하게 관찰할 수가 없었다. 정문걸의 용감성과 능력을 잘 알고 있는 양편 진영의 군사들은 그가 결코 죽을 리가 없다는 듯이 그쪽에만 시선을 보내고 있을 뿐이다.

그런지라, 그후의 동요는 대단했다. 양편 진영이 다같이 놀라, 믿지 않으려고 애쓰는 듯했다. 그런 속을 무명의 소년 용사 유충렬은 머리를 베어들고 바람처럼 회군해 들어왔다. 문걸의 남은 신체가 그의 말 등에서 지상으로 뚝 떨어지는 것과 충렬이가 중군 진문을 들어서는 것과는 거의 때를 같이하고 있었다.

아! 얼마나 번갯불 같은 짤막한 순간이었나. 충렬이 그의 비범한 능력을 최초로 실증해 보이고 들어오자, 그런 광경조차 제대로 보지 못한 패배의 중군장 조정만은 재빨리 달려들어 소년의 손을 잡고 무릎을 꿇었다. 사람을 볼 줄 몰랐던 자기의 단견(短見)을 무척 슬퍼했다.

목에 옥새를 걸고, 손에 항서(降書)를 들고 가기 싫은 걸음을 서서히 적진을 향해서 걷고 계시던 불행한 천자는 한동안 그대로 멈춰서서 전후 광경을 보고 계시다가, 뒤를 이어 진문으로 달려들어오셨다. 천자는 다만 놀라 무엇이 어떻게 되었는지 도무지 영문을 알 수 없는 듯하셨다.

"적장의 목을 베어 없앤 장수가 누군지 어서 입시하여라."

천자는 겨우 그렇게 말씀하셨다.

충렬은 말에서 내려 어전으로 달려갔디. 그리고, 무릎을 꿇고 이렇게 아뢰었다.

"소신은 부친의 원수를 갚으려고 했던 것뿐이올시다."

"아! 그런데, 그대는 뉘길래 죽을 사람을 살렸는가?"

하고, 천자는 감격한 어조로 또 한번 물으셨다.

"소장은 동성문 안에서 살던 정언주부 유심의 아들 충렬이라 하옵니다. 동서로 구걸 방랑하면서 만리 밖에 있던 중, 부친의 원수를 갚으려고 여기 잠깐 왔사온데 폐하께옵서 정한담 놈에게 곤핍을 당하심은 참으로 꿈에도 생각못한 일이올시다."

이 말에 천자는 이해를 하셨는지 고개를 끄덕끄덕 하시었다. 유심의 이름을 듣고, 그 옛날의 모든 일이 새삼스럽게 기억에 소생되는 듯하시었다. 눈을 지그시 감고 무언가 자꾸만 생각하시는 듯도 하시었다.

"전일에 폐하께옵서 정한담을 충신이라 하시었다고 하옵던데, 충신도 역적이 되나이까?"

천자는 약간 놀라, 눈을 뜨셨다가, 또 슬그머니 감으시었다. 상대방을 꾸짖을 마음은 추호도 없는 듯하시었다.

"그놈의 말을 듣고 충신을 참하여 죽이고, 이런 환을 만나시니 천지가 아득하고, 일월이 무광하옵니다."

충렬은 하고 싶은 말이 많았으나, 목이 메어 그 이상 더 계속할 수가 없었다. 아버지를 생각하고, 장인 강희주를 생각하면, 그들이 한없이 가엾기만 했다. 이러한 만가지 연민과 혐오와 동정의 착잡한 감정 때문에 충렬의 두 눈에는 자신도 모르는 중에 스르르 눈물이 넘쳐흘렀다.

이 눈물은 금세 전염되어, 진영 내에 얼마 남지 않은 패전의 불행한 군사들에게도 한결같이 옮아갔다. 그들은 울며 미칠 듯이 분하게 생각했다. 천자의 고귀한 눈에도 눈물이 흐르고, 멀리 허공을 지켜보실 뿐, 한동안 묵묵부답으로 아무런 말씀도 없으시었다.

그러자, 이때, 그동안 적진에 감금되어 죽음만을 기다리고 있던 태자가 정문걸의 사후의 혼란을 틈타서 재치있게 도망쳐왔다. 태자는 천자의 옆에 서 있다가 충렬의 말을 듣고 급히 그의 앞으로 뛰쳐내려갔다. 버선발 그대로였다.

충렬의 손을 잡고, 그는 흥분한 어조로 이렇게 입을 떼었다.

"경의 말을 잘 알겠소! 옛날 주성왕도 관채의 말을 듣고 주공을 의심하다가 후회 자책하여 성군이 되지 않았소. 충신이 다 죽은 건 막비 천운이오. 그런 생각만 말고, 또 그런 말만 말고, 경이 진충갈력하여 황상을 돕는다면, 태산 같은 그 공로는 천하를 반분하고, 하해같은 그 은혜는 꼭 갚으리다."

태자는 효심이 지극하고, 생김생김부터가 비범하고, 남달리 활달한 위인이었다. 충렬은 첫 눈에 그 점을 알아보았다. 그는 억제할 수 없는 경의와 충성심을 가지고 태자에게 절을 올리었다. 투구를 벗어 던지고 큰 절을 올리었다. 그리고는 이렇게 말했다.

 "소장은 부친의 가엾은 운명을 생각하고, 아들로서의 괴로운 심정에서 폐하전에 황공하온 말씀을 감히 아뢰었으니 참으로 죄 만사무석이옵니다. 소장이 죽사온들 폐하를 어찌 아니 돕겠나이까?"

 이런 말을 듣고, 천자는 친히 계하로 내려오셔서, 벗어던진 투구를 충렬에게 씌워주고, 또 반가이 손을 잡기까지 하시었다.

 "과인은 보지 말고, 그대의 선조들이 창건하시던 일을 생각하며 나를 도와주면 태자가 한 말대로 그대의 공을 갚으리라."

 충렬은 이내 청령하고 물러나와 장대에 높이 올라앉았다. 그리하여, 남아있는 군사들을 살펴보니 불과 일, 이백의 장졸밖에 보이지 않았다. 충렬은 그들을 그런대로 정돈시키었다.

 천자는 삼층단에 높이 앉으셔서 하늘에 제사하고 인검을 손수 끌러 충렬에게 내어주시었다. 그리고, 대장사 명기에 친필로 '대명국 대사마 도원수 유충렬'이라 힘차고 뚜렷하게 써서 같이 내어주시었다. 충렬은 사은숙배를 하고 나머지 빈약한 장졸들이나마 그의 병법에 의해서 진을 폈다. 일자 장사진을 치고, 양쪽 꼬리를 서로 합치게 하는, 보기에 무척 단순한 진법이었다. 그리고는 군사들을 호령하여 소리높여 외치었다.

 "너희들 듣거라! 남북 적병이 비록 억만명이라 하더라도 나 혼자서 당해낼 것이지만, 너희들은 *항오를 잃지 말아라."

 한편, 적진에서는 용감한 장군 정문걸의 비보가 전해지자 폭풍이 불어온 것처럼 구석구석이 야단법석이었다. 이윽고, 삼군대상 최일귀가 엄엄한 위풍으로 앞질러 나섰다. 녹운갑에 백금투구를 쓰고, 장창대검을 좌우에 갈라잡고, 적제마를 채찍질하여 비호처럼 명나라 진영으로 달려들었다.

 "유충렬이란 놈 나오너라! 아직도 미거한 놈이 남북강병 억만군을 능멸하니 버릇없기 짝이 없다! 어서 나와 죽어보라!"

---

*항오(行伍)──항은 세로줄, 오는 가로줄로, 군대의 행렬을 말함.

유원수는 장대에 앉아 있다가 최일귀란 말을 듣고 뛰어 내려왔다.
“네가 최일귀란 놈이냐? 정한담은 어디 가고, 너만 어째서 혼자 나
왔느냐? 너희 두 놈의 간을 내어 우리 부모 영전에 재배하고 먹으
리라!”

소년 원수 충렬은 그런 말을 하기가 무섭게 장성검이 번득하고, 번
갯불처럼 비쳐갔다. 그와 동시에 그렇게도 위세를 올리던 최일귀의
장창대검이 조각이 되어 가루같이 흩어져 날았다. 사람들은 그 편편
을 보았을 뿐이다. 최일귀는 정신을 가다듬어 이번에는 철퇴로 치려
했다. 그러나, 웬일인지 상대방의 몸이 보이질 않았다. 최일귀는 두
눈을 뒤집어까고, 사방을 두리번거리며, 광분의 절정에 오르고 있었
다. 그야말로 귀신에 홀린 듯했다.

적진에서 관전을 하고 있던 옥관도사가 이때 급하게 징을 쳐서 최
일귀를 거둬들이었다.

본진으로 돌아간 그는 정신을 잃고 주저앉아 버리었다. 아, 이 얼마
나 위험한 순간이었던가. 옥관도사만은 그것을 깨닫고 있었다. 그러
나, 북적(北狄) 선봉 마룡이라는 자는 이를 매우 못마땅하게 생각하는
모양이었다. 그는 천하의 명장이었기에 명예를 존중하고, 패주를 미
워했다.

“대장은 무슨 일로 젖비린내 나는 조그만 아이를 살려두고 왔소이
까. 내가 가서 그놈의 머리를 싹뚝 베어오는 것을 보소이다.”

정신없이, 아직도 멍하니 주저앉아 있는 최일귀를 옆으로 보며 그
렇게 일러놓고, 마룡은 말에 채찍질을 했다.

그러자, 이것을 보고 북적 진중에서 그의 도사가 부리나케 달려들
었다. 도사는 장군의 말머리를 잡고,

“대장은 가지 마옵소서! 부디 가지 마옵소서.”

하고, 성급하게 만류했다.

“적장의 갑주와 장검을 보니 용궁의 조화가 분명하오. 수년 전에 대
장성이 남경에 떨어졌는데, 이제 그의 검술을 보니 북두성 대장성
이 칼빛을 응하고 일광주 용인갑은 몸을 가려 버렸소이다. 그러니,

사람은 천신이요 말은 비룡이라. 뉘 능히 그를 당하리오.”

“무슨 소리! 대장부 앞에 요망한 도사놈이 무슨 잔말인가. 썩 물러 나지 않으면 우선 네 목을 베어 버릴 테다.”

마룡은 앞질러 나가고, 도사는 하는 수 없이 물러서서 멀리 달아나, 아무것도 거칠 것이 없는 데서 싸움을 구경하기로 했다. 그는 예언자 로서 굳은 신념을 가지고 앞을 내다보고 있었다.

고집 센 마룡은 한손에 삼천근짜리 철퇴를, 또 한손에는 장검을 비 껴잡고, 우레 같은 호통을 치며 적진에 육박해가고 있었다. 그는 거의 미친 사람처럼 투지로 불붙고 있었다.

도사의 귀에 발악하는 소리가 들리고, 눈에는 번갯불이 비쳐오는 듯했다. 마룡은 어느새 명나라 진영에 육박하고, 명나라 진영에서는 유충렬이 나와 맞붙은 것이었다. 의기양양해서 싸움을 청했던 마룡의 눈에는 순간 기묘하게 아무것도 없는 듯했다. 자신의 정신이 혼미해 서 그런지, 그 점은 잘 알 수 없어도 어쨌든 그의 눈에는 상대방의 실 체를 찾아 볼 도리가 없었다. 그의 눈을 혼란케 하는 안개 속에서 목 소리가 나고, 검광이 반짝반짝할 뿐이었다. 마룡은 그것을 쫓아 치고, 그것을 비켜서 도망치고, 말하자면 신비한 환영과 맞붙어서 싸웠다.

그런 동안에 마룡의 삼천근 철퇴는 땅에 내동댕이쳐졌고, 구척장 검은 가루가 되어 부서져 버렸다. 이쯤되고 보면 최후의 의지력만으 로 싸워오던 마룡도 어쩔 수 없게 되었다.

수단을 잃어버린 그는 이미 새벽이 온 것을 알게 되었다. 그러나, 도깨비는 물러가지 않고 최후의 단안을 내려 안개 속에서 장성검이 번쩍하는가 하더니만 그와 동시에 마룡의 머리는 날아가 버리었다.

유충렬은 안개를 헤치고 나타나, 머리는 자기 편으로, 몸은 적편으 로 각각 칼끝에 찔러 던졌다. 그 통쾌한 행동이야 어찌 필설로 다 표 현하랴. 유충렬은 외쳤다.

“이놈! 거기에 깊이 숨어 있는 정한담 놈아, 듣거라! 이것을 똑바 로 보라! 빨리 나와서 죽기를 재촉하라! 네 몸도 이와 같이 죽으 리라는 것을 알라!”

그 소리가 또한 하늘에서 쏟아져 내려오는 것만 같아서 적의 진영은 한동안 벌벌벌 떨며 소리가 없었다. 이같이 통쾌한 제일의 감정을, 명나라의 진영에서는 승리의 환희로 돌려놓고, 적의 진영에서는 패전의 굴욕과 분노로 돌려 놓았다. 아까 마룡을 만류하며 자기 말을 듣기로 요청했던 북적의 도사는 자기의 예언이 입증되어 내심 통쾌했음은 뻔한 일이었다.

그는 이미 실망하고, 피해 달아난 뒤라 보이지도 않았다.

굴욕과 분노의 절정에서 혼란만을 거듭하고 있는 영내에, 정한담이 위엄있게 나타났다.

"이놈들! 그래, 이 억만군 중에서 저 강아지 새끼만도 못한 충렬이란 놈 하나를 당할 사람이 없단 말이냐!"

그렇게 격분해서 외치며, 정한담은 청사마를 빗겨타고, 십척 장검을 빼어들며, 진문 밖으로 나섰다.

그러자, 그동안 정신을 회복한 최일귀가 급히 달려왔다.

"폐하는 아직 참으소서! 소장이 당해보리이다."

최일귀의 공명심은 또 한번 그를 말에 앉혀 적진으로 달리게 했다. 정한담은 그러면 그렇지, 내가 나서기에는 아직도 이르다는 듯이 만족한 미소를 지으며 다시 제자리로 후퇴해 왔다.

적진으로 달려간 최일귀는, 우선 호통부터 쳐야 한다는 생각으로 이렇게 커다랗게 외쳤다.

"유충렬이란 놈 듣거라! 아직 피도 마르지 않은 놈이 무엄하고 대담하기 짝이 없다! 어제 결정짓지 못한 싸움을 오늘은 결정을 낼 작정이니 어서 나오너라!"

유원수는 천사마에 펄쩍 뛰어올라 호응하고 나섰다. 한 손에 신화경을, 또 한손에 장성검을 비껴잡고 최일귀를 희롱하며, 풍운을 달래면서, 거침없이 육박해 들어갔다. 그의 육신은 또 다시 햇빛처럼 빛깔만 남아, 적을 혼미 속에 빠뜨려 놓았다.

최일귀는 자기 혼자 미쳐서 날뛰는 듯했다.

그러기를 반합도 못되어, 빛깔만 번쩍하며 장성검은 어느새 최일귀의 머리를 베어 없앴다. 이 모두가 순식간의 일이라 아무도 그 과정을 아는 자가 없었다. 시간을 초월하고, 논리를 초월해서 최일귀는 감당할 수 없는 힘에 의해 두 도막이 나고야 만 것이었다.

유원수는 똑같은 신출귀몰하는 솜씨로, 최일귀의 머리를 칼끝에 꿰어들고 본진으로 들어갔다.

"이것이 최일귀의 머리가 틀림없사옵니까?"

머리를 어전에 바치며, 유원수는 그렇게 물었다.

천자는 일귀의 목을 보고 대분(大忿)하사 원수를 치사하고 말씀하시길,

"짐이 불명한 탓으로 이놈의 말을 들었던거지! 암, 짐이 불명했어! 그러니까, 이런 놈의 말을 듣고 경의 부친을 소외했고, 이놈이 나를 속여 만리 연경에 보냈던 것이오. 이제는 설욕을 했으니까 경의 은혜 논하건대 할부 봉양(割膚奉養) 부족이요, 백골이 진토된들 그 은혜 다 갚겠소? 황태후는 어디 가시고 이놈의 고기 맛을 보지 못하실까."

유원수는 감격해서 눈물을 뿌리며, 고두사례하고 어전을 물러나왔다.

밖으로 나오자 중군장 조정만이 부리나케 달려들어 손을 잡고 역시 기쁜 눈물을 뿌리며 칭송해 마지않았다. 태자가 그러했고, 모든 명나라 군사가 그러했다. 유충렬은 자기의 책임을 더욱 소중하게 느끼면서 장대에 올랐다. 적군의 진영에서는 또 한번 발칵 뒤집혔다.

삼군 대장 최일귀의 전사는 그들의 파멸을 예고해 주는 듯했다. 그러기에 정한담은 용상을 치고 일어났고, 그 거창한 육제의 격농은, 큰 고래의 분노를 만난 바닷물처럼 그들의 온 진영을 격란 속에 뒤집어 놓았고 그것은 전사자에 대한 애통과 함께 정신을 차리지 못할 정도였다. 내가 아니면 아니되고, 또 최후의 수단이라고 인정될 때, 고래같이 큰 덩치의 정한담은 그 권위와 횡포를 제멋대로 한 것이었다.

"이놈들, 비켜라! 내가 나설 때엔 이 세상이 마지막이라는 것을 알아라! 누가 감히 내앞을 가로막느냐! 그 쥐꼬리만한 유충렬 한

놈을 못당하고 이래서 이 세상이 부지 될 수 있단 말이냐, 가져오너라! 창도 가져오고, 칼도 가져오고, 죄다 가져오너라!"

열세척 거구의 정한담은 장창 대검을 죄다 잡아쥐고, 말에 뛰어올라, 오백보의 전장을 한걸음에 뛰어넘어서서 육경육갑을 베풀고, 좌우신장 옹위하고, 둔갑 장신하여 변화의 재주를 제멋대로 부리면서 적진에 육박해 갔다.

"거기 있는 유충렬이란 놈! 쥐꼬리만한 놈! 지체말고 그 목을 상납해 오라!"

천지를 진동하고, 강산을 뒤흔든다는 말은 바로 이런 음성을 두고 하는 말이다. 나뭇잎은 늦가을의 단풍잎처럼 바르르 떨리고, 사람의 간은 엄동설한의 찬서리를 맞은 것처럼 졸아드는 음성이다.

그런데, 이런 무서운 호통도 양같이 순하고 반가운 음성으로 들은 자가 있었으니, 그것은 더 말할 나위없이 소년 원수 유충렬이었다. 충렬은 이제야 설분을 할 수 있는 적이 왔다는 듯이, 반갑게 장대를 뛰어내려 말에 올랐다. 그러자, 천자가 급히 달려와 원수의 앞에 섰다.

"정한담은 일귀, 마룡의 유악이오. 천신의 법을 배워, 만부부당지력이 있고, 변화 불측하니, 각별히 조심하오."

천자의 이런 당부에 충렬은 웃음으로 대답하고, 말머리를 어루만지며 채찍질을 했다.

앞으로 나온 충렬은 잠시동안 멈칫하면서 상대방을 관찰했다. 아닌 게 아니라 신장이 십여척이요, 면목이 웅장한 것이 최일귀나 정문걸은 유가 아니었다. 황금투구, 녹포운갑에다 조화를 붙였는데, 천상의 익성정신을 흉중에 달았고, 일대 명장임에 틀림없었다.

충렬은 신화경을 펼쳤다. 그리하여, 익성정신을 흩어져 없어지게 하고, 장성검을 다시 닦아 광채 찬란케 하고나서, 변화에 은신하고, 호통을 크게 지르며, 그에게 육박해 갔다.

"거기 서 있는 네놈은 명나라의 정종옥의 자식, 정한담이란 놈이 아닌가! 대대로 명나라 녹을 먹고 그 인군을 섬기다가 무엇이 부족하여 충신을 다 죽이고 부모 나라를 치려고 하는가 말이다! 그러니 비단, 천하 사람뿐만이 아니라 지하의 귀작들이라고 할지라도 너를 잡아 황제전에 드리고자 할 것이니, 너 같은 만고역적이 살기를 바랄 수가 있겠는가 ! 네놈의 몸을 생금하여 전후 죄상을 물은 뒤에, 네놈의 살을 포육해서 종묘에 제사하고, 남은 고기를 받아다가 우리 부친 영혼당에 석전제를 지낼 것이다 ! 어서 나와 나를 보라 !"

정한담은 미칠 듯이 격분해서 그 거구를 움직이며 달려들었다. 충렬은 초인적인 장성검을 되도록 조심스럽게 쓰는 듯했다. 최일귀의 경우와 같다면 반합도 못가서, 눈깜빡할 사이에 머리와 몸을 갈라놓을 수가 있다. 그러나 그는 정한담만은 생포하여 승리의 쾌감을 맛보고 싶었다.

그래서 변화를 달리 하고, 장성검을 높이 쳐들어 내려쳐서 상대방을 말에서 굴러떨어지게 하려 했을 때, 의외에도 기묘한 현상이 일어났다. 정한담은 온 데 간 데 없고, 연기 같은 안개만 조물조물 일어나며, 장성검의 칼빛이 별안간 죽어버리고, 펴졌던 칼이 스르르 도로 말려들어가는 것이 아닌가. 그것은 밟힌 지렁이와 같았다.

충렬은 깜짝 놀라 뒤로 물러서서 재빨리 신화경을 펼쳐 보았다. 그리고 신화경 일편을 외운 후에 장성검을 세번 치며 풍백을 급히 불러 채운을 쓸어버리고, 안순품법에 조화를 붙여서 그제야 진저을 살펴보았다. 정한담이 변신하여 채운에 싸여서, 십척 장검을 번쩍이며 상대방을 뒤쫓고 있었다.

"흥 ! 저놈이 천신이었구나. 산채로 잡으려다가는 도리어 화를 당하기가 꼭 좋겠는길 !"

충렬은 내심 그렇게 지껄였다.

충렬은 다시 기운을 내어 적에게로 육박해 갔다. 장성검을 높이 빛내며 내려쳤으나, 정한담의 목에는 좀처럼 접근하지 않는다. 몇 번이나 그렇게 실수를 했다. 그러나, 따지고 보면 그것은 실수가 아니었다. 정한담은 조화를 부리고 있었다.

충렬은 더욱 기운을 내어 몰아 쳤다. 그러던 중, 도리어 상대방을 잡으려고 변신 육박해 오던 정한담의 말이 거꾸러져 땅에 쓰러져 버리고야 말았다. 그것을 충렬은 재빨리 달려들어 칼을 높이 들고, 정한담의 목을 향해 내려쳤다. 그러나 목은 맞지 않고, 그 대신 그의 황금 투구가 쩔꺼덩 하고 소리를 내며 깨어져 달아났다.

이와 동시에 적진에서 징을 치는 요란스런 소리가 울렸다. 지쳐서 기진맥진해버린 정한담은 이것이 호기라고 생각하고, 본진으로 삼십육계 줄행랑을 쳤다. 본진으로 돌아가서도 그는 잠시동안 정신을 차리지 못했다. 좌우에서 몇 사람이 부축하고, 가지가지 치료법을 쓴 뒤에 비로소 그는 좌정하고 앉을 수가 있었다. 그는 홍역을 치르고 난 것만 같았다.

"선생이 어쩐 일로 나를 부르셨소?"

정한담은 그제야 꿈에서 깨어난 사람처럼 옥관도사에게 물었다. 도사는 싱글싱글 웃으면서 대답했다.

"적장의 칼에 장군의 투구가 깨어지기에 매우 위험스러워서 불렀지요."

"그래요?"

정한담은 아직도 자기의 투구가 깨어진 것을 모르는 모양이었다. 머리를 만져보고 그제야 투구가 없는 것을 깨닫고 몹시 놀랐다.

"충렬이란 놈은 과연 천신이오! 사람은 아니오!"

하고, 그는 분에 못이기면서도 그런 시인을 하지 않을 수 없었다. 그것이 자기에게는 더욱 분하게 생각되는 모양이었다.

"그동안 나는 십년을 공부하여 사람은커녕 귀신도 다 못할 술법을 배웠소만, 그것을 오늘 죄다 써버리고야 말았소. 마룡과 최일귀만 아니더라도 나는 나가지 않았을 것이고, 또 내 십년 공부를 그대로 간직하고 기대라도 가지고 있었을 것이오. 몸은 다행히 선생의 덕택으로 살아서 돌아왔지만, 그러나 이젠 어떻게 하면 좋겠소? 나는 도저히 불가능하오. 유충렬을 잡을 방법은 없겠소? 선생! 깊이 생각하셔서 좋은 방법을 가르쳐 주시오."

이런 말을 듣고 옥관도사는 눈물이 날 지경이었다. 정한담과 같은 무서운 인물이 이토록 녹아 떨어질 줄은 몰랐다. 도무지 생각할 수도 없는 일이다. 그런지라 더욱 유충렬의 위대함이 느껴지고 그의 요구에 신중을 기하지 않으면 아니되었다. 정한담의 공포가 그에게도 전염된 것이었다.

잠시 후, 옥관도사는 자기의 입을 정한담의 귀에 갖다 대었다.

"우선 진문을 굳게 닫도록 하십시오. 그리고 말씀인데, 그놈을 잡는 것이 인력으로는 도저히 안됩니다. 군장기계를 모아 여차여차하였다가 적장을 유인하여 진중에 들게 되면 제가 비록 천신이라도 도피할 길이 없을 것이오."

정한담의 우울한 얼굴은 대번에 빛이 돌았다. 그리고, 소리높이 진문을 닫아걸도록 명령했다.

정한담은 자신있는 표정으로 며칠을 보냈다. 내심으로는 언제나 그 한가지 상념에만 골몰하고 있는 듯했다. 이렇게 며칠이 지난 뒤에 그는 깨어진 갑주를 다시 마련해 쓰고 진문을 나서서 적진으로 달려갔다. 영내의 대비도 물론 완전히 갖춰놓고 있었다.

"이놈! 유충렬이란 놈, 듣거라! 아직도 젖비린내 나는 놈이 대담스럽게도 우리에게 대적하려 하니 그 후생이 가엾구나! 빨리 나와서 사생을 결단하라."

정한담은 용기를 내어 큰 소리로 외쳤다.

이때 충렬은 자기 편의 진 앞을 왔다갔다하고 있었다. 며칠 전의 승리가 그를 유쾌하게 해주었고, 이제는 멀지않아 최후의 통쾌한 승리가 오리라고 관망하고 있었다. 따라서, 생각지도 않은 정한담이 나타난 것은 그의 쾌감을 최고도로 올려 놓았다.

충렬은 천사마에 채찍질을 하고, 그 길로 상대방 적에게 달려들었다. 이번에는 꼭 머리를 베어올 작정이었다. 그런데 웬일인가. 싸움을 청해온 정한담은 일합이 다 못가서 잡히게 되었을 때, 말머리를 돌려 삼십육계 줄행랑을 치는 것이 아닌가. 본진에서 징을 친 것이었다. 충렬은 그 뒤를 쫓았다. 꼭 잡아버릴 결심은 추호도 감퇴됨이 없었다. 도망가는 적을 쫓아, 적진에 달려들고 선봉을 파헤쳐 장대에 가까이 잤을 때, 그 장대에서 별안간 북 소리가 올랐다. 그리고 이와 동시에 사면에 안개가 가득 차고, 적장은 어디로 갔는지 보이질 않고 찬바람이 일며, 한설이 분분해서 지척을 분간할 수도 없었다. 아, 얼마나 가련한 일인가. 충렬은 적장의 꾀에 빠져 함정에 빠져버리고야 만 것이었다.

충렬은 놀라며 급히 신화경을 펼쳐 보았다. 그리하여, 둔갑장신해서 일신을 감추고 안순법을 베풀어서 진중을 살펴보니, 웬걸! 토굴을 깊이 파고 그 가운데 장창검극을 삼대같이 벌여 섰으며, 사해 신장이 나열되어 독한 안개, 무서운 도막들을 사방에서 뿌리면서 함성을 지르고, 항복하라는 소리는 또한 천지를 진동하고 있는 것이 아닌가. 충렬은 그제야 간계에 빠진 것을 깨달았다.

그러나, 충렬은 되도록 마음을 냉정하게 하고, 신화경을 다시 펼쳐 들었다. 그리하여 육정육갑을 베풀어 신장을 호령하고, 풍백을 급히 불러 운무를 쓸어버리니, 명쾌한 청천백일이 일광주를 희롱하고, 장성검은 번쩍번쩍 번갯불을 일삼기 시작했다. 백만겹으로 첩첩이 에워싼 무수한 적병들은 혼란하기 시작하고, 이것을 본 장대에서는 미칠 듯이 북을 치면서 군사를 재촉하고 있었다. 충렬은 분격하여 일광주를 고쳐 쓰고, 용인갑을 매만져, 천사마를 채찍질했다. 그리고는 좌충우돌 호통을 쳤으니, 가는 곳마다 번갯불이 일고, 번갯불이 일어나는 곳에는 뇌성벽력이 뒤를 따라 진동했다. 이쯤 되고 보니, 적병들은 넋을 잃고 기가 죽어 말뚝처럼 서 있을 뿐이고, 장수들은 귀가 먹고 눈이 어두워 자기 군사들조차도 알아보지 못하고 있었다. 그래서 서로 밟고, 죽이고, 쓰러지고, 그야말로 아수라 같은 난장판이었다.

그런가 하면, 충렬의 변화무쌍한 장성검은 제멋대로 날개를 달아 동천에서 번쩍하면 호적이 쓰러지고, 서천에서 번쩍하면 전후 군사가 죽었다.

용감한 충렬은 이렇게 해서 선봉과 중군을 죄다 무찔러 버리고, 더욱 돌진해서 장대에 육박했다. 그러자 이토록 자기를 곤경에 빠뜨려 놓은 원수 정한담이란 놈이 칼을 들고 그 장대 높이 서 있는 것이 아닌가. 분을 이기지 못하는 충렬은 증오의 호통소리를 지르기가 무섭게 장대에 뛰어올라 눈 깜빡할 사이에 원수의 목을 베어 버리었다. 그리고도 그는 분을 다 삭일 수가 없어서, 정한담의 머리를 한쪽 겨드랑이에 끼워 들고 후군으로 무찔러 들어갔다.

동굴 앞을 지날 때, 웬 여자의 음성이 들려왔다.

"저기 가는 저 장수, 행여 명나라 장수거든 우리 고부 살려주소!"

충렬은 말에서 내려 동굴에 달려들어가, 그것이 적에게 잡혀 죽음을 기다리고 있던 황후와 황태후라는 것을 알자 서슴없이 그 앞에 무릎을 꿇었다.

"소장은 동성문 안에서 살고 있었던 정언주부 유심의 아들 유충렬이라고 하옵니다. 부친의 원수를 갚으려고 불원천리 달려와서 정문걸을 한칼에 베고, 그후에 최일귀, 마룡을 잡고, 이제 정한담의 목을 베기 위해 이곳에 왔사오니, 소장과 함께 본진으로 가사이다."

늙은 황태후와 황후는 이 말을 듣고 토굴 밖으로 나와 충렬의 손을 잡고 치사하며 말씀하시길,

"그대가 유주부의 아들이란 말인가. 어디 가서 장성하여 이런 훌륭한 명장이 되었을까. 그대 부친은 어디 있노. 장군이 우리 고부를 살려주었으니, 나 같은 이런 백발 할매는 천자를 다시 보게 되었고, 내 며느리 이여쁜 아기는 황제 낭군 다시 보게 되었소. 그리니 이 공료, 그 은혜는 태산이 무너져 펀지가 되어도 잊을 수 없고, 천지가 변하여 벽해가 될지라도 잊을 가망 전혀 없소. 머리를 잘라 신을 삼고, 혀를 빼어 창을 박아서 백년 삼만육천일의 날마다 신고서야 그 공로는 다 갚을 만하겠소. 장군, 우리 고부를 명나라 진영으로 데려다 주오. 어서 가서 내 귀한 아들을 보게 하오."

이에 충렬은 더 쳐들어갈 전의(戰意)를 포기하고, 불행한 황후와 태후를 모시고 본진으로 와 버리었다. 그리고, 정한담의 머리를 천자에게 바치려고 칼 끝을 빼어 보니 그것은 진짜로 정한담의 머리가 아니라 허수아비 머리가 아닌가. 충렬은 또 한번 속아넘어간 분노를 참을 길이 없었다. 마음 같아서는 금방 달려가 그 원수의 진짜 모가지를 베

어오고 싶었다. 꼭 그렇게 하고 싶었다.

그러나, 황후와 태후를 생각하면 그럴 수도 없어서 격분한 마음을 꾹 참고 진문을 들어섰다.

명나라 진영에서는 말할 수 없는 기쁨이 넘쳐 흘렀다. 천자는 말할 것도 없으려니와 태자, 중군장, 그리고 온갖 군사들이 환희의 눈물을 뿌렸다.

황후와 황태후가 살아온 것은 금상첨화였다. 그래서 더욱 기뻐하시며 천자는 버선발로 달려나가 충렬의 손을 잡으셨고, 태자 역시 달려나가 늙은 황태후와 황후의 손을 잡고 부축했다. 울음이 반반으로 얽혀 불똥 튀듯 튀어오르고, 지난날의 고통스러웠던 가지가지 경험담이 이 입 저 입에서 쉴새없이 꽃을 피웠다. 천자는 옥새를 목에 걸고 항서를 손에 들고 도살장에 끌려가는 소처럼 걸어 나갔다는 이야기로부터, 소년 영웅 충렬이가 나타났다는 이야기에 이르고, 황태후는 동굴 속에서 굶어 죽은 줄만 알았는데 하늘이 도와 충렬이 같은 명장을 보내주었다는 이야기를 했다.

한편, 정한담은 어떻게 되었는가. 옥관도사의 총명한 지혜에 의해서 유충렬을 감쪽같이 함정에 끌어들이기는 했으나, 예상대로 그를 잡기는커녕 삼군 억만군을 순식간에 잃어버렸고, 자기의 혼백을 넣은 허수아비마저 깡그리 목이 잘리우고 말았다. 이쯤 되었으니 그의 낙담은 말할 나위가 없었다. 눈앞이 캄캄해지며 다시는 일어나지 못할 것만 같았다. 명나라 진영의 반가운 환희와는 정반대로 죽음과 피와 송장과 절망이 그의 눈을 가려주었다.

한참 동안 넋을 잃고 앉아있던 정한담은 얼핏 무엇인가 생각한 듯, 벌떡 일어서서 걷기 시작했다. 그는 옥관도사를 찾아가 이렇게 입을 떼었다.

"이제는 백계 무색이올시다. 충렬은 천신이니, 어떻게 하면 좋겠소이까?"

도사는 어떻게 대답해야 좋을지 모르다가 한 꾀를 생각하고 한담에게 말했다.

"적장 유충렬은 연경으로 귀양간 유심의 아들이라고 하니, 지금 급
히 군사를 재촉해서 유심을 잡아다가 진중에 가둬놓고, 죽인다고
위협을 한다면, 제아무리 충신이라 하더라도 인군만 생각하고, 제
아비를 생각지 않는다는 법은 없을 것이오."

정한담은 도사의 의견이 옳다고 생각하고 군중에 전령하되 날랜 군
사 십여 명을 불러놓고, 즉시 연경으로 달려가 유심을 잡아오라고 명
령하였다.

한편 정언주부 유심은 춥고 초라한 적소에서 파리목숨만한 연약한
명맥을 그대로 지속하고 있었다. 그것은 살았다고는 도저히 볼 수 없
는, 참으로 비참한 생활이었다. 찾아줄 사람도 없는 무섭게 추운 북녘
땅 객실에서 배고품과 추위에 홀로 떨고 있는 자유를 잃은 불행한 노
인의 모습이란 송장과 같고, 냉큼 누구도 상상할 수 없을 정도였다.
그러기에 십년이 하루 같고, 죽지 못하는 것만이 애통할 뿐이었다.

그러나, 이런 땅에도 낙엽을 날리는 바람소리가 있고, 창밖의 나무
에 와서 울어주는 새들이 있었다. 봄이면 눈을 녹이는 따스한 훈풍을
실어다 주는 바람과 함께 강남에서 찾아주는 제비가 있고, 가을이면
무서운 겨울을 예고하는 우수의 낙엽소리와 함께 북국에서 찾아주는
철새들이 있었다.

지나가는 노파의 불확실한 이야기에서 남경 황성 안이 피바다가 되
었다는 말을 들었을 때, 불행한 유심의 충성은 얼마나 놀랐을 것인가.
정한담이 적과 내통하여 천자를 내몰고, 용상에 앉을 법하다는 것은
그가 이미 예견하고 예언해둔 바이지만, 그러나 천자의 생사는 그에
게 거다란 충격이었다. 그러지 않아도 잠을 잘 수 없있던 그는 이런
얘기를 들은 뒤로부터는 하루 한잠도 제대로 이루지를 못했다. 밤이
면 늦게까지 등불을 돋우어 하늘에 축수를 올리곤 하였다.

"명천이 감동하시어 우리 천자를 살려주실진대, 내 아들 살아 있거
든 남경을 구원하고, 아비의 원수를 갚게 하소서!"

이렇듯이 정성을 들이는데 뜻밖에도 십여 명의 무지한 군사들이 그
의 초라한 객실에 달려들어 이렇다 묻지도 않고 잡아내어, 그를 수레

에 싣는 것이었다.

유주부 정신없어 의식을 잃었다가 깨어나며,

"이제는 꼼짝못하고 죽게 되었구나! 우리 천자께서 승전을 하셨다면 나를 잡아갈 리 있겠는가. 정한담이 기어코 역적이 되어 천자를 죽이고 나를 또한 죽이려고 이렇게 끌고 가는구나. 청천일월도 무심하고, 형산신령도 못믿겠구나. 내 아들 충렬도 정녕 죽었구나. 살았으면 어디 가서 아비 원수 못갚고 이 지경으로 만들어 놓을까!"

이렇듯이 슬피울 제 군사들도 낙루하였다. 여러 날 만에 적진 중에 도달하니, 정한담은 이날 따라 곤룡포를 정하게 차려 입고 용상에 높이 앉아 천자의 위엄을 십분 자랑하고 있었다. 그것은 유심에게 보이려는 간악한 계책이었음은 더 말할 나위도 없었다. 그는 유심이 끌려오자, 백관이 좌우로 엄숙하게 늘어선 계하에 죄인을 불러다가 꿇어 엎드리게 했다.

"그대가 너무 고집을 부려 만리 연경에서 몇 년을 고생하니 내 마음이 불편하오. 이제는 짐이 천자가 되어 백관을 거느렸는데, 그대 아들이 아직 미거하여 천위를 모르고 죽은 명나라 황제를 살리려고 우리 군사를 침노하고 있소. 그러니 죄상을 논한다면 죽일 것이로되, 그대를 생각하여 아직 살려 두고 있는 터요. 그런데도 종시 항복하지 않기로, 그대를 데려다가 자식에게 편지하여 부자 함께 만나 나를 도우면 고관대작은 원대로 할 것이니 부디 사양치 마시오."

유주부 이 말을 듣고 분심이 가득하여 눈을 부릅뜨고 고쳐 앉으며,

"너 이놈! 정한담 놈아! 천지도 무섭지 않고, 일월도 두렵지 않단 말이냐. 나는 자식도 없고, 자식이 설혹 있다 한들 우리 천자를 모시고 너 같은 역적놈을 죽이려 할 것이다. 그렇거늘 그 아비가 무엇 때문에 성군을 저버리고 역적을 도우려 한단 말이냐. 내 아들이 어떠한 아들인지 너는 아는가 모르는가. 광대한 천지간에 삼척동자도 네 고기를 먹고자 하는데, 하물며 옥황이 점지하여 남경을 도우라

하신 내 아들이 만고역적 너 같은 놈을 섬길 듯하냐?"

이렇듯이 *공책(恐責)하며 노기등등하자 정한담 역시 대로하여 용상을 치고 소리를 높여서, 유심을 즉시 내쳐다가 목을 베라고 엄명했다. 그러자, 옆에 지키고 서 있던 군사들이 검극을 번쩍이며 벌떼처럼 달려들어 유심을 밖으로 끌고 나갔다.

이러한 광경을 지켜보고 있던 옥관도사는 한담을 말리며,

"경솔히 그를 죽여서는 아니되오! 유심의 상을 보니, 대왕후 기상이나 천명이 완연하여 그럴 가망 전혀 없소이다. 만일 그를 죽였다가는 대환이 목전에 있을 것이니 분심을 참으소서."

하니 정한담은 겨우 분노를 억제하고, 유심을 다시는 돌아오지 못할 곳으로 멀리 귀양보내 버리었다. 그리고, 거짓 편지를 만들어서, 화살의 꼬리에 달아, 활 잘 쏘는 군사를 시켜 명나라 진영으로 쏘아보내게 했다.

이때 유충렬은 간계에 넘어갔던 분풀이를 하려고, 그 기회만 엿보고 있었다. 그러나, 적진에서는 문을 굳게 닫고 움직이지 않아서 매일같이 장대에 앉아 적의 동정만 주시하고 있었는데 화살 하나가 후르르 날아들었다. 충렬은 그것을 뽑아오게 해서, 꼬리에 매어 놓은 편지를 떼어 펼쳐보았다.

'연경에 적거한 유주부는 불효자에게 일장 서간 부치나니 받아 보아라. 오호라! 네 부모 연광 반이 넘어 일점 혈육 없더니, 남악산에 산제하고 너를 늦게야 낳아 영화를 보려했더니, 내 팔자 기박하여 천자께 득죄하고, 만리 연경에 귀양와서 사생이 관두하되, 너는 아비를 찾지 아니히는구나. 부모를 상봉함은 천륜에 낭연커늘, 너는 몸이 장성하자 망한 나라를 섬기려고 침노하니, 새 천자께서 네 아비를 잡아다가, 너 같은 자식을 두었다 하시고, 도마 위에 올려 놓고 죽이려 하니 이 아니 망극한가. 세상 사람이 자식 낳아 좋아하는 말은 자식의 힘을 입어 영화를 보는고로 생남하면 좋다하는데, 나는 무슨 일로 영화를 보기는커녕 이 호호백발 파리한 목에 창검

---

*공책(恐責)——무섭게 꾸짖음.

이 웬일이며, 피골 상접 늙은 수족 수레 소리를 어이 하리. 네가 정녕 내 자식이거든 급히 항복하여, 우리 부자 상봉하고 온갖 종록을 얻게 하라. 네 만일 듣지 아니하면, 죽은 혼이라도 자식이라 아니 하고, 모진 귀신이 되어 네 몸을 해하리라. 할 말이 무궁하나 목숨이 경각에 있어 황황하기로 그치노라.'

충렬은 편지를 보고 정신이 아득하여 흉중이 막혀 인사를 모르더니 겨우 진정하고 편지를 가지고 천자에게 가서 필적을 감정해 달라고 아뢰었다. 천자와 태자 편지를 보고나서 박장대소하며 충렬을 위로하기를,

"원수의 부친이 죽은 지는 오랠 것이오. 혼백이 살아서 편지를 썼다고 하더라도 한번도 못보던 글씨이고, 그런 필적은 있지도 않은 것이오. 또 설령 살았을지라도 그 사람이 어떻게 그런 말을 할까. 장군은 염려말고, 정한담을 사로잡아 편지의 곡절을 물어보면 내 말이 옳은지 그른지 알 것이리라."

충렬은 어전을 물러나오면서도 생각했다. 천자의 말씀이 틀림없고, 뿐만 아니라 아버지의 최후의 유서를 멱라수의 정자에서 내 자신의 눈으로 보지 않았던가. 그렇거늘 이제 새삼스레 아버지의 생존을 인정하려 하고, 가짜 편지 앞에서 이토록 흥분하다니…….

그러나, 여하간 슬픈 일이다. 아버지란 말만 들어도 가슴이 미어지는 듯이 아프다. 충렬은 최후의 비장한 결의를 하고 장대에 올라 무장을 다시 고쳐 만졌다. 일광주를 다시 썼고, 황룡수(黃龍鬚)를 거스리고, 봉의 눈을 부릅떠서 용인갑을 졸라매고 대장검을 높이 들며 신화경을 손에 들고 천사마를 급히 몰아 적진을 향해 쏜살같이 달리었다.

"너 이놈! 정한담 놈아! 네놈이 간사한 꾀를 내어 나를 항복시키려 하지만, 내 어찌 그것을 모를쏜가. 바삐 나와서 죽어보라!"

천지를 진동하는 이런 소리를 듣고, 정한담은 새파랗게 질려서, 문을 굳게 잠그고 나오지 아니하거늘, 분노가 극에 달한 유충렬은 철편으로 가루가 되도록 문을 부숴버리고, 장성검을 번뜩이며 안으로 쳐들어갔다. 도성을 지키고 있던 군사들은 장성의 밥이 되어, 이리 저리

몰리면서 추풍낙엽처럼 피를 토하고 쓰러져 가니 그 수를 헤아리지 못할 정도였다.

정한담은 놀라 어떻게 할 바를 모르며, 피할 구멍을 찾다가 겨우 도사와 함께 북문을 빠져 호산대로 도망쳐갔다.

충렬은 그의 가족과 삼족을 죄다 잡아 본진으로 보내놓고 반역자에게 붙은 만조백관을 호령하기 시작했다. 그리하여 그들로 하여금 옥연을 갖춰서 천자를 모셔 환궁케 하고, 잡아둔 정한담의 가솔들을 하나하나 씨도 없이 베어버렸다.

이런 일이 끝나자 충렬은 조정만을 시켜 본진을 지키게 해놓고, 자신은 옛 자기 집으로 가 보았다. 옛날 불이 붙던 광경이 머리에 떠올랐다. 허허벌판이 되어버린 그 집을 뒤로 남겨놓고 그는 다시 궐문으로 향했다. 마음이 혼란하고 가지가지 불행한 감정이 일시에 밀려들며, 눈물이 펑펑 쏟아져 눈앞이 캄캄해서 옮길 수도 없었다. 그는 갑주를 땅에 벗어놓고 주저앉아 가슴을 두드리며 대성통곡하며 하는 말이,

"옛날 은(殷)나라의 기자(箕子)도 나라가 망한 후에 옛터를 지나다가, 궁실이 무너져 갈대밭이 된 것을 보고 시를 지어 옛정을 회고했다는데, 이제 충렬은 물 속 성에다 부모를 잃고, 거리를 구걸하며 다니다가 그 몸이 장성하여 옛날 살던 터를 다시 보니, 장부 한숨 실로 난다. 우리 부모는 어디에 가시고, 이런 줄을 모르시는가. 상전벽해라는 말을 곧이 아니 들었더니, 이제 내일을 생각하니 백년 인생 초로 같고 만세광음 유수로구나. 부귀영화 본다하고, 부디 사람 성히 말고, 제 복이 있어서 잘 산다고 일가진적 괄세 마소. 고진감래, 홍진비래는 고금의 장사로서 양지가 음지되고 음지가 양지되는 줄을 뉘라서 알아보리. 권세 좋다, 귀하다고 천만년을 믿지 마소."

충렬이 이렇듯이 낙루하고 도성에 들어오니 만조백관 중에 충신은 다 죽고 남아 있는 자는 정한담의 동류라.

충렬은 낱낱이 잡아내어 죄의 경중에 따라 처참하고 행방불명이 된

정한담을 찾기 시작했다.

정한담은 이때 호산대로 도망쳐서 완전히 절망에 빠져 있었다. 따라온 군사도 별로 없고, 세력을 만회할 만한 아무런 방법도 생각나지 않았다. 옥관도사 역시 같은 처지나 이내 한 꾀를 생각해내고 말하길,

"이제는 백계 무책이오! 그러니 이렇게 하면 좋을 것 같소. 마지막으로 패했다는 글을 써서 남만(南蠻), 서번(西蕃), 호국(胡國) 등에 보내어 구원병을 청해 보는 겁니다. 저희들도 할 수 없을 게고, 그리해서 한번 싸운 후에 사불여의할 때면 목숨만 도망쳤다가 후일 기다립시다."

정한담은 크게 기뻐하며 지체없이 패전했다는 글을 써서 최후까지 그의 주위를 지키고 다니는 공명의 용사들에게 주어, 오국에 제각기 달려보냈다. 그리고, 스스로는 몸을 깊이 피해서 그 회답이 오기만을 기다리었다.

정한담의 글을 받아본 오국은 똑같이 놀라고 분개했다. 그들은 승리의 기쁜 소식이 오리라고 믿고 있었던 것이었다. 따라서 저마다 분개하며 정병 팔십만을 뽑아 올렸다. 이밖에도 용장 천여명과 신기한 도사를 좌우에 배치하고 서천 삼십육도 군장이며, 가달의 토번왕과 호국대왕이 제각기 중군이 되어, 그중에서도 명장들만을 뽑아 선봉을 정한 뒤에 행군을 재촉했다. 이들 팔십만의 군세는 그야말로 명나라를 통째로 삼켜버릴 듯했다.

원병을 맞이한 정한담과 옥관도사의 기쁨은 또한 말할 나위가 없었다. 희망은 샘솟고 활기는 넘쳐흘러서 별안간 또 다시 황성을 점령하고 상을 되찾은 듯한 기세였다. 정한담은 그들과 합세하여 호산대에 진을 치고 명나라 진영에 싸움을 청했다. 금산성을 지키고 있던 조정만은 크게 놀라 급히 장계를 올려 적의 재침을 알리었다. 충렬은 천자를 안심시키고,

"소장은 정문걸과 마룡을 한칼에 베어 없앴나이다. 그렇거늘 오국 호병이야 제아무리 승천입지하는 놈이 선봉에 있다한들 조금도 두려울 것이 없나이다. 황상께옵서는 염려마옵시고 소장의 칼에 적병

의 머리가 어떻게 떨어져 가는가 구경하옵소서."

충렬은 그렇게 아뢰고 나서, 즉시 갑주를 갖추고 본진으로 달려가 군사를 신칙하여 항오를 각별히 단속했다.

정한담은 이때 옥관도사의 지혜를 받아들여 오국 군왕에게 한 꾀를 알리고 있었다. 그 꾀인즉, 이쪽에서 금산성을 치게 되면 명나라 군중에서 단 하나 경계해야 할 유충렬이 그쪽으로 달려갈 것이니 그 틈을 타서 정한담 자신은 천자를 사로잡고 옥새와 항서(降書)를 받아버리겠다는 것이었다. 그렇게 되면 제아무리 천신인 충렬이라 하더라도 꼼짝 못하고 항복할 것이며 이쪽은 별로 싸우지 않고서도 이길 수 있다는 것이었다. 오국 군왕은 이에 응했다. 그리하여 이날이 되었을 때, 장병 십만을 갈라서 우선 금산성을 치게 했다. 충렬은 금산성으로 달려가 예의 장성검의 신묘한 위력을 과시하며, 그들 침략군의 머리를 철저하게 베어버렸다.

이것을 보며, 음흉한 반역자 정한담은 도성문을 뚫고 궐내로 달려 들어갔다. 아닌게 아니라, 도성내는 무방비 상태여서 정한담은 십여 척의 거창한 몸을 자랑하며 구척장검을 휘두르면서 궐내로 뛰쳐 들어가 천자더러 나오라고 호통을 쳤다. 닥치는 대로 남녀를 가리지 않고 베어버리고 문을 부수고 발을 구르는 그의 횡포는 그야말로 미친 짐승과 같았다.

충렬의 위로와 보증을 받아 편히 잠들고 있던 천자는 이와 같은 위급한 형세에 기절초풍하듯이 놀라 눈을 떠서 옥새를 품에 안고 말을 잡아타고 정신없이 뒷문으로 도망쳐 달아났고 북문을 빠져 변수가에 가서야 겨우 정신을 돌릴 수 있으셨다.

정한담은 천자를 찾아도 없자, 우선 손쉽게 잡을 수 있었던 황후, 황태후 그리고 그제야 도망치려던 태자를 잡아서 호왕에게 보냈다. 그리고는 북문을 나서서 천자를 추격하니, 천자는 이때 변수가에 있었다. 정한담은 단숨에 달려, 천자의 말부터 거꾸러뜨리고, 기운을 잃은 천자를 백사장에 굴복을 시켜버렸다. 천자는 *통천관(通天冠)을 파

---

*통천관(通天冠)——임금이 조칙을 내리거나 정무를 볼 때 쓰는 관.

괴당하고 할 수 없이 무릎을 꿇었다.

"너 귀가 있거든 잘 듣거라! 하늘이 나 같은 영웅을 내실 때는 이미 남경의 천자되라 하심이다. 그런데도 네가 어찌 천자를 바랄 수 있는가. 너 한놈을 잡으려고 십년을 공부하여 변화무궁하니, 너 어찌 순종치 아니하고 아직도 입에서 젖비린내 나는 조그마한 충렬을 얻어다가 내 군사를 침노하는가. 그러한 네 죄를 논하건대 이제 서슴없이 죽일 것이로되, 옥새를 드리고 항서를 써올리면 죽이지 아니 하려니와, 그렇지 못하면 너는 물론 네놈의 노모, 처자를 죄다 한칼에 죽일 것이다!"

"항서를 쓰자 해도 지필이 없는 것을 어이하리요?"

"이놈! 그게 말이라고 하느냐! 지필이 없다면 용포를 떼고 손가락을 깨물어서 혈서를 쓰지 못할까!"

정한담은 언성을 높이며, 구척장검으로 위협하면서 외쳤다.

불행한 천자는 그의 말대로 용포를 떼고 손가락을 깨물려 하시니 이 얼마나 기막힌 정상인가. 황천인들 무심할 수 없는 일이었다.

한편 금산성에 침입한 적군 십만을 씨없이 말려놓고 호산대로 향하려 하던 충렬은, 별안간 월색이 희미해지며 난데없는 빗방울이 그의 얼굴에 떨어지자, 문득 이상한 생각이 들어 말을 멈추고 천기를 살펴보았다. 그러자, 도성에 살기가 가득하고, 천자의 자미성이 변수가에 떨어져 비치는 것이 아닌가. 그는 깜짝 놀라 자신도 모르게 소리를 질렀다.

"이게 웬 변이냐! 야단났구나!"

갑주와 창검을 살펴보며 급히 말을 몰았다. 이 영묘한 천사마 또한 주인의 마음을 아는지라, 그 원래의 전능한 속력을 마음껏 발휘하여 변수로 달리었다. 아니나 다르랴. 천자는 백사장에 엎드려 있고 정한담은 칼을 들고 천자를 치려 하거늘 충렬과 천사마는 생명의 전부를 다해서 미친 듯이 달려들며,

"이놈! 정한담 놈아! 우리 천자를 해치지 말고 이 칼을 받아라!"

하고, 그야말로 천지가 무너질 듯하게 소리쳤다.

정한담은 놀라서 말머리를 돌려 도망치려 했다. 그러나, 흥분해서 달려든 충렬은 장성검을 번쩍이며 상대방이 반격해 올 여유조차 주지 않고 말에서 굴러떨어뜨려 산채로 잡아버리고 결박을 지은 다음, 충렬은 천자에게 달려갔다. 천자는 의식을 잃고 쓰러져 계시었다.

"소장이 도적을 함몰하고, 정한담을 사로잡아 말에 매어 놓았나이다."

천자를 부축하며 그렇게 말하자, 천자는 기적적으로 눈을 뜨시며 충렬을 부르고, 헛소리를 지르시었다. 충렬의 출현을 천자는 전혀 모르고 계셨던 모양이었다. 그리하여 충렬은 불행한 천자를 위로하여 다시 모시고 결박지은 정한담을 말에 실은 채 궐내로 들어갔다.

이때 금산성에서 십만의 군사를 순식간에 잃고 정한담의 결과만을 기다리고 있던 오국 군왕은, 정한담이 잡혔다는 말을 듣자 재빨리 불리한 형세를 알아채 성중보화(城中寶貨)와 일등미색(一等美色)을 탈취하고 황후와 황태후와, 또 볼모로서 가장 적합한 태자를 수레에 싣고 본국으로 삼십육계 줄행랑을 쳤다. 이것을 본 천자는 충렬을 붙들고 대성통곡하며,

"이 몸이 하늘에 득죄하여 이 지경이 되었도다! 그대와 같은 충신을 얻어 나라 회복되었다 하더라도 부모 처자를 그 악독한 도적놈들에게 빼앗겨 버렸으니 나 혼자 살아 무엇하리. 천하를 그대에게 전하나니 그리 알라. 과인은 이제 죽어 혼백이라도 호국에 들어가 모친을 만나 보면 구천에 돌아가도 여한이 없으리라."

하고, 백화담에 빠져 죽고자 하거늘 천자의 이런 정경은 참으로 눈 뜨고 볼 수 없는 것이었다.

충렬은 천자를 붙들어 용상에 앉혀놓고,

"소신이 충성이 부족하여 이렇게 되었으니 부디 진정하옵소서."

하고, 눈물을 흘리며 아뢰었다.

"이런 불행을 당하여 신하된 도리로서도 소신이 호국을 그냥 두오리까. 재주는 비록 없사오나, 호국에 들어가 호종을 죄다 씨도 없이 함몰하고 태후를 편히 모셔오리다."

천자 충렬의 손을 잡고 낙루하며 부탁하되,

"경이 충성을 다하여 호국을 쳐없애고 과인의 노모와 처자를 다시 오게 한다면 살을 베어도 아깝지 아니하리다!"

충렬 배사하고 나와 정한담을 계하에 꿇어 엎드리게 하고 좌우 나졸 호령하여 온갖 형벌 갖추고 전후 죄목을 낱낱이 물으니 먼저 천자께서 분기 가득 넘쳐 말씀하시었다.

"너 이놈! 듣거라! 네놈이 자칭 황제라고 하며 날더러 천의(天意)를 모른다 하더니, 어째서 두 팔이 없이 잡혀 왔느냐?"

한담이 *참괴무언(慙愧無言)이라.

"네놈이 자칭 십년 공부하여 천자를 도모한다 했는데, 어떤 놈에게서 그런 공부를 하여 역적이 되었느냐?"

한담이 여쭈오되,

"소인이 불행하여 도사놈의 말을 듣고 이 지경이 되었사오니 무어라 할 말이 있겠나이까?"

"그 도사란 놈은 어디 있느냐?"

"소인이 변수가에 갔을 때, 호국에 들어갔을 듯하옵니다."

이에 충렬이 엄숙하게 입을 떼었다.

"네놈은 나와 불공대천의 원수다! 진작 죽여야 할 것이지만, 내 부친의 존망을 알고자 그대로 두었으니, 바른대로 아뢰라!"

"소인이 죄 중하여, 도사의 말을 듣고 정언주부를 모함하여서 연경에 귀양보냈는데, 수일 전에 다시 잡아다가 항복받고자 했으나 종시 듣지 않는 고로 할 수 없이 호국 포관이란 곳으로 귀양보냈사오며 그후의 소식은 모릅니다."

"강희주, 강승상은 죽었는가, 살았는가?"

"강승상도 모함하여 옥문관으로 귀양 보내고 그 집 가솔은 다 잡아오게 했사오나, 중도에서 도망쳐서 영릉땅 청수에 빠져 죽었다 하더이다."

충렬은 몇 번이나 죄인을 죽이고 싶은 생각이었으나 그때마다 꾹

---

*참괴무언(慙愧無言)——부끄러워 아무 말이 없음.

참아 누르고 아버지를 만난 뒤에 죽이자 하였다. 충렬은 다시 죄인을 결박지어 전옥에 가둔 후 일어섰다.

충렬은 쉬어볼 여유도 없이 갑주와 장검을 갖추어 차리고 어전에 나아갔다. 하직을 하고 물러서자, 천자는 급히 계하까지 달려 내려오셔서 그의 손을 잡고 눈물을 뿌리시었다.

"짐의 이렇듯 든든한 수족을 만리 타국에 보내게 되니 마음이 괴롭도다. 부디 충성을 다하여 모친과 태자를 구원하여 빨리 돌아오소. 만일 그 사이에 환이 있게 되면 누구로 하여 살아날 것인가."

그리고 십리 밖까지 전송해 주시었다.

충렬은 필마단창으로 호국땅을 향해 걸음을 재촉했다. 그러나 호국왕은 돌아가면서 후환을 생각하고 각도 각관에 엄명을 내려 길가의 인가를 없애고, 물마다 배를 치우게 하여 아무도 섣불리 뒤를 쫓지 못하게 만들어 놓았기 때문이었다.

충렬은 밥을 굶고 쉬지도 못하며, 만리 무인지경을 달려야만 했다. 그러나 그의 충성으로 무장된 숭고한 정신력과 아버지를 생각하는 효심의 의지력은 이러한 고통을 극복시켜주고, 그를 앞으로 앞으로 달리게 해 주었다. 그리하여 그는 어느새 유주라는 곳에 닿았다.

유주에 들어서자 고을의 인가를 죄다 폐해 버린데 벌컥 분노가 치받쳐, 그는 즉시 그 고을의 자사를 잡아내어 곡절을 물었다.

"이놈! 네놈이 세대 국록지신으로, 국가가 불안한데도 네 몸만 생각하고 국사를 돌아보지 않는단 말인가. 또한 정한담의 말을 듣고 유주부를 네 고을에 귀양했다 하는데, 그 유주부는 어디 계시냐?"

자사는 공포에 떨며 입을 떼었다.

"소인도 국론지신으로 어찌 무심하리이까마는, 호병이 남경에 가는 길에 소인 고을에 달려들어 군사와 양식을 탈취하고 소인을 죽이려 하기로 도망하여 겨우 목숨만 살아났소이다. 본래 재주없고 적수단신이라 어떻게 할 바를 모르겠고, 따라서 국가도 어떻게 되었는지 알 수 없사온데, 수일 전에 소식을 들으니 호병이 승전하여 황후, 황태후, 그리고 태자를 잡아간다 해서 황황망조하던 참이올시다. 그런 판에 장군이 오셨는데 황송하오나 성명은 누구시며 무슨 일로 유주부를 찾나이까?"

"나는 유주부의 아들이다!"

그러자, 늙은 자사는 깊은 절을 하고 백배치사하며 술과 고기와 먹을 것을 산더미처럼 내어왔다. 충렬은 굶주린 배를 채우고 목을 축이며 편히 쉴 수가 있었다. 아버지의 행방은 여기서도 묘연하니 알 수가 없었다.

자사는 다만 유주부가 자기의 고을을 지났다는 것만을 알고 있을 뿐이었다.

충렬은 음식으로 기운을 얻은 후, 십리 밖까지 전송해 나온 자사를 뒤에 남겨놓고, 다시 호국을 향해 들어갔다. 거기서부터 길은 더욱 험하고, 날은 차고 바람은 불고 땅은 낯설며 오랑캐 땅에 접근해갈수록 그들의 엄중한 경계로 해서 인가마저 없고보니, 그 고생은 이루 말할 수 없었다.

이때, 호국의 서울은 전에 없는 승리의 축하 기분에 온통 들떠 있었다. 남경에서 십만명을 잃은 대신, 비싸고 얻기 어려운 재물과 무수한 꽃다운 미인과 황후, 태자, 황태후를 생포해왔으니 그들로서는 승리나 다름없었다.

며칠이 지난 뒤에 호왕은 그의 호화로운 용상에 높이 자리를 잡고 계하로 끌려 들어온 황태후, 황후, 태자를 차례로 자세하게 관찰했다.

호왕은 인검으로 용상의 손잡이를 탁 치며 태자에게,

"네 이놈! 네 놈이 지난 날에는 네 아비 힘을 믿고 버릇없게도 동궁이라 했거니와, 이제는 과인이 하늘의 명을 받아 네 아비에게 항복받고 네 어미와 조모를 사로잡아 왔으니, 만승 천자가 나밖에 또 있느냐! 오만불손한 그 태도가 무엇인가!"

하고 호령했다. 이에 좌우의 신하들이 깜짝 놀랐을 정도였다.

그러나, 태자는 태연스러이 호왕을 올려다보았다. 그러자 호왕이 호통을 쳤다.

"이놈! 네놈이 어서 빨리 항복하여 나를 돕는다고 하면 죽이지 아니하려니와 그렇지 아니하면, 네놈은 물론이거니와 네놈의 어미와, 조모를 모두 북해상에 던지리라!"

불행한 젊은 황후와 늙은 황태후는 공포에 몸을 가누지도 못하며 서로 안았다.

태자는 힐끔 이러한 광경을 옆눈으로 보았다. 그리고는 다시 정면으로 호왕을 쏘아보며 호령하는 말이,

"너 같은 외놈의 역적놈이 한낱 자신의 강포만 믿고 나를 잡아다가 이 꼴로 만들어 놓았다마는, 언감생심 어디라고 황제를 질욕하며, 나를 항복시키려든단 말인가! 군신의 분의를 논하건대, 황제는 만민지부요, 황후는 만민지모라. 그런즉 너는 만고역적이 분명하다!"

하였다. 태자의 입에서 이런 말이 떨어지자, 용상은 다시 깨어지는 소리가 나고, 분노의 절정에 달한 포악한 호왕은 무엇이라 외쳐대었으나, 그 말은 알아들을 수도 없을 정도였다.

다만, 좌우에 검극을 잡아들고 벌여섰던 수십명 나졸들이 순식간에 달려들어 이미 준비된 형구에 태자를 고문하고, 무서운 공포에 떨고 있는 연약한 두 여인을 매질하고, 그리고는 나졸들의 압도하는 폭언과 떠밀어 내쳐가는 강포한 행위만이 연속적으로 계속되고 있을 뿐이었다. 불행한 희생자는 그것 이외에는 아무것도 의식하지를 못했다.

그들이 호국의 구경꾼들이 좌우에 늘어서 있는 큰 거리를 지나 동문밖 십리쯤에 있는 모래밭에 이르렀을 때에는, 태자는 더 말할 나위도 없으려니와 황후는 쓰러져 의식을 잃고 늙은 황태후는 옷이 찢겨 사방에서 피가 흐르고 있었다. 그토록 고귀하고 순결을 상징해 오던 젊은 황후의 고운 살결은 보잘것이 없고 옷은 남루하고, 흙투성이가 되어, 얼굴과 목과 어깨와 손발 그 어디고 보이는 살은 피가 흐르고 또 검푸르게 부어올라 있었다. 이들은 죽음을 눈앞에 두고 송장처럼 의식을 잃고 있었다.

다만 늙은 황태후가 눈을 뜨고 헛소리처럼 이런 말을 입에 담고 있을 뿐이었다.

"내 소중한 아들은 지금 어디에 있을까. 우리가 이렇게 된 줄을 알까 모를까. 전생에 무슨 죄가 있어서 이런 팔자가 되었단 말인가. 하늘이 무심치 않거든 어서 가서 그 천지간에 다시 없는 영웅 유장군에게 알려주오. 이 세상에서 제일 가엾은 우리 세 사람은 이제 곧 저놈들의 사나운 창검 끝에 죽는다고!"

"그 늙은 년부터 해치워라!"

이윽고 무서운 호령이 떨어졌다.

그러나, 이와 거의 때를 같이 하여 동쪽 하늘이 별안간 부옇게 먼지구름이 일면서 그 속에서 화살같이 날아드는 무언가가 처음에는 점으로 나타났다가 차츰 커져오고 번갯불이 번쩍번쩍하고 천둥이 이는 듯하고, 이어서 바로 정면에서 벽력 같은 호령이 올랐다.

"이놈들! 게 꿈쩍말고 있거라!"

죄인을 내려치려고 칼을 높이 쳐들었던 자객이나 장군이나, 누구나 할 것 없이 미처 피할 겨를도 없었다. 하늘에서 쏟아지는 듯한 그 무서운 호령과 함께 변화무궁한 장성검이 번쩍하며, 회오리바람처럼 그 자리를 한덩어리로 싹 쓸어버리고야 만 것이었다.

이것이 유충렬임은 말할 나위도 없겠다. 온갖 고생 끝에 호국땅에 들어선 충렬은 멀리 지평선 위로 선우대(鮮于臺)가 보이자, 우선 강변으로 천사마를 몰고 가서 갈대 사이로 물을 먹이었다. 애마에 기운을 들여놓고 자기자신도 지친 몸에 기운을 넣어주자는 생각에서였다.

말을 혼자서 물먹게 내버려 두고, 그는 겨드랑까지 닿는 갈대를 헤치고 들어가서 하얀 모래를 잔잔히 내리는 거울처럼 맑은 물을 두 손바닥을 모아 떠서 땀난 얼굴을 씻었다. 물은 차고 사방은 한없이 고요하고 애마는 저쪽에서 혼자서 물을 먹고 사람이란 구경조차 할 수 없는 이런 곳에서, 그는 무언가 마음의 신령스러운 위안을 받는 듯했다. 그런데 이때 난데없는 자그만 쪽배 하나가 물위를 급히 내려오더니 배에 있던 하얀 옷차림의 아리따운 선녀가 자기를 향해 우아하게 절하더니 섬섬옥수로 금낭을 끌러 과실 두 개를 내밀었다.

"행역이 곤하리니 이 과실 한 개를 자시고 한 개는 두었다가 일후에 쓰려니와, 지금 황후, 태후, 태자가 동문 밖 십리 모래밭에서 온갖 능욕과 벌을 받으며 죽게 되었으니, 장군은 지체말고 가보사이다.”

이런 말을 남겨놓고 선녀의 배는 또 다시 스르르 물 위를 미끄러져 갔다. 충렬은 꿈속처럼 과실을 쥐고, 아직도 귀를 간지럽게 하는 듯한 선녀의 경고를 생각하면서 그 중의 하나를 먹었다. 그리고 천기를 보고 선녀의 예고가 틀림없다는 것을 또 한번 확인하자, 그 길로 천사마를 재촉하여 폭풍처럼 동문 밖으로 온 것이었다.

이미 의식을 잃고 쓰러진 황후, 태후, 태자 세 사람만을 남겨놓고 포악한 오랑캐 무리들을 죄다 한덩어리로 베어 없앤 충렬은, 이어서 곧장 성문을 깨치고 들어가 수십만 호군들을 쓰러뜨리고, 그 여세로 궐내의 만조백관과 궁중의 무리들을 도륙해 버리고, 마지막으로 용상을 벌떡 뒤집어 엎어놓고 호왕놈의 머리채를 감아잡고 끌고 나왔다. 그리고 동문 밖으로 내달아 다시 황후에게로 달려갔다. 이 모든 과정이 순식간의 일이었다.

악의 조정을 뿌리째 뽑아버리고, 다시는 후환이 없도록 해버린 그의 위대한 힘은 도저히 인간의 힘이라고는 볼 수가 없었다.

형장인 모래밭에는 아직도 황후, 황태후, 태자가 그대로 쓰러진 채 의식을 잃고 있었다. 충렬은 말에서 내려 그들을 흔들어 보았다. 죽지 않은 것만은 틀림이 없었다.

“정신을 차리옵소서! 대명국 도원수 유충렬이가 호왕을 사로잡고, 그의 무리들을 죄다 죽인 다음 이곳에 와 있습니다.”

태자가 이 말에 벌떡 일어나 앉으며 어머니와 조모를 마구 흔들어 깨웠다.

황후도, 황태후도 정신을 차려 일어나 앉았으나 한동안 혼미한 상태에서 깨어나지 못하고 있었다. 유충렬을 알아보지도 못하는 듯했다. 충렬은 피투성이가 된 그들의 모습을 보자 울컥 슬픈 감정이 솟구쳐 자신도 모르게 눈물을 쏟았다.

태자도 엉엉 울었다.

“소장은 유충렬이올시다. 호왕놈도 잡아가지고 왔사오니 안심하옵소서.”

그러자, 황후는 지각이 분명해진 듯 느닷없이 충렬의 손을 잡고 소리쳤다.

“정말 유장군이시오? 우리 유장군이시오?”

“그러하옵니다. 이제는 염려마시옵소서.”

“아! 고마워라. 우리가 이렇게 된 줄을 어떻게 알고 왔소? 우리는 죽은 줄 알았는데, 유장군이 이렇게 또 다시 살려주었으니 어떻게 하면 좋을까. 하늘도 고마우셔라, 우리를 가엾게 생각하시고, 유장군 같은 만고영웅을 보내주시다니. 은혜를 무엇으로 갚아야 좋겠소. 폐하는 어떻게 되셨소?”

충렬은 적의 간계로 금산성에 달려갔던 것이 도리어 큰 화를 당하게 되었다는 얘기로부터, 아슬아슬하게 변수가에서 죽을 뻔한 천자를 구출하고, 정한담을 사로잡아 두었다는 것과, 그후 포로가 되어간 황후 일행을 위해서 밤낮을 가리지 않고 험로를 달려왔다는 것을 차근차근 이야기했다.

그러자, 황후는 기뻐 어쩔 줄 몰라하였다.

황태후도 정신을 차려 충렬을 얼싸안고 눈물을 펑펑 흘리었다.

“아, 이 반가움이여! 이 고마움이여! 북망산에 누워 계시는 부모가 회생하였다 하더라도 이보다 더 반가울 리 있겠소. 감동에 떠는 형제를 밤중에 만나본들 이보다 더 기쁠 수 있겠소. 이제부터 돌아가서 우리 천자와 원수로 더불어 결의형제하여 만세유전토록 떨어져 살지 않는다면 천하를 반분하여 동락태평할까 하오이다.”

늙은 황태후는 눈물을 비오듯 뿌리며, 이런 말을 쉴새없이 했다.

이때 태자는 천사마에 칭칭 결박을 지어 매어놓은 호왕을 지켜보고 있다가 발딱 일어서서, 충렬의 칼을 뽑아들고 그리로 달려갔다.

“이놈! 이 오랑캐의 잔인무도한 놈! 네놈이 아까는 황후를 질욕하고, 나에게 항복받아 신하로 삼고자 하더니 청천일월이 밝았거든 언감생심 어디라고 하늘을 욕할 수 있느냐!”

하고, 오랑캐왕을 말에서 굴러떨어뜨려 지상에 무릎을 꿇어앉혀 놓고, 증오에 넘치는 음성으로 호통을 쳤다.

"이놈! 네놈이 만고역적 정한담 놈과 동심을 해서 우리를 이 꼴로 만들어 놓은 죄업을 내가 그대로 내버려 둘 것 같으냐!"

태자는 칼을 번쩍 쳐들기가 무섭게 힘차게 내려쳤다. 호왕의 머리가 튀며 이어서 칼끝에 붙어올라왔다. 눈알이 시퍼렇게 원한으로 차오르는 것을 태자는 손가락으로 뽑아 내쳤다. 그리고, 그의 가슴을 헤쳐 간을 빼내어서 입에 넣고 질겅질겅 깨물어버린 후 충렬과 또 다시 궐문을 뛰쳐들어가 간신히 죽음을 면하고 살아남았던 군마들을 그야말로 씨없이 말려 버리었다. 그리고 남경에서 끌려와 호왕의 색정의 재물로 죽어간 많은 미녀들을 마음 속으로 위로하고 호왕 군사 중 남겨둔 다섯 명을 시켜서 준마 세 필을 구해다가 교자를 갖추어 태자, 황후, 황태후를 각기 모시고 가도록 했다. 호국의 옥새와 지도서를 가지고 행군할 새 충렬은 도로마다 장을 불러 포관이란 곳이 어디에 있느냐고 묻고, 길을 재촉하는 데 부친을 생각하니 눈물이 비오듯했다.

원래 포관이란 땅은 북해에 있는 무인지대였다. 나무와 하늘과 땅과 바다만이 있는 원시 그대로의 고장이었다. 무서운 짐승들이 들끓고, 바람은 거세고 추위는 가혹하여 인간은 도저히 살 수 없는 곳이었다. 잔악한 정한담은 일부러 이런 곳을 택하여 자기를 반대하는 유심을 귀양보내어 최후의 막을 닫도록 한 것이었다.

그의 마음이 얼마나 잔악하고 간악한가는 이런 무인지대를 택한 것만 보아도 알 수 있는 일이다. 그런지라, 늙은 충신 유심의 고생은 말할 나위조차 없었다. 연경의 적소는 여기에 비한다면 그래도 살 만한 곳이다. 때때로 인산이 찾아오는 수도 있었으니 말이다.

그러나, 이곳엔 어떤 인간이 찾아와 줄 것인가. 길을 잘못 들어 찾아와 줄 사람도 없다. 다만 하나, 그에게 하루 한 끼의 주먹밥을 제공하고 최후의 죽음을 확인하고 가는 군사 하나가 있을 뿐이었다. 그러나 북국의 얼음바위처럼 차갑고, 말 한 마디 건네거나 들어주지 아니하고 얼굴마저 보여주는 일이 없이, 동굴밖에서 조그만 창구로 자기 일만 끝내면 어디론가 가버려 하루고 이틀이고 대답조차 없는 것이었다.

이러한 감시인은 유심이 바라는 인간이 아님은 뻔한 일이다. 그의 마음을 낮이나 밤이나 시끄럽게 하는 것은, 지난날의 가지가지 회상이고 꿈속에서 나타나는 무서운 악귀들이었다. 그는 이러한 악귀에 지쳐, 어느새 정신도 육체도 황폐될 대로 황폐되어 살 가망조차 없을 것 같았다. 피골이 상접했다는 말은 그를 두고 하는 말이며, 헛소리를 지르는 것은 그의 일과처럼 되어 버렸다. 언제나 누워서 송장처럼 움직이지 않고, 눈은 항상 감겨져 있었다. 이따금 기묘한 음향이 들려와 그것으로 그의 잔명을 증명해 주고 있을 뿐이었다.

충렬이 이곳에 도착한 것은 바로 이런 때였다.

그는 감시하는 군사를 만나 그를 피해 길도 없는 숲속을 헤쳐 아버지의 거처로 달려들었다. 원시의 수목들은 그러지 않아도 어두운 동굴을 밤으로 만들어 놓고 있었다. 눈이 쌓이고, 바람이 세차게 불고, 나무에는 한 발이나 되는 고드름이 길게 매달려 있었다.

충렬은 전신이 뜨거워져 올라 추위도 모르겠고 눈물도 나오지 않았다. 공연히 떨리기만 했다.

충렬은 바쁘게 동굴로 달려들었다. 찬바람이 횡 돌고, 강한 악취가 코를 찔러왔다. 그는 안에 사람이 있다는 것을 알 수가 없어, 아버지가 돌아가셨는가 하는 불길한 생각만 했다.

그 만큼 안에서는 빈 절간에 들어선 것 같은 냉기가 얼굴을 쏘고 캄캄하니 아무것도 보이질 않았다.

"아버님!"

충렬은 소리를 질러보았다.

그러나, 안에서는 여전히 아무런 반응도 없었다. 충렬은 별안간 불안해지고 무언지 알 수 없는 공포를 느끼기까지 했다. 그래서 몇 번인가 같은 소리를 질러 보았다. 그때 어둠 속에서 빛 같은 것이 두 개 반짝였다. 굴 속에 있던 먹구렁이가 위험을 느끼고 눈을 번득인 것같이도 생각되었다.

"아버님!"

"누구냐?"

별안간 차가운 호통 소리가 들려왔다.

"저 충렬이라 하옵니다. 충렬이가 찾아왔습니다."

"이놈! 저리 가지 않을 테냐?"

또다시 그런 호통을 치며 유심이 벌떡 일어나 앉았다.

"내가 누구라고 이놈! 내가 만만히 넘어갈 줄 아느냐. 네놈은 정한 담이 아니면, 정한담의 탈을 쓴 간악한 귀신에 지나지 않다. 네가 나하고 말하고 싶거든 조용히 찾아와서 충신이 되는 길이 무엇인가 물어라. 그러할진대 나는 너를 반가이 맞이하려니와, 그러지 못한 다면 나는 너를 이 자리에서 목을 베고 역적의 말로가 어떠한 것인 가 하는 것을 증명해 줄 테다. 흥! 별놈 다 보겠다. 네가 나를 매 일 찾아오건만 대체 무슨 일로 온단 말이냐. 그리고 내가 호통을 치 면 금시 자취를 감춰버리는 것이 네놈이 아니냐. 비겁한 놈!"

충렬은 울고 싶어졌다. 충렬은 자기를 진정하고 헛소리를 하는 아 버지에게 다가갔다.

"아버님! 저는 틀림없는 충렬이옵니다. 잘 보아 주십시오. 아버님 께서 아들을 못 두시다가 형산 신령에게 산제를 지내시고 얻었다는 바로 그 충렬이올시다. 명나라가 위험한 것을 알고, 천자를 도와 그 간악한 정한담을 생포하고 지금 또 호국에 들어가 호국을 면망 시키고 잡혀간 황후, 황태후, 태자 분을 모셔오는 길입니다. 아버 님의 높으신 뜻을 받들어 대명국의 도원수가 되어 있는 충렬이올시 다."

그러사 유주부는 귀신인가 의심하며 신언을 외우며 말하길,

"정말 네가 충렬이란 말이냐?"

하고 물었다.

충렬이 울며,

"소자 회수에서 죽게 되었더니 천행으로 살아나 이렇게 왔습니다."

그러자 유주부도 이제는 완전히 자기의 이성을 찾은 듯했다. 표정 이 진실해지고, 상대방을 알아내려고 힘쓰는 듯했다.

"그렇다면, 내가 연경으로 귀양갈 때 죽장도를 주었는데, 너는 그것을 가지고 있느냐?"

충렬은 갑주를 벗어 팽개치고, 언제나 한삼에 귀중하게 차고 다니던 죽장도를 끌러서 아버지께 보여드렸다. 아버지는 그것을 받아 침울하게 지켜보고 있다가, 또 문득 생각난 듯 아들의 가슴과 잔등을 보자고 했다. 충렬은 서슴없이 죄다 벗고 아버지에게 보여 드렸다. 삼태성과 대장성이 앞뒤로 번쩍이고, 대명국 도원수라는 글자도 뚜렷하게 보인다.

그러자, 유심은 이제야 정말로 아들을 만난 것에 기쁘고 놀라서 의식을 잃고 쓰러졌다.

충렬은 대경하여 호국땅에 들어올 때 강변에서 만난 선녀가 준 과실을 의식을 잃은 아버지에게 먹이니 잠시 후 아버지는 의식을 회복했고, 아까보다는 활기찬 기력으로 아들을 얼싸안고 기쁜 눈물을 흘리었다.

"참말 반갑구나! 너를 보니 반갑구나! 어린 네가 이렇게 자라서 훌륭한 장군이 되어 나를 찾아주다니. 이것이 하늘이 도우심이 아니고 무엇이냐. 나는 이제 죽어도 한이 없겠다. 천자를 도와 그 만고역적 정한담 놈을 잡아 주었으니 내가 또 바랄 것이 무엇이 있겠느냐."

이때 뒤늦게 따라오던 황후 일행이 달려들며 유주부의 손을 잡고 말하길,

"주부는 어떻게 저런 귀한 아들을 두어 만리 타국 이런 곳에서 그대와 우리를 살려내고, 서로 만나보게 해주었단 말이오."

이에 유심은 풀썩 꿇어앉아,

"이게 다 황상의 덕택이로소이다!"

하고, 감사하는 것이었다.

이렇게 해서 북해의 차가운 무인지대를 감격으로 뜨겁게 물들여 놓은 일행은 또 다시 행장을 차려 걷기 시작했다. 일만오천육백리의 머나먼 길도 이제는 이들에겐 즐겁기만 했고, 언제 지나는지도 모르게

지나버리었다. 황주에 들러 요기를 하고 나오면서, 유심은 멱라수 회사정의 벽에 붙어 있던 자기가 쓴 글을 떼어버렸다. 충렬은 미리 천자에게 장계를 올리고, 일행을 호위하며 걸었다. 도중 그들을 환영하는 백성들의 기쁨은 말할 나위조차 없었다.

장계를 받아 본 천자가 십리 밖까지 마중나와 일행을 영접하니 황후 태후 달려들어 일변 반기고 일변 슬피우니 그 정상은 차마 보지 못할 바였다.

태자 복지하며 그간의 일을 낱낱이 주달하니 천자 그 말을 듣고 충렬의 등을 만지며,

"옛날, 유·관·장 세 사람이 도원결의를 했듯이, 과인도 경으로 더불어 결의형제하리라!"

하고, 백번 치사하시니 유주부 복지하며 아뢰기를,

"폐하를 다시 뵈오니 만행이오나, 폐하 이렇듯 국사에 근고하시는데도 소신의 충성이 부족하여 아무 도움도 되지 못하였사오니 소신의 죄 만사무석이로소이다."

"이게 웬 말이오! 모두 과인이 불명한 탓이오. 주부의 얼굴을 보니 죄 중한 이내 몸이 무슨 면목으로 사죄할까. 그대의 공덕을 갚으려 할진대, 살을 베어 봉행하고, 천하를 반분한들 어찌 다 갚겠소?"

충신과 천자는 기쁜 눈물을 흘리며 이런 말을 주고 받을 뿐이었다. 일행이 도성에 들어서자 성내의 백성들과 군사들의 환영하는 기쁜 물결은 폭풍을 만난 파도같이 들끓었다.

그들이 선두에 선 조정만의 인도를 받으며 환영의 물결 속을 서서히 행진해 길 때, 군중 속에서 백발노인 하나가 허둥지둥 뛰쳐나와 충렬의 앞을 가로막았다. 허리가 활등처럼 굽고, 가슴까지 늘어진 수염이 백설같이 하얀 노인이 죽장을 짚고, 술이 가득 넘쳐흐르는 술잔을 받쳐 들고, 안주는 손자인 듯 싶은 아이의 손에 들리어 있었다. 노인은 만세를 부르며 술잔의 술이 안 흐르도록 애를 쓰고 있었다. 그는 눈물을 뚝뚝 떨어뜨리고 떨리는 음성으로 말했다.

"소인은 원래 삼대독자로 삼남 일녀를 두었는데 정한담이가 호적들

과 합심하여 도성을 점령하고 있을 때, 위의 두 아들을 강제로 빼앗겨 아들들은 정한담의 군사로 들어가, 싸우다가 둘 다 죽었습니다. 이러다간 끝의 아들도 정한담에게 빼앗겨 두놈의 운명과 같이 될 것 같아 밤중에 몰래 명나라 진영인 조정만 장군의 휘하로 들여보냈습니다. 그리고, 소인은 날이면 날마다 북두칠성에 빌어 유원수의 승리를 희망해 왔습니다. 그리하여 건국은 뜻대로 되었고 아들은 죽지 않았으며, 그 아들이 낳은 이 손자가 있어서 우리의 대는 끊기지 않고 연면하게 이어가게 되었습니다. 이것이 모두 장군님의 덕인 줄 압니다. 늙은 놈이 자식마저 죄다 잃었다면 어떻게 되었겠나이까. 그래서 장군님이 고마워서 이 아이를 일부러 데리고 박주 일배를 올리려고 이렇게 달려나온 거랍니다. 이 아이는 장군님의 아들이라고 해도 진배없습지요. 장군님, 이 박주를 드시고 만세 무양하옵소서. 나는 이제 죽어도 여한이 없소이다."
"그렇다면 이것이 모두가 노인 축수한 공이요, 또 천자의 은덕이오. 나 같은 사람이야 무슨 공이 있겠소. 이 술은 천자께서 드셔야 하실 것이고, 노인은 어서 돌아가 편히 사시오."
충렬은 조금도 싫은 기색이 없이 노인의 지루한 설명을 죄다 듣고 나서 그렇게 대답했다.
천자는 노인의 술을 받아들고, 조정만을 불러서 노인의 아들이 있다면 데려오라고 분부하시었다. 아들이 나타나자 천자는 몸소 칭찬하시고 천국문호위장을 삼아, 백종록을 붙여 늙은 아비를 잘 섬기라고 위로까지 하시었다.
궐내에 들어서자 그 동안 남아 있던 신하들이 고두백배 치사하고 삼군이 또한 충렬을 송덕해 마지않았다. 천자는 충렬, 황후, 황태후, 태자, 유심 등과 자리를 같이 하여 연회를 즐기셨다.
이튿날은 정한담을 잡아내 계하에 꿇어앉혀 놓았다. 충렬은 그의 처형을 아버지에게 맡겨 버렸고 유심은 천자의 옆에 앉아 불구대천의 원수를 한동안 무섭게 내려다보고만 있을 뿐이었다. 천자도 죄인의 처형을 충신에게 내맡기고 계시었다.

유심은 온갖 형벌을 갖추고 수죄(數罪)왈,

"너 이놈! 정한담아 천상을 쳐다보라."

정한담은 힘없이 고개를 쳐들고 올려다보았다. 유심을 보고서도 알아보았는지, 못알아보았는지 아무런 반응도 없었다.

"나를 아느냐, 모르느냐? 네가 자칭 천자라고 하더니, 만승 천자도 두 팔이 없을 수 있느냐. 조그만 유심의 아래에 무릎을 꿇고 엎드린 것은 무슨 일인고. 네 죄를 아느냐, 모르느냐?"

"소인의 머리털을 뽑아 죄를 논지한다 하더라도 털이 모자랄 것이오니 어서 죽여주옵소서."

"그렇다면, 이놈! 내가 네 죄목을 들어볼 것이니 잘 듣거라. 모두 열가지이다. 네놈이 천상 익성으로 명나라에 적강하여 용맹이 절인(絶人)한데, 그것을 미끼로 도사를 데려다가 항상 천자를 도모코자 했으니, 만고의 큰 죄 하나요, 조정의 충신을 꺼려 무죄한 신하를 모함해서 나를 연경으로 귀양보냈으니 죄 둘이요, 도사놈의 말을 듣고 신기한 영웅이 황성에 있다 하여 내 자식을 죽이려고 내 집에 불을 놓았다가 살아서 회수로 도망쳤다는 말을 듣고 재차 군사를 급송하여 물 속에 던져 죽이려 한 것이 죄 셋이요, 전임 재상 강희주를 역적으로 몰아 옥문관으로 귀양보냈으니 '죄 넷이요, 강승상의 가족을 잡아다가 중도에서 죽였으니 죄 다섯이요, 충신을 다 죽이고 천자를 속여 도적을 막으려 하다가 도적에게 항복했으니 죄 여섯이요, 황후·태후·태자를 사로잡아 진중에 가두어 굶어죽게 하려 했으니 죄 일곱이요, 자칭 천자라 하여 민생을 도탄하고 충신을 잡아 항복 받고자 했으니 죄 여덟이요, 호국에 청병하여 황후·태후·태자를 호왕에게 잡아 보내고 황성의 미색 보화를 모두 다 탈취하여 그들에게 보냈으니 죄 아홉이요, 천자를 변수가에서 죽이려 했으니 죄 열이라. 이토록, 세상의 인간되어서 만고에 없는 열가지 죄목을 가졌으니 네놈이 이러고서도 살기를 바랄 수 있겠느냐?"

정한담은 아무 말도 못하고 묵묵부답이다. 유심은 소리를 높여 죄인을 거리로 내쳐다가 목을 베라고 나졸들에게 소리쳤다.

그러자 나졸은 엄엄하게 달려들어 죄인의 목을 매어 수레에 싣고 큰 거리로 밀쳐 나갔다. 뿐만 아니라, 그들은 군중들에게 정한담의 처형을 선고하고 구경 나오라고 소리치기도 했다.

군중들은 삽시간에 인산인해를 이루었다. 성내는 물론이거니와 성밖에서까지 남자, 여자, 노인, 어린아이들 할 것 없이 그 모두가 처절한 형장으로 달려들었다. 그들은 저마다 자기의 원수를 갚겠다고 외쳐대고 있었고, 만고역적 정한담의 얼굴만이라도 보자, 그가 어떻게 죽어가는가를 보자 라고 소리소리 지르기도 하였다. 어떤 애국적인 자는 만고역적의 간을 내어 씹어보겠다고 두 주먹을 불끈 쥐며 핏대를 올려 보이는 자도 있었다.

이윽고 나졸들이 죄인의 목을 베었을 때, 그 목과 몸이 어디로 굴러나갔는지 확인할 새도 없이 와아하고 군중의 무서운 함성이 오르기가 무섭게, 머리는 이쪽으로 날고 몸은 저쪽으로 날아, 팔은 팔대로 발은 발대로 제각기 찢기고 또 찢겨 군중의 손에서 손으로 옮겨질 때마다 점점 작아져 마침내는 뼈도 찾아볼 수 없게 되었다. 백성들은 정한담의 시체를 놓고 간도 내어 씹어 보고 살도 베어 먹어 보며 유원수의 공덕을 칭찬해 마지않았다.

이런 일이 끝난 후, 천자는 각도, 각관에 회시하여 정한담과 최일귀의 삼족을 죄다 잡아서 씨없이 말려 버리도록 했다. 그리고는 서서히 삼층단에 올라 천제를 지내고, 유심, 유충렬 등에게 벼슬을 내리시었다. 유심은 옛날의 정언주부의 벼슬을 높여서, 금자광록 대부 대승상 연국공에다 연왕을 봉하시고, 옥새 용포와 통천관을 상급하시었으며, 만종록을 주시었다. 유충렬에게는 대사마 대장군 겸 승상 위국공을 봉하시고, 만종록을 내리시었으며, 이미 약속한 바와 같이 도원결의를 하시어서 충무후를 봉하시었다. 이외에 공로가 있는 장수와 군사들에게도 차례로 벼슬을 주시고, 상사하시었다. 이런 일로 황성 안은 또 한번 기쁨과 감격으로 넘쳐 흘렀다. 어디를 가나 유충렬을 송덕하는 소리는 그칠 줄 몰랐다.

연왕 부자가 천자의 은덕을 축하하자 천자는 이렇게 말씀하시었다.

“그대의 숙소를 우선 정하여 약간 공을 쓰겠거니와 그 은혜를 갚을
진대, 상탁에 봉양하고 천만 번이라도 승상의 공은 갚을 길이 없도
다.”

“천은이 망극하와 우리 부자는 만났거니와 모친은 어디 가시고 이
런 줄도 모르실까요. 옥문관에 귀양가신 강승상은 죽었는지 살았는
지 가련하옵니다. 강낭자는 청수에 빠져 죽었으니 어디 가서 만난
단 말씀이오. 낭자의 부탁한 대로 옥문관을 찾아가 강승상의 뼈나
거둬다가 묻어주고, 회수의 모친을 제사하고, 청수를 지나오며 강
낭자의 혼백이나 위로하고, 부친의 영화를 누리기 위해 다른데 취
저해볼까 하옵니다.”

이런 말을 들으시고, 천자는 별안간 용안이 흐려지시며 황태후에게
이 말을 전했다. 태후는 강승상의 고모여서 조카의 뼈를 찾겠다는 충
렬의 결심을 듣자, 그 기쁨이 말할 나위가 없었다. 태후는 이내 충렬
을 입시시켜 그의 손을 잡고 눈물을 뿌리었다. 조카를 생각하면 마음
이 한없이 우울해지는 것이었다.

“강승상은 내 조카라. 친정 일가라곤 그 조카 하나 뿐인데, 지금까
지 살았는지 죽었는지 알 수는 없으나 자네의 힘으로 조카를 찾게
된다면 얼마나 좋을까. 호국의 오랑캐 놈들에게서 나를 살려왔듯
이, 조카가 살아 있거든 데려오고 죽었거든 백골이라도 찾아와 주
게.”

“사위로서 당연한 의무인 줄로 아옵니다.”

황태후는 이 말에 대희하며,

“만고 영웅 유충렬 같은 충신을 내 친정 조카사위로 두었다니 일바
나 자랑스러운 일인가.”

하며 기뻐하시었다.

충렬은 태후전을 물러나와 천자와 아버지에게 각각 하직을 하고 즉
시 출발의 차비를 차리었다.

옥문관은 서번국(西蕃國)에 들어 있었기 때문에 우선 그쪽으로 가야
만 되었다. 충렬은 대군을 휘동하고 양관을 넘어서 서평관으로 직행

했다. 거기서 격서를 띄워 서번국에 보내놓고 행군을 계속해 들어갔다. 대명국 대사마 대장군 유충렬의 기치를 하늘 높이 휘날리며, 운무처럼 밀려가는 기세는 그야말로 오랑캐의 나라인 서번국의 천지를 온통 뒤집어 놓을 것만 같았다. 충렬은 물론이거니와 그의 군병들도 이제는 대국의 면모를 완연히 갖추고 있었다.

서천 삼십육도 군장들은 이러한 충렬의 불사신과 같은 용감성과 변화무궁한 신비성과 그의 장성검과 천사마를 죄다 보았다. 정문걸과 같은 위대한 용사가 번쩍하는 장성검의 검광에 여지 없이 쓰러져 버렸고, 마룡이가 또한 그렇게 되지 않았던가. 이런 것들을 제눈으로 본 자라면 누구나 그의 이름만 들어도 무서운 공포를 느낄 것은 뻔한 일이었다. 서천 삼십육도의 군장들이 바로 그러했다. 그들은 난데없는 격서를 받았을 때, 그 무서운 이름을 보고 벌써부터 벌벌 떨었다.

그리하여 이들은 전쟁보다 항복을 원했다. 항복을 반대하는 자가 있다면 목을 베었을 정도였다. 금은보화를 몇대의 수레에 그득그득 싣고, 옥새와 지도와 또 항서(降書)를 정중히 써서 들고 명나라군이 성문을 들어서기 전에 멀리 밖까지 나가서 충렬 앞에 무릎을 꿇고 차례 차례로 항복했다. 충렬은 임시로 마련한 장대에 높이 앉아 이들의 항복을 받고, 군왕을 잡아내어 죄를 주고 항서 서른 여섯 통을 한데 겹쳐서 남경의 천자에게 장계를 올리었다. 그는 이런 일을 엄숙하게 마친 다음 목적지인 옥문관을 향해 갔다.

옥문관에 들어서자, 충렬은 지체 없이 수문장을 불러 천자의 공문을 보이고 강승상의 소식을 물었다.

"강승상이 성중에 계셨었는데, 십여일 전에 남적들이 달려들어 호국으로 잡아갔나이다."

수문장의 대답을 듣고, 충렬은 노기 등등하여 이내 수문장에게 *신칙(申飭)하여,

"군사를 착실히 *호군(犒軍)하여 나 돌아오기를 기다리라."

---

*신칙(申飭)——단단히 타일러서 경계함.
*호군(犒軍)——군사를 먹이는 일.

하고, 충렬 자신은 필마 단검으로 남적들의 나라를 향해 달려갔다. 대군을 떼어 맡겨 놓고 날랜 천사마를 채찍질하여 달려가니, 참으로 거뜬거뜬하여 하늘을 날으는 것만 같았다. 호국지경(胡國地境)에 이르니 분기 더욱 탱천하여 격서를 보내니라.

이때 남적 가달 왕은 지난 번 남경을 물러갈 때, 호국의 호왕과 마찬가지로 얻기 어려운 보물과 꽃다운 미녀들을 많이 납치해 갔다. 호국왕이 그러했듯이, 가달왕도 계집을 무척 좋아하여, 풍악과 술로 날을 보내고 있었다.

이런 때, 충렬의 무서운 격문을 본 가달왕의 놀라움은 이만저만이 아니었다. 신하들을 급히 불러 방적(防敵)을 의논할새 황금투구에다 흑운포를 입고, 삼천근 철퇴와 구척장검을 좌우의 손에 잡은 거창한 장군 세 사람이 나란히 가달왕의 어전에 부복하며,

"소장 삼형제는 번양 석장동에 사는 마철 형제올시다."

하고, 소리높여 기운차게 아뢰는 것이었다.

이들은 바로 언젠가 회수의 넓은 강물에서 유충렬 모자를 나룻배에 태워 물가운데에 끌어다가 충렬은 물 속에 던져버렸고, 어머니는 묶어서 석장동 제 집으로 끌어다가 백년결합을 강요했던 마철, 회수를 무대로 뱃사공을 가장하면서 살인강도를 일삼아 오는 저 무서운 도적의 괴수 바로 그들인 것이었다.

마철 형제는 충렬의 어머니 장씨를 재차 잡으려다가 큰 손해만 보고 놓친 뒤에 양산박(梁山泊)에 모여든 일백팔명의 의적들과 같은 큰 뜻을 품고 천하를 두루 살피다가 이때 남적의 위험을 보고 달려든 것이었다. 여기서 일나간의 공을 세워 전하의 명장의 반열에 올라서려는 것이 그들의 야심이었다.

"남경 유충렬이가 들어 온다는 말을 듣고, 불원천리 왔사오니, 선봉을 주시면 충렬의 목을 베어오리다."

하고, 마철이가 삼형제를 대표해서 말하자 가달왕은 대번에 환희와 희망의 미소를 지었다. 삼형제가 똑같이 신장이 십척이나 되고, 얼굴과 그 장엄한 몸이 사람 하나쯤 삼켜버려도 꿈쩍도 하지 않을 사나운

산짐승처럼 생겨 있는지라, 이들 비겁한 군신들의 신뢰감도 그럴 법한 일이었다. 이런 장군 삼형제가 이런 때 나타났다고 하는 것은 정말 천우신조인가 보다, 하고 가달왕은 생각하였다.

가달왕은 지체없이 선봉에 마철, 중군에 마웅, 후군에 마학 순으로 삼형제를 중요한 자리에 각각 배치해 놓고, 정병 팔십만을 순식간에 뽑아 올려 전투 대열을 갖추었다. 진지는 충렬이가 달려들 석대산 기슭의 넓은 벌판에 펴고, 가달왕 자신은 정신적 영도자인 도사와 충성을 맹세한 문무백관을 거느리고 이곳이 내려다보이는 산꼭대기로 올라가서 구경하기로 했다.

한편 호왕이 남경에서 데려온 조낭자라는 계집이 왜놈에게 종시 수청하지 아니하고 강승상의 옆을 떠나지 아니하며 밤마다 축원하여 말하길,

"유원수님 어서 와서 남적을 함몰하고, 본국 사람을 살려 내어 부모 얼굴을 다시 보게 하옵소서."

이렇듯이 축원하더니 강승상이 옥중에 갇히자 한 가지로 따라가서 주야 한탄하였다.

이때 석대산을 멀리 바라보며 말에서 내려 잠시 휴식을 취한 유충렬은 예의 하늘을 날으는 것과도 같은 속력으로 천사마에 채찍질을 하여, 팔십만 적군이 진을 치고 있는 석대산을 향해 줄달음질을 치고 있었다. 선봉대장 마철은 맨 앞장서서 유유히 대기하고 있다가, 이와 같이 비호처럼 달려오는 충렬이 불과 백보 안으로 들자 제법 큰 호통을 지르며, 삼천근 철퇴와 구척 장검을 좌우 손에 갈라잡고 춤추듯 달려나갔다.

그러나, 충렬의 갑주와 장성검, 천사마가 이런 상대를 인정하지 않는다는 것은 뻔한 일이다. 마철의 무예와 용기가 제아무리 위대하더라도, 정한담을 사로 잡고 불사신의 천하 명장이라고 일컬어 온 정문결과 마룡과 최일귀를 한칼에 베어온 장성검을 당할 수 있을 것인가. 원수라는 것을 모르고 대적한 것만도 다행이라 아니할 수 없었다.

반 합도 못가서 천하에 제 이름을 떨쳐보려던 도적의 괴수는 삼천

근 철퇴와 구척장검을 잃어버리고야 말았다. 철퇴와 장검이 그의 손을 떠나서 허공에서 몇조각으로 갈라져 없어지는 것을 보자, 본진에서 차례 오기를 버티고 서 있던 마웅과 마학이 일시에 형에게 가세해 달려들었다.

삼형제의 야심가들은 문자 그대로 용전분투했다. 그러나, 정문걸과 최일귀를 한칼에 베어 버리고, 정한담을 사로 잡아 버린 장성검은 그 때와 똑같이 하늘에서 세번가량 번쩍했다.

그것이 정확한 검법에 의해서 그랬다는 것은, 거의 같은 시각에 세 개의 머리가 휘휘 재주를 넘으며 떨어지는 것을 보고서야 알 수 있는 일이었다.

공명심에 분별마저 잃어버린 마철, 마웅, 마학의 삼형제는 이렇게 해서 제각기 여섯조각으로 갈라져서 저승을 더듬어 갔으나, 충렬의 장성검은 여전히 허공에서 번쩍이며 적진을 향하여 들어갔다. 산꼭대기에서 도사와 충신과 아름다운 계집들에게 싸여 향긋하고 부드러운 가락 속에서 술을 즐기며, 저에게는 위험이 없는 유혈의 혈전극을 관람하고 있던 가달왕은 얼굴이 하얗게 변해서 도망치기 시작했다.

그의 주위에는 이제는 충신도, 도사도, 계집도, 술도, 아름다운 노래소리도 없었다. 죽음과, 오직 냉혹하고 어두운 절망의 바다만이 그를 싸잡고 놓지 않았다. 그런 바다조차 지금의 그에게는 차갑고 잔인했고 돌은 발에 걸리고 나무는 몸에 걸려, 이제 그에게는 영화롭고 천성과 다름없던 자유도 없었다. 절벽을 미끄러져 내려온 그의 앞에는 천사마가 발굽의 건장함을 과시하며 서 있고, 그의 머리위에는 하늘의 햇빛조차 무색할 장성검의 광재가 내려 덮어 씌워 눈이 부셔서 쳐나보지 못할 정도였다.

"이는 모두 내 죄가 아니오라, 옥관도사의 죄올시다."

통천관이 깨어져 달아나고, 상투마저 없어진 가엾은 가달왕은 무릎을 꿇고, 더듬는 음성으로 그렇게 애걸했다.

"옥관도사! 그놈은 어디 있느냐?"

"저기, 저리로 도망쳤습니다."

충렬은 가달왕을 잠시 살려 놓고 그가 가리키는 곳으로 달려가 옥관도사를 사로잡았다.

정한담을 뒤에서 조종하며 그로 하여금 명나라에 커다란 비극을 가져오게 했던 옥관도사는 정한담이 붙들리는 것을 보자, 재빨리 자취를 감춰 가달왕의 곁으로 온 것이었다.

충렬은 그에게 문죄를 하고, 최후로 이렇게 말을 맺었다.

"여기서 죽여 버려도 좋겠으나, 너와 같은 자는 남경으로 잡아다가 천자와 부친 전에 바쳐서 죽이는 것이 옳을 줄로 안다!"

하며 그의 양 발과 양 손목을 잘라 수레에 싣고, 가달왕을 데리고 성중으로 들어갔다.

충렬은 가달왕을 족쳐서 강희주의 생존과 거처를 알아내어 옥문을 열고 승상을 부르니 승상과 조낭자는 호왕이 죽이려고 찾는가 하여 기절하였는지라 원수 승상을 흔들어 깨워 여쭈오되,

"승상! 진정하옵소서. 언젠가 회사정에서 만나뵌 일이 있는 유충렬이올시다. 저를 구원해 주시고, 사위로 삼아주신 유충렬이올시다."

승상이 혼몽 중에 충렬이란 말을 듣고 벌떡 일어나 앉아보니 과연 충렬이 분명한지라 왈칵 달려들어 손을 잡고 통곡하여 하는 말이야 어찌 다 측량할까.

"유충렬!"

"그러하옵니다! 유충렬이올시다. 장인의 소원하신 대로 대명국의 도원수가 되어 천자를 도와 남적을 함몰하고 호왕과 도사를 사로잡아 구원하려고 왔습니다."

"아! 정말 그 유충렬인가."

강희주는 사위의 손목을 잡으며 다시 한 번 격렬한 환회의 눈물을 뿌리었다.

그러자, 조낭자가 역시 와락 달려들어 미칠 듯한 소리를 질렀다.

"장군님이 어찌 아시고 이렇게 오셔서 죽은 사람이나 다름이 없는 우리를 구원해 주시나이까. 고국산천 다시 보고, 부모 동생 다시

보게 되니 이런 기쁜 일이 또 있겠습니까. 천자님은 살아 계시니이
까?"

충렬은 대답하고 강희주는 조낭자의 열렬한 애국정열을 사위에게
소개하고, 조낭자는 늙은 충신의 비참한 고생담을 늘어 놓고, 이렇게
해서 서로는 얼싸안고 한없이 눈물을 뿌리었다. 조낭자는 자기가 충
신의 수절을 본받아 어떠한 고문에도 감연히 정조를 지켜왔고, 하루
빨리 유원수가 와서 구원해 주기를 하늘에 빌었노라고도 얘기했다.

충렬은 조낭자를 칭찬하고 장인을 돌아보며 그후의 자기의 걸어온
과정을 죄다 설명했다. 그리고 이야기를 끝마치고, 충렬은 충신과 정
조 굳은 여자를 데리고 옥문을 걸어나왔다. 가달왕에게 적당한 죄를
주고, 토번국에 연락을 했다.

토번국의 번왕은 채단을 갖추어 항복을 해왔고, 충렬은 이곳에서
임무를 끝마치자, 우선 승리의 장계를 올려 천자를 기쁘게 해주었다.
그러자, 남경에서 잡혀온 미녀들이 수없이 모여 들어 고국으로 보내
달라고 애원해 왔다. 가달왕의 색정의 도구가 되었던 그들은 고국이
그립고, 부모가 보고 싶어 견딜 수 없는 모양이었다. 조낭자는 처음
한동안 자기와 똑같이 끌려온 그들을 미워했으나, 가달왕의 세력이
없어지고 보자 미워할 것도 없다고 생각했다. 충렬은 이 가엾은 여자
들을 죄다 본국으로 데려가기로 결심했다.

이런 여자를 하니 하나 준마에 태워 보니, 준마가 모두 삼백필이었
다. 늙은 강희주와 조낭자만은 가달왕의 옥교를 뺏어서 나란히 태우
고, 행렬의 앞에 서게 했다. 이 밖에도 남적, 토번국에서 바쳐온 가지
가지 금은보화와 채단을 실은 수레가 따르고, 또 옥문관에 와서는 거
기서 기다리게 했던 대군이 합세하여 개선하는 충렬의 행렬이 십리를
뻗쳐, 길가의 촌락에서는 구경 아니 나오는 사람이 없었다. 모두가 장
한 행렬이라고 손뼉을 치며 기뻐하기를 마지않았다.

번양성에 들어왔을 때의 일행의 화려함은 또 없을 듯했다. 천하를
통일하고 돌아온 진시황인들 이런 거창한 환영을 받았을 것인가. 당
(唐)나라의 곽분양이 양경을 회복하고 분양에서 왕이 되어 고향에 돌

아왔을 때에도 이런 호화로운 영접이 있었을 것인가. 각도의 백성들은 성 중 성 밖으로 밀려들고, 열읍 수령들은 좌우에 나열하여, 그 환영의 형식은 갖가지로 그칠 줄을 몰랐다. 그저 온 천지가 기쁘고 화려하다고 할 뿐이었다.

번양에서 며칠 묵으며, 회수에서 불행한 고혼이 된 어머니를 생각한 충렬은 아직도 그렇게 믿고 있는 것이어서, 그러한 불행한 어머니를 제사하려 했다. 그럴 때 번양 태수의 특별한 친절이 그들을 만족시켜 주었다. 번양성에서 회수의 물가에 이르는 길의 좌우에는 충렬의 효심에 감격해서 달려든 백성들이 꽉 차고, 백사장에는 백포천장을 둘러쳐, 가지가지 제물과 음식을 수레로 진종일 실어내고 있었다. 충렬은 백의를 입고, 백건 백대에 흰갓을 쓰고, 어제 밤새도록 눈물을 뿌리며 지은 슬픈 축문을 들고 서서히 물가로 걸어가고 있었다. 목욕재계를 하고 소복단장을 한 정숙한 여인, 조낭자가 이날의 집사가 되어 삼층단 높이높이 진설한 엄숙한 젯상 앞으로 충렬을 인도했다. 향로를 들어, 만인이 주시하는 가운데 단상에 올려놓고, 역시 조낭자가 집사가 되어 충렬은 분향하고 궤좌하여 손에 든 축문을 펼쳐서 엄숙히 읽어내려갔다.

군중들은 그 음성을 들으려고 한걸음 한걸음씩 다가들고 있었다. '유세차, 부경 십칠년 갑자 이월 이십팔일 신시에 남경 동성문내 사는 불효자 유충렬은 모친 장씨 전에 예를 갖추어 지성으로 수중고혼을 위로하오니 혼백이나 받으소서. 오호라! 우리 부모 연광이 반이 넘어 일점혈육이 없었기로 흉중에 맺힌 설운 마음을 남악산에 정성드려 천행으로 충렬을 낳아 애지중지 키워서 영화를 보려 하시더니, 간신의 해를 보아 부친이 만리 연경으로 가신 후에 모친만 모셨다가 화를 입어 도망갈 제 이 물에 다다르니 난데없는 수상수적 사면에서 달려들어 우리 모친 결박하여 풍랑 중에 내쳐놓으니, 모친께선 가신데 없고 천행으로 모진 목숨 충렬이만 살아나서 모친께서 주신 옥함을 얻어 전장기계를 갖추어 도적을 함몰하고, 정한담 최일귀를 벤 후에, 천자를 구원하고 만리 연경에 적거하신 부친을 모서다가 천은을 입어 연왕이 되어 만종록을 받게 하고, 남적을 소멸한 후에 강승상을 살려내어 이 길로 오옵더니, 모친을 생각하여 이곳에 왔사오나 모친은 어디 가시고 충렬을 모르시는가. 호계에 갔던 부친도 살으셨고, 옥문관 갔던 승상도 살아나오셨고, 호국에 잡혔던 고국 사람들도 살아오고 황후의 중한 옥체 번국에 잡혀갔다가 충렬이가 살려왔소만, 모친께선 어디 가셔서 살아오실 줄 모르는가. 이번에 부친께서 소자를 보내실 때, 부탁하시기를 번양땅에 가서 네 어머니를 찾아오라 하셨는데, 만경창파 같은 물에서 백골인들 찾을 수 있으리까. 모친께서 옥함을 주실 때 수건에 쓴 글자를 가져왔으니, 혼백이나 와서 충렬를 만져보시오. 충렬은 명나라 대사마 원수에다 겸 승상 위국공이 되고, 부친께선 금자 광록대부 겸 대승상 연국공에다 연왕이 되었으니, 이 같은 만고영화를 어머니께선 어디 가시고 모르시는가. 우리 집에 불을 놓은 정한담을 사로잡아, 전옥에 가뒀다가 부친을 모신 후에 부친 앞에서 엎지르고 전후 죄목을 물은 후에 그놈의 간을 내어 모친전에 제사하였는데, 어머님은 그런 줄이나 아시는가. 충렬이 귀히 된 줄을 혼령은 알련마는 언제 다시 만나뵐까요. 세상에 귀한 영화 나 같은 사람도 없으련만 피 같은 이내 눈물 어찌하여 솟는단 말이오. 모친님을 편히 모셔, 연만하여 돌아가셨다면 이렇게도 통탄할 리는 없겠지요. 만리 연경으로 남편을 잃으시고, 무변 수중에 자식을 잃으시고, 도적에게 결박하여 수중 고혼이 되었으니 천만세를 지나간들 어머니같이 통분한 일이 또 있을까요. 혼령이라도 나오셨거든 이렇듯 만반 진수를 흠향하고 돌아가셔서 후생에나 다시 만나, 세세 상봉 모자되어 잊지 못할 자모지정을 다시 풀까 바라나이다. 하올 말씀 무궁하오나, 눈물이 흘러 옷이 젖고 흉중이 답답하여 그만 그치나이다. 상향(尚饗).'

충렬은 그대로 축문을 손에 잡은 채 이마를 땅에 대고 울어대었다. 충렬은 그동안의 무수한 슬픔 중에서도 이렇듯 슬퍼본 일은 없는 듯 했다. 어머니 없는 자식은 이 세상에서 가장 불행한 인간이라는 것을 그는 이 순간에 뼈아프게 체험했다.

충렬의 우는 소리는 용궁에 사무치고, 산천이 함루하니 용신도 낙루하고, 산신령도 비감하게 우는 듯했다. 벌써부터 흑흑 느끼며 눈물을 떨어뜨리기 시작한 군중들은 이때가 되어, 드디어 왁하고 울음을 터뜨리었다. 그리하여 온 천지가, 사람도, 귀신도, 초목도, 온갖 삼라만상이 다같이 감동하여 울고있는 것만 같았다. 그들은 충렬의 솔직하게 감정을 털어놓은 소박한 축문의 글귀에나, 그의 감명깊은 음성에나, 효심에 그만 감격해서 자신도 모르게 울기 시작한 것이었다.

제사가 파한 뒤에 충렬은 제물과 음식을 군중에게 풍부하게 나누어 주도록 명령했다. 그리고도 그 음식은 성중의 가가호호에 분배하고, 또 군사들을 호군하고도 남을 만했다. 이런 일이 만족하게 끝나자, 충렬은 행군을 재촉하여 남경으로 향해 갔다.

그런데 이 군중의 틈바구니에 시골에서 묻혀 사는 듯한 선비 하나가 끼여 있었다. 벼슬아치들의 부정 불의를 증오하고 활린동 깊은 산중으로 들어와 농사를 지으며, 자연과 책을 벗삼아 살아오는 도덕이 높고 학문이 깊은 이처사라는 사람이었다. 언젠가 회수의 도적 마철에게 쫓겨, 겨우 목숨만 살아난 장부인이 갈 곳조차 없이 헤매던 끝에 산중으로 들어가 모처럼 안식처를 얻게 된 바로 그 이처사였다.

이처사는 군중 틈에 끼여 있다가 유충렬의 행렬이 남경으로 향하여, 일단 금릉성 안으로 들어가는 것을 보고 급히 달려서 활린동으로 돌아갔다. 그는 집의 한가한 사립문을 밀고 들어서 방에 있는 장부인을 불러대었다.

"세상에 이렇게 신기한 일이 또 있겠소이까!"

하고, 무슨 일인지 알 수 없어 방문을 열고 나온 장부인에게 그는 성급하게 말했다.

장부인은 이때에 많이 늙은 것 같았다. 이마에 잔주름이 생기고, 그렇게 곱던 살결도 어딘가 힘이 없어 보였다. 머리도 희뜩희뜩 흰 가락이 섞여 보였다. 그러나, 이러한 외관상의 노쇠보다는 그 여자의 정신적 노쇠는 더욱 현저한 것이 있으리라. 무엇인가 내부에서 빛나고 있는 듯한 그 여자의 두 눈이 그것을 증명해주고 있었다. 눈 가장자리의 피부도 얄팍해져서 검은 기가 있고, 그것은 이미 죽었다고 제사마저 지내게된 그 여자의 지난 십여년 간의 말할 수 없는 정신적 육체적 고통을 말해주고 있는 듯했다.

아닌게 아니라, 장부인은 지난 십여년간을 이처사의 친절과 성의있는 주선에 의해서 표면상으로 매우 평화로운 세월을 보내왔으나, 내부에서는 어느 한 밤이고 괴로움이 없을 때가 없었다. 남편의 생사를 모르고 자식의 생사도 모르는, 집을 잃은 아내고 보면, 더구나 그 여자와 같은 특별한 경우고 보면, 그 여자의 괴로움이 얼마나 뼈에 사무치는 것인가는 누구나 가히 알 만한 일이리라. 인간은 늙은 부모를 잃어도 슬프다고 한다. 이웃을 잃어도 괴롭다고 한다. 그렇건만, 하늘 아래 단 하나의 희망으로 생각해온 남편과 생이별을 하고 산제를 지내어 얻은 아들을 강물에 떠내려 보내고 집을 잃고 대대로 이어내려온 부귀영화를 야심 많은 악마의 손에 넘겨버렸을 때, 그 여자의 괴로움은 얼마나 컸을 것인가. 장부인이 아니고서는 그 누구도 짐작할 수 없는 괴로움이다. 십여년의 세월이 흘러가는 동안 활린동의 깊은 산에는커녕, 이처사의 자그만 오두막집에서조차 거의 밖에 나와본 일이 없다는 것만 보아도 그만한 사정은 알 수 있을 것이리라.

남경에 전란이 일어났다는 이야기를 이처사가 어디선가 듣고 와서 전해 주었을 때에도, 그 여자는 자기의 남은 생명이 단축되는 것이라고 기뻐했을 정도였다. 이왕 희망없이 살아가는 것이라면 정녕 죽었음에 틀림없을 아들을 따라서 어서 빨리 죽는 편이 낫다는 것이 그 여자의 뼈아픈 지론이었다. 그러면서도 죽지 못하는 것은 그들이 혹시나 살았을지도 모른다는 그러한 막연한 기대 때문이었고, 그 여자는 이따금 밥상머리에서 이처사에게 말하기도 하는 것이었다.

"남경에 난이 났으면 잘 됐지 뭐야. 나도 죽고 다 죽을 텐데 뭐. 충렬이가 살아 있다면 몰라도, 그렇지 않으면 우리 천자님을 도울 사람은 없어. 그애만 있다면 능히 평란하고, 천자님도 구원하고 부모도 찾아주겠지. 그애는 낳을 때부터 하늘이 도우신 상제의 아들이었으니까. 그러나, 내가 미쳤지. 회수에서 그 무서운 도적놈들이 물에 던져버린 아들을 살았으려니 생각하니 말이야. 아무튼 그 애는 아직도 죽은 것 같지는 않단 말이야. 왜인지 이유는 나 자신도 설명 못하겠지만 말이야. 그렇지만 나는 죽을 때가 가까워졌다고 본다.”

친척의 먼 조카뻘이 되는 이처사에게 그런 말을 하며, 장부인은 막연한 희망을 안고 하염없이 눈물을 뿌리기도 했다. 그래서 이날도 이처사가 기진맥진해서 그 집에 뛰어들었을 때, 방에서 누워있던 장부인은 또 무언가 새로운 위험을 알려주려는 것인가 하고 놀랐다.

“대관절 이렇게 신기한 일이 있소이까?”

“신기하다니? 내가 죽게 된 것이 그렇게 신기하다는 얘긴가?”

하고, 장부인은 자꾸만 되풀이하는 이처사의 말을 받아, 별로 신기할 것이 없다는 듯이 그렇게 농조로 대답했다.

“제 말씀을 들어보십시오. 오늘 제가 번양에 들렀습지요. 그러자 마침 남적을 함락시키고 왔다는 군사들이 들어와 있었는데, 이날 회수로 가는 큰 길에 남녀노소 억만 백성들이 구름처럼 모여있더란 말씀이오. 그래서 웬 구경이 났나하고 그리로 가서 한 늙은 백성을 잡고 물어보니, 이 사람 말이 걸작이란 말씀이어. 남경 도원수 유충렬이란 분이…….”

“유충렬?”

부인은 깜짝 놀라 상대방의 말을 받았다.

“그렇지요! 놀라실 줄 알았습니다.”

“그래서, 그 유충렬이가 누구란 얘긴가?”

“누구란 얘기는 이따가 하고, 우선 그 백성의 얘기부터 하겠소이다. 남경 도원수 유충렬이란 분이 자기의 모친을 위해 회수에 제사를 지낸다 이런 말씀예요.”

“그래서, 그 제사지내는 걸 보았나?”

부인은 또 긴장해서 한 걸음 다가서며 물었다.

“보았습지요! 백성들의 사이에 끼여서 그분이 축문을 읽는 것을 죄다 들었습니다."

"축문에 무어라고 했던가?"

"말씀하겠습니다. 눈물을 뿌리며 한자 한자 읽어내려가 그 축문이 죄다 끝났을 때, 천지는 울음의 바다, 곡성의 장사진이 되었습니다만, 나는 그 속에서 두근거리는 가슴을 두손으로 꾹 눌러잡고 축문의 내용을 재검토해 보았더랍니다. 그런 결과에 자신을 갖고 말씀을 드리는데, 그 축문은 유충렬이가 틀림없다는 것을 보증하고, 그 유충렬은 부인의 아들이 틀림없다는 것을 증명해주는 그런 명확한 증서였습니다."

"내 아들?"

"네! 부인께서 언제나 저한테 이야기하셨습지요. 그 이야기와 축문의 내용은 읽은 사람이 다를 뿐이지 한자 한구도 틀리지 않았습니다. 가령, 정한담의 이야기라든가, 집에 불이 났다든가, 회수에서 도적을 만나 모자가 갈라졌다든가, 옥함의 이야기라든가, 귀양간 아버지에 대한 것이라든가……."

"옥함을 받아보았다는 건가?"

"그럼요! 옥함을 모친한테 전해받아서 전쟁기계를 얻고, 그 기계로 천자를 돕고, 오랑캐들을 무찔러서 공을 세웠다는 겁니다. 옥함과 함께 모친의 수건을 받았다고 하더군요."

"그렇다면 틀림없지! 틀림없구말구! 내 아들이 정녕 살아 있었구나. 살아서 내가 기대한 것처럼 훌륭한 일을 해주었구나!"

장부인은 마침내 확신을 얻고, 기쁜 눈물을 흘리었다. 기뻐서 어쩔 줄을 모르는 것만 같았다.

장부인은 아직도 아들에 대한 의문이 완전히 사라지지 않은 듯, 충렬의 생김생김이라든가, 나이라든가, 입은 옷이라든가, 음성이라든가, 걷는 걸음이라든가, 그런 것에 관심이 있는 듯했다. 최후로 장부인이 아들과 만나기 위해 금릉으로 가겠다는 것을 이처사는 겨우 만류하여, 부인을 대신하여 자기가 가겠다고 나섰다. 유충렬에게 어머니를 모셔가라고 하기 위해서였다.

충렬의 화려한 개선 행렬은 아직도 금릉성에 머물고 있었다. 이처사는 군사를 통해서 면회를 요청하고, 충렬은 이내 허락을 내려서 맞아주었다. 충렬은 예의범절에도 매우 겸손해서 시골 선비에 대한 정중한 태도를 잊지 않았다. 보학(譜學)에 조예가 깊은 이처사는 충렬의 아버지 유심이 자기의 처숙이라는 것을 이야기했고, 충렬은 지난날의 유명한 학자이며 애국충신인 한림학사 이인학과 어떻게 되느냐고 겸손하게 물었다.

"바로 제 부친이로소이다."

하고, 대학자인 이처사는 그렇게 물어올 줄 알았다는 듯이 대답했다.

유충렬은 이처사를 따라 활린동 그의 집으로 달려갔다. 이때 부인이 처사를 보내고 소식을 알아 올까 만심고대하던 차에 뜻밖에 충렬을 데려왔단 말을 듣고 대경실색하여 기절하는지라. 충렬이 달려들어 문 앞에 복지하니 처사 구완하여 정신을 차린 후에 부인이 여광여취(如狂如醉)하여 하는 말이,

"네가 귀신이냐, 내 아들 충렬이냐. 내 아들 충렬은 회수에서 죽었거든 어찌 살아 육신이 온가. 내 아들 충렬은 등에 삼태성이 표적으로 박혔느니라."

원수 급히 옷을 벗고 곁에 앉으니 과연 삼태성이 뚜렷이 박혀 있고 금자로 새긴 것이 어제 본 듯 완연하니 서로 붙들고 방성통곡하는 정이 만리 호국에서 부친 만날 때와 배나 더하였다.

뜻밖에 모자상봉하였으니 인지상정(人之常情)이라, 고금이 다르겠는가. 죽은 부모 다시 만나 영화 보게 되었으니 반갑고 슬픈 정은 일구난설(一口難說)이라 부인이 말하면 충렬이 울고 충렬이 말하면 부인이 우니 청천일월이 무광하고 산천초목도 슬퍼하는 듯했다.

얼마 후, 강희주와 조낭자가 옥교를 가지고 장부인을 모시러 왔다. 각도 각관의 방백 수령들이 저마다 축하의 인사말을 준비하고 전후해서 달려들었다. 근처의 백성들이 죄다 웃음과 눈물을 한아름씩 안아 들고 달려들었다. 활린동 깊은 산중은 금시에 대도시가 된 것 같았다. 이처사를 부러워하지 않는 사람이 없었다. 충렬의 간곡한 종용에 의

해서 이처사가 그의 오랜 은신처를 헐어버리고, 그 자리에 짤막한 돌 비석을 세우고 내려왔을 때, 짓궂은 백성들은 그 명당에다 나중에 집을 짓고 살아야겠다고 은근히 야심을 품는 자도 있었다.

활린동에서 금릉까지의 큰 길은 환호를 부르는 구경꾼들로 꽉 차고, 금릉성중이 또 한번 와글거리고, 여기서 며칠 쉬었다가 행렬이 떠났을 때, 그 행렬은 몇배로 불어나 마치 황야의 홍수와도 같았다. 실줄기와도 같은 작은 물은 하류로 내려가면서 점점 불어 마침내는 온 천지를 뒤덮어버리고야 만다. 금릉에서 떠난 일행의 그 화려함을 다하여, 연도의 구경꾼들이 간신히 흩어 뚫으며 전후 백리나 계속되고 있었다.

"무슨 팔자로 저런 아들을 두었을까? 어머니는 좋기도 하겠네!"

가도 가도 이런 탄성이 구경꾼들의 틈에서 멎지를 아니했다. 옥교에 앉아 가는 장부인은 기뻐서 어쩔 줄을 모르며, 즐거운 미소가 그 얼굴에 쉴새없이 가득히 피어 오르고 있었다.

옛날의 곱고 아름다운 그 여자의 모습이 이제는 완연히 되살아난 것만 같았다.

그러나, 일행이 영릉으로 접근해 갈 때, 부인의 기쁜 표정과는 대조적으로 늙은 강희주의 얼굴에는 검은 그늘이 서리기 시작했다. 이것을 누구보다 먼저 간파한 자는 물론 유충렬 자신이었다. 충렬은 벌써부터 노인과 똑같은 상념에 사로잡혀 있었기 때문이었다. 아버지도 구원했고, 장인도 구원했고 이제는 죽었다던 어머니마저 만났다. 그러나, 아내는 어디에 가서 찾아야 할 것인가. 충렬의 마음은 이런 생각으로 앞이 캄캄할 만큼 수심에 가득치 있었다. 노충신의 치자를 생각하는 마음과는 본질적으로 다르다고 하더라도, 그 내용에 있어서 충렬의 마음은 강하면 강했지 결코 약한 것은 아니었다.

때는 시절도 호시절인 춘삼월, 태평성대라, 자연은 인간의 생활을 꽃다운 향기로 축복해 주고, 무서운 전쟁에서 돌아온 군사들은 제각기 자기집과 가족들을 찾아 즐거운 생활의 새출발을 준비하고 있었다. 가는 곳마다 유충렬을 송덕하는 노랫소리고, 그의 다행 다복을 축수해 마지않았다. 이러고 보니, 충렬의 마음은 더욱 흔들릴 수밖에 없었다. 그는 무거운 마음을 안고, 영릉에 들어서자 똑같이 비애의 무거운 짐을 지고 있는 늙은 강희주와 함께 며칠을 묵으면서 월계촌의 소식을 들어보기로 했다.

그러면, 어머니의 뒤를 이어 역시 청수에 몸을 던지려다가 지나가던 고을의 관비의 손에 잡혀 죽지도 못하고 그 여자의 집으로 갔던 강낭자는 그 후 어떻게 되었는가. 아닌게 아니라, 그 여자의 생활은 전혀 햇빛조차 못보고, 이름과 내력조차 속이고, 남편과 아버지가 똑같이 죽은 것으로만 알고 있을 만큼 실로 비참한 두더지의 생활을 계속하고 있었다. 두더지는 땅속을 맹목적으로 헤매지만, 불행한 강낭자는 인생의 시궁창을 헤매고 있었다. 그리고, 그것이 캄캄하게 어두운 절망에 싸여 있기 때문에 역시 두더지의 생활이었다.

청수에서 어머니의 뒤를 따라 죽지 못한 것만이 한없이 후회될 뿐이었다. 낭자를 죽지 못하게 자기집으로 끌고가 죽음 이상으로 가혹하게 혹사하고, 이용하고, 매질을 하고, 추악한 윤락의 세계로 그 여자를 밀어넣고야 만 것이었다. 온갖 방법과 은인이라는 미명과 달콤한 유혹에 의해서 그 여자를 자기의 제자로 삼고, 충실한 후계자로 삼으려고 애쓴 것이었다. 낭자를 수양딸로 삼고, 태수에게 수청을 들도록 강요했다. 높은 벼슬아치들이 고을을 지날 때마다 낭자를 제공해서 자신은 재물과 명예를 얻어 고을의 관비 중에서도 가장 이름있는 존재가 되어 있었다. 남의 희생에 의해서 자기와 자기의 명성을 유지해가는 이 사회의 악마같은 종족이 할 만한 것이라면 그 여자는 무엇이든지 서슴지 않고 했다. 그 여자는 자기의 젊었을 때의 아름다움을 자랑하며 강낭자를 유혹해 마지않았다.

그렇다고 그 여자의 얼굴이나 보기싫게 뚱뚱해진 허리는 결코 미인의 기억을 남겨놓고 있는 것같지는 아니했다. 오히려, 무서운 마녀가 되어, 요리조리 꽁무니를 빼어버리는 약한 강낭자에게 쥐앞의 고양이처럼 제멋대로 할퀴고 때리고, 욕지거리를 퍼부어대는 편이 그 여자가 타고난 천성인 듯도 싶었다.

이런 속에서 아무런 피해도 입지 않고 초연하게 있을 수 있는 것은 고양이 앞의 쥐보다도 어려운 일일 것이다. 아닌게 아니라 또 하나 연심이라고 하는 여자만 없다고 한다면 강낭자의 서리같은 정조도, 순결한 혼도 대번에 허물어져 지금쯤은 아마도 영원히 헤어나지 못할 만큼 파멸에 접근해 있을 것이리라. 강낭자는 연심의 희생정신에 의해서 겨우 자기를 지탱해가고 있었다.

연심은 관비의 딸이었다. 어머니를 따라 어려서부터 몸을 팔아왔다. 몸을 판다는 것은 그 여자의 생업이었으나, 그래도 정신만은 결백해서 언제나 어머니의 악마성에 반항을 하고, 어머니 같은 여자나 남자를 증오해왔다. 강낭자의 정조 굳은 의지력을 보았을 때, 연심은 동정을 하기 시작하고, 자신의 결백한 혼의 표본을 거기에서 찾아보려고 애썼다. 비록 썩어버린 육체라 할지라도 그 속에 싸여진 혼과 정신만은 어머니 편이 아니라 강낭자 편이라는 것을 믿어 마지않았다. 그래서 연심은 강낭자를 대신해서 그 여자가 괴로워해야 할 밤의 고통을 죄다 혼자서 도맡아 했다. 어머니에게는 엄중한 비밀로 해놓고, 자기의 썩은 육체를 제공해서 숭고한 벗을 구제하고, 이어서 자기의 혼을 구제하려고 한 것이었다. 어떠한 어려운 때라도 연심은 벗을 위해서 발벗고 나선 것이었다.

대명국 도원수 유충렬이가 영릉 땅에 들어왔을 때에도 강낭자는 여전히 연심의 희생으로 자기를 살려가고 있었다. 영릉 태수는 개선 장군 충렬을 위해 관비의 수청을 명령했다. 관비는 이때에도 강낭자를 들여보내며 잘만하면 오랑캐 나라에서 뺏어온 금은보화가 산더미처럼 내려질 것이며, 그것으로 황비에 못지않을 화려한 생활을 하게 되리라고 옆구리를 쿡 찌르며 다짐해 두었다. 그러나, 이날 역시 강낭자를 대신해서 연심이가 들어갔다. 유충렬이라는 말을 듣기는 했으나 그것이 자기의 남편인지 알 수도 없고, 대명국 도원수라는 벼슬은 그때의 남편으로 보아서 너무나 거리가 먼 듯하고, 게다가 만일 남편이라면 이런 데서 만날 수 없다라는, 그렇게 되면 지금까지 금성탕지처럼 지켜온 정조마저 헌신짝이 되어버릴 것이 아닌가라는 복잡한 생각 때

128

문이기도 했다.

동헌에서 혼자 고요히 밤을 지내던 충렬은 손에 들고 보던 아내의 옛글을 다시 금낭에 접어넣고, 태수의 지나친 친절에서 수청 들어온 연심을 호통쳐서 내보냈다. 아내를 생각하는 그의 마음은 다른 여자를 용납할 수가 없었다. 이곳에 들어오면서 부쩍 가엾은 아내를 생각하기 시작한 그는, 편집광(偏執狂)이 되었다고 해도 좋을만큼 기묘하도록 아내의 환상을 더듬고, 아내의 뼈라도 찾아 묻어주기 전에는 어떠한 여자와도 접근하지 않으리라고 굳게 굳게 맹세하고 있었다.

연심이가 쫓겨나온 것을 보자 관비는 대뜸 화를 내며 충렬을 찾아들어갔다. 강낭자를 대신해서 연심이가 들어간 것도 화가 나려니와 연심이가 쫓겨나온 것은 필경 얼굴이 곱지 못한 탓이다. 그러나, 오늘 밤과 같은 다시 없을 요행을 놓쳐버린 두 계집을 아예 원수에게 고자질을 해서 목을 베게 하자. 그 대신 자기에게는 적당한 상이 내려지겠지. 이토록 무서운 생각을 한 마녀는, 그러나 결국은 헛물을 켜고야 말았다.

관비의 고자질을 듣고, 충렬은 연심을 불러오라고 했기 때문이었다.

"너는 무슨 욕심으로 대신을 잘 다니느냐? 죽을 데도 대신 간단 말인가?"

연심이가 끌려 들어오자 충렬은 일종의 호기심을 가지고 그렇게 물었다. 연심은 대답할까말까 생각하다가 마침내 입을 떼었다.

"소녀 비록 천비오나, 수절하는 사람을 존경할 마음만은 갖고 있나이다. 몇해 전에 어머니가 외촌에 갔다가 어떤 여자 하나를 데려다가 수양딸을 삼고 번번이 수청을 들이려고 애쓰지만, 그 여자의 굳은 절개는 청천의 일월같고 삼동의 촛불같이 변할 길이 없는고로 소녀가 언제나 구제하옵는데, 마침 상공이 행차하옵시와, 그 여자를 구원하기 위해 대신 왔사오니 죄를 주옵소서."

"음! 그런 여자가 있단 말인가? 그럼, 그 여자의 이름은? 절개가 있다하면 뉘집 여자냐?"

"소녀와 사년을 동거하되 종시 이름을 알 수가 없고, 어디서 왔는지
조차 알 수가 없소이다."

충렬은 이상한 예감이 들어 그 여자를 즉시 입시시키라고 명령했
다. 얼마 후 끌려 들어오는 여자를 창문을 열고 미리 조심스럽게 관찰
해 보았다. 어딘가 닮았다고 생각했다. 그러나, 여자의 몇해의 고생은
그의 눈을 의심케 하는 것이 되어서, 그는 더 자세히 확인할 필요를
느꼈다.

계하에 엎드린 강낭자도 여자의 본능으로 그것이 누구라는 것을 이
내 알아보았다. 묻는 음성도 옛날의 그 음성과 조금도 다름이 없는 것
만 같았다. 그러나, 결백한 그 여자의 긍지는 이때 벌써 죽을 각오를
하고 있었다. 충렬이가 언성을 낮춰서 꼬치꼬치 캐어묻는 물음에 이
미 죽음을 각오하고 대담해진 순결한 여자는 이때까지 숨겨온 지난날
의 모든 비밀을 털어 버리었다.

"이렇게 해서 연심의 힘을 입어 이때까지 살아왔사오나, 이제는 원
수를 보았으니 자결코자 하나이다."

충렬은 아내에게 달려 내려가 정신없이 끌어안았다. 그리고, 강승
상을 어서 불러오라고 소리쳤다.

얼마 후, 강승상이 달려왔다. 강희주는 딸이 살아 있다는 말을 듣고
허둥지둥 달려왔으나, 막상 딸과 만나자 별로 말도 못하며 어리둥절
했다. 딸은 아버지에게 달려들어 펑펑 눈물을 쏟았다. 충렬은 옛날 이
별할 때 증거로 나누어 가졌던 글을 내어보여 이제는 그것이 자기가
그리고 찾던 아내라는 것을 완전히 확인했다. 강희주도 딸을 얼싸안
고 통곡하면서, 이것이 꿈이냐 생시냐 하고 떠들어대있다. 칭수에시
어머니와 함께 죽었다고 믿던 딸이었기 때문에 그의 놀라움도 짐작이
갈 만한 일이었다.

내동원에 머물고 있던 장부인도 소식을 듣고 달려왔다. 부인은 며
느리의 이야기를 눈물을 흘리며 듣고 나자, 그 손을 잡으며,

"세상 사람이 아무리 고생이 많다 하더라도 우리 고부와 같겠느
냐?"

하고, 그 한 마디로 모든 감정을 토로해 버리었다.

충렬은 즉시 악마같은 관비를 잡아들여 죄를 묻고 훈계를 내리었다. 아내에 대한 죄과로 보면 마땅히 죽어야 할 것이지만, 원래 무식한 관비고 아내를 청수에서 살려내었다는 점을 고려해서 그대로 용서해둔다는 얘기였다. 연심은 칭찬을 하고 상을 주어서 보내려고 했으나 강낭자가 영원히 자기 옆에 데리고 있겠다고 고집을 세워, 충렬은 그 말을 들어 본인에게는 잘 모시라고 일렀다. 연심의 기쁨 또한 말이 아니었다.

충렬은 영릉에서의 목적을 이루었기 때문에 이번에는 무한히 즐거운 마음으로 행군을 재촉했다. 우선 이상의 모든 사건을 천자께 장계를 올려놓고, 어머니 장씨부인은 금덩을 타고 강낭자와 조낭자를 옥교에 태워서 좌우로 모시게 하고, 강승상은 수레에 올라 오국 사신들이 이를 모시고 가게 했다. 충렬 자신은 일광주 용인갑에 장성검을 들고 천사마 높이 앉아 오마대로 행군하여 서서히 나아갔다. 청수에 당도했을 때, 충렬은 행군을 멈추고 그 물에서 투신자살한 장모 소부인의 제사를 지냈다. 이것도 회수에서 어머니를 제사지낼 때의 그것과 똑같은 규모로 성대히 지내주었다. 이제는 도중에 할 일이라곤 아무 것도 없었다.

기쁘고 즐겁고, 오직 영화로운 개선의 행군만이 남아 있었다. 온 세상이 그들을 축복해 주고, 그들은 지상의 온갖 영광의 진수를 차지하고 있는 듯했다.

남경 못미처 호산대에 이르자, 호산대 십리벌에 환영나온 사람들로 꽉 차서 움직일 수도 없게 되어 있었다. 그들은 저마다 기쁜 소리를 지르며, 자기에게 가장 가까운 사람을 찾고 있었다. 천자와, 황태후와, 황후와, 태자는 옥교에 올라 금사성에서 기다리고 있었다. 충렬의 손을 잡고 반가워하시는 천자나 황태후의 기쁨은 무어라 형용할 도리가 없었다. 눈물과 웃음과 환호, 그것만이 한동안 이쪽 저쪽에서 계속되고 있었다. 강승상도 살아왔고 강낭자도 살아왔으니, 서로가 기쁨을 찾아 천지가 온통 뒤집힌 듯했다. 잡혀간 미녀들도 돌아와 백성들의 환호는 한결 이채를 띠었다. 죽은 아내와 다시 만난 유심의 기쁨은 누구보다도 특별한 것이 있었다. 강승상의 손을 잡은 천자는 자신의 불명을 뉘우치며 눈물을 흘리시었다.

최후로 오국 사신의 예를 받은 천자는 옥관도사를 잡아들여 계하에 꿇려놓고 문죄를 했다. 천자의 옆에는 충렬의 아버지 연왕이 있고, 충렬 자신은 그 모든 지휘를 했다. 양손과 양발이 잘린 옥관도사는 자기의 할 일을 다 했으니 죽어도 마땅하다고 하고, 자기가 이 세상의 모든 것을 지배할 수 있었으나, 다만 서해 광덕산 백룡사에 있는 노승과 남해 형산 화선관이 자기의 영을 좇지 않아 그것을 괘씸하게 생각해 왔노라고 술회했다. 충렬은 그의 재주를 인정하고 무사를 시켜 거리에 내쳐다가 참하도록 한 후 오국 사신을 제각기 돌려보냈다.

그리고 천자는 황성 동문의 인가를 죄다 헐어 별궁을 짓게 하고, 직첩을 돋우어 산동육국에서 들여오는 결총은 모두 다 연왕에게 붙이고, 충렬에게 남평 여원 양국 옥새를 주어 남만 오국을 차지하게 하고 녹을 붙였으되, 대사마 대장군 겸 승상 인수를 주어서 국중만사를 모두 다 맡겨 슬하에서 떠나지 못하게 했다. 장부인은 정렬부인 겸 동궁 야후 연국 황후를 봉하여 경양궁에 거처하게 하고, 강승상에게는 달왕 직첩을 주어 빈사지위에 있게 하고, 강부인은 정숙부인 겸 동궁후 언성웡후를 봉하여 시녀 삼백에디 강승상으로 하어금 봉황궁에 거처케 하고, 이처사는 간이태부 도훈관에 이부상서를 겸하게 하여 육주를 다스리게 하고, 영등관비 연심은 남평왕의 후궁을 봉하여 인성요후 직첩을 주어 봉황궁에서 강부인을 모시게 하고, 다른 장군들에게도 차례로 벼슬을 올려 주었다.

그런데, 적국의 옥중에서 강승상에게 열렬히 시중들어 온 조낭자를 알고보니, 지난번 개선 때에 충렬에게 술 한 잔 권하던 노인의 딸이었다. 그 노인을 불러 상면한 후에, 낭자는 남평왕의 우부인을 봉하고, 그 여자의 오라비는 총융대장을 삼아 늙은 아버지를 봉양케했다.

이러고 보니, 상하 인민의 송덕하는 소리는 천지를 진동하고, 세상은 한없이 태평하기만 했다.

趙雄傳

송문제(宋文帝) 즉위 이십삼년이다. 이때의 송나라는 시절이 태평하여 사방에 일이 없고 백성들은 *격양(擊壤)을 일삼고 있을 뿐이었다.

월명년 추구월 병인일에 문제는 충렬묘에 거동하시었다. 원래 충렬묘는 만고 충신 좌승상 조정인(趙正仁)을 기념한 곳이다. 조정인이 이 부상서로 있을 때, 그러니까 황제 즉위 십년의 일이다. 불의의 남란(南亂)을 당하여 사직이 위태하게 되자 조정인은 구원할 묘책이 없어 송실(宋室) 옥새와 문제를 모시고 경화문을 빠져서 무봉뫼를 넘어 광임교로 피해 갔다. 이때 성 안 성 밖은 곡성이 진동하고 남녀노소 없이 도망하니, 남산 북악이 봄이 아닌데 오색 도화가 만발한 것만 같았다. 승상이 문제를 모시고 뇌성관 일백오십 리를 달려가서 자고, 이튿날 발행하여 사방으로 다니며 청병을 얻어 삼삭 만에 남란을 평정하고 사직을 안보하기에 이르렀다.

이쯤 되고 보니, 문제의 덕은 천지와 같고, 승상의 충렬은 일월과 같은지라. 문제는 승상을 정평왕에 봉하려 하시었다. 하나 조정인이 굳이 사양하고 받지 않아 할 수 없이 그에게 금자광록대부(金紫光祿大夫) 겸 좌승상을 내리시고 그의 부인 왕씨는 공렬부인을 봉하시었다.

이렇게 해서 조정인의 부귀영화는 한없이 계속되고, 태평세월은 흘러만 갔다. 그러나, 이런 때일수록 간신들은 들끓는 법이어서, 우승상 이두병(李斗柄)의 참소를 본 고결한 성품의 조정인이 그만 음약(飮藥)하여 죽으니 이를 보신 문제는 애통히 여기며, 제문을 지어 조상하시고 충렬묘를 지어 화상을 그려 걸고, 충신을 잊지 못하는 마음으로 날마다 거동하시었다.

그러던 어느 날 화상을 받으시고 옛일을 생각하여 비회를 금치 못하시니, 시위하며 따라 왔던 병부시랑(兵部侍郞) 이관(李寬)이란 자가,

"시신 중에 어찌 조정인만한 신하가 없사오리까. 옥면(玉面)에 비회 가득하시니, 신자 도리에 어찌 충렬묘라 하오리까. 이후는 거동을

---

*격양(擊壤)——중국 상고(上古) 때 민간에서 행해지던 유희의 한 가지.

　　말으시고 충렬묘를 버려야 합니다.”
하고, 복지하여 아뢰었다.
　　이관은 이두병의 아들이었다. 그러나 황제는 듣지 않으시고, 이관을 *추고(推考)하라 하시었다. 뿐만 아니라, 문제는 환궁하시기가 바쁘게 조승상 부인을 승품(陞品)하여 정렬부인을 봉하시고, 금은을 많이 상사하시기까지 하시었다. 그리고, 겸해서 하교하시기를,
　　“들은즉, 조정인의 아들이 있다 하니 인견(引見)하여 짐의 답답한
　　심정을 덜게 하라.”
하시었다.
　　왕부인은 잉태한 지 일곱달 만에 남편을 여의었다. 열달 만삭에 아들을 낳았는데, 그 아들이야말로 활달한 기남자(奇男子)였다. 이름을 웅(雄)이라고 하고, 부인은 팔년 거상에 소복을 입은 채 한번도 벗은 일이 없이 아들을 기르며 세월을 보내던 차 이날 황제께서 충렬묘에 거동하신다는 말을 듣고, 남편을 생각하며 깊은 비애에 잠겨 있었는데, 황제가 환궁하신 후에 별안간 명관이 나왔다. 부인은 명관이 들여놓은 정렬부인 *가자(加資)와 상사하신 금은을 보고 황공하여 계하로 뛰어내려가서 국궁(鞠躬)하고 그것을 받아 놓았다. 그리고 황궐을 향하여 사배하고, 명관을 인도하여 외당에 앉히고 황은을 치사했다. 게다가 또 아들 웅을 인건하게 히리는 페초를 보고, 부인은 감격하고 황공하여 눈물이 날 정도였다. 이때 웅의 나이는 일곱 살이었다. 얼굴이 관옥 같고, 읍양진퇴(揖讓進退)는 예절에 꼭 들어맞아 어른을 압도할 정도였다. 명관을 따라 옥계하에 국궁하니, 상이 보시고 크게 칭찬하시며, 말씀하시길,
　　“충신지자(忠臣之子) 충신이요, 소인지자(小人之子) 소인이로다. 내
　　오늘날 네 거동을 보매 충효에 벗어나지 아니하니 어찌 아름답지
　　아니하리요. 또 네 나이 칠세라 하니 태자와 동갑이라 더욱 사랑스
　　럽도다.”

---

*추고(推考)——벼슬아치의 허물을 추문하여 고찰함.
*가자(加資)——벼슬의 품계를 올리는 일.

하고 황제는 곧 태자를 인견하라고 분부하시었다. 잠시 후 태자가 들어오자 황제는 이렇게 말씀하시었다.

"저 아이 충신 조정인의 아들이라. 너와 동갑이요, 또한 충효를 겸하였으니 타일에 국사를 도모하라. 짐이 *망팔쇠년(望八衰年)에 협정지인(協政之人)을 얻었으니 어찌 즐겁지 아니하리요."

태자는 이런 말씀을 듣고 동갑인 충신의 아들을 유심히 지켜보며 즐겨했다. 그는 동갑이라는데 더욱 흥미가 있는 것 같았다.

그러자, 어린 웅은 복지하여 제법 어른다운 태도로 아뢰었다.

"하교지하(下敎之下)에 극히 황공하오나, 소신이 나이 어리옵고, 또한 국체 자별하오니 벼슬 없는 아이가 궐내에 오래 있으면 국정에 극히 미안하옵고, 또 국사 지중하옵거늘, 이제 폐하께옵서 어린아이를 대하옵시며 국사를 의논하옵시니, 어찌 두렵지 아니하리까. 복원 폐하는 소신이 물러가와 입신 후에 다시 현알(見謁)하오리다."

이런 말이 불과 일곱 살 밖에 안되는 어린 소년의 입에서 나왔다고 한다면, 누구나 아니 놀랄 사람이 없을 것이다. 그 예의 태도나, 아름다운 신중한 어조나, 소견이나, 헤아리는 분별심이나, 충신다운 대담한 직간의 태도나, 학문이 있는 문자나 논리, 그 무엇을 두고도 어른을 뺨치고도 남음이 있었다. 결백하고 학문 높은 만고 충신 조정인의 재현이 아니라면, 그것은 분명 신동이 아닐 수 없었다. 허허 하고, 어느 누구나 감격의 한마디를 아니 지를 수가 없었다.

이어 황제는 조정인을 다시 만난 듯하고, 이 나라의 앞길이 훤하게 트이는 것 같으시었다. 그래서, 기쁜 미소를 지으시며, 황제는 다시 하교하여,

"네 나이 십삼세가 되거든 품직(品職)을 내릴 것이니 그때를 기다려 국정을 도우라."

하고, 말씀하시었다.

웅은 황공하여 사배, 하직을 하고 나와 태자에게도 역시 예를 갖추

---

*망팔쇠년(望八衰年)──여든을 바라보는 늙어서 쇠(衰)한 나이. 곧 일흔 한살을 뜻함.

어 하직하니, 어린 태자는 동갑의 총명에 놀라며, 물러가는 것을 연연(戀戀)해 하시더라.

조웅을 돌려 보낸 뒤에 천자는 조신들을 모아놓고 웅에 대해서 여러 가지로 칭찬하시었다. 충신의 아비에 충신의 아들이 아니냐고도 말씀하시었다. 그런 중에도, 천자는 이관이 없는 것을 알아보시었다.

"시신(侍臣) 중에 이관은 어디에 갔느뇨?"

하고, 황제는 좌우를 돌아보시며 물으시었다.

"폐하께옵서 충렬묘에 거동하와 추고하여 계시기로 파고에 있나이다."

하고, 우승상 최식이 아뢰니

"제 말이 경홀(輕忽)하나 용서하라."

하셨다.

원래 이두병의 아들은 오형제로 그 벼슬이 모두가 일품(一品)에 있었으므로, 만조 제신은 이들 오형제를 두려워하고 이관 등의 말대로 하였다. 어린 조웅의 인견이 있은 뒤에 이관 형제는 저희들끼리 밀실에 모여서 이마를 맞대고 의논을 했다.

"조웅이 벼슬을 하게 된다면 제 아비의 원수를 갚고자할 것이니 어찌 조심되지 아니하리요. 미리 없앰이 마땅하되, 아직 벼슬아닌 아이를 어찌 죄를 얻으리요."

하고 모두 계교를 의논하더라.

한편 조웅은 집으로 돌아가 어머니를 뵈온데, 부인이 즐겨 묻기를,

"네 황상을 뵈었느냐?"

웅이 내답하기를,

"입시하옵거늘, 대면하여 뵈었나이다."

"황상을 대면하니 두렵지 아니하였으며 응당 묻잡는 말씀이 있었을 것인데 어찌 대답했느냐?"

웅이 여쭈오되, 문답은 이리이리하던 말씀과 나이 십삼세 되면 품직하리라 하시던 말씀이며, 태자 사랑하던 말씀을 낱낱이 고하니, 부인이 일희일비(一喜一悲)하여 말하길,

"황상의 넓으신 덕택은 하늘 같은지라 갚기를 의론 못하려니와, 네 만일 벼슬하면 이관 형제에게 응당 잡힐 것이니 어찌 하려하느냐?"

하고, 왕부인은 엄숙한 표정으로 물었다.

"어머님은 염려마옵소서. 사람의 생사는 재천하옵고, 영욕(榮辱)은 재수하오니, 어찌 염려 있사오며, 또 자식이 되어 어찌 불공대천지 원수를 목전에 두고 그저 있사오리까. 복수를 하자 하오면 무슨 묘책을 얻어야 갚사올 것이니 어머님은 조금도 염려 마옵소서."

하는 말에 모자 서로 통곡하니, 그 정상이 참혹하더라.

세월은 흘러서, 때는 병인년 섣달 납일(臘日)이었다. 황제 명당에 전좌하시고, 만조제신의 조회를 받고나신 황제는 자신의 노령을 개탄하시며 국사를 의논하실새, 황제가 말씀하시길,

"오호라! 짐의 연광이 망팔쇠년(望八衰年)이라. 세월이 사람의 죽음을 재촉하는데, 동궁은 아직도 나이 어리니 국사가 망연하도다."

하는 상의 개탄을 듣자, 제신이 황공해서 일제히 아뢰었다.

"흥망성쇠(興亡盛衰)는 임의로 못하거니와 국사 아직 장원하옵거늘, 어찌 동궁의 나이 어리심을 근심하시나이까?"

그러자 예부상서 정충이란 자가 출반해서 아뢰었다.

"폐하, 춘추 많으심과 동궁의 어리심을 어찌 근심하시나이까. 승상 이두병이 있사오니, 전두 국사는 족히 근심이 없사오리다."

이에 모든 신하들이 또한 이두병의 권세 두려워하는지라, 일시에 아뢰길,

"승상 이두병은 한(漢)나라 *소무(蘇武)와 같은 신하이오니, 어찌 국사를 근심하리이까?"

상이 오히려 그러이 여기시나 정녕 믿지 아니하시더라.

이날 진시(辰時)에 경화문으로 난데없는 백호(白虎)가 들어와 궐내에 횡행하거늘, 만조 백관과 삼천궁졸이 황급하여 어떻게 할 줄 모르는데, 이윽고 궁녀 하나를 물고 후원으로 뛰어넘어 달아나더니 인하

---

*소무(蘇武)——중국 전한의 충신.

여 간데 없거늘, 상이 대경하여 제신더러 물으시나 조신이 또한 알지 못하고, 궁중과 장안이 요동하여 내두(來頭) 길흉(吉凶)을 알지 못하더라. 황제 이로써 근심하사 침식이 불편하시니, 제신이 여쭈오되,

  "수일 북풍이 대취(大吹)하고 백설이 산야를 덮어, 여러날 굶주린 범이 기갈을 견디지 못하여 백주에 그러하였사온데, 폐하는 어찌 그로써 근심하시나이까?"

  이에 황제 마음을 놓으시나 재변인 줄 짐작하시더라.

  이런 변이 있은 후, 아무도 노골적으로 자기 의견을 발표해 보려는 자는 없었다. 그러나 조정제신들의 마음에도 여전히 불안감이 흐르고 있었다. 가령 이적에 한림학사 왕렬은 왕부인의 사촌으로 이 변을 보고 왕부인께 슬며시,

  '일전에 황제 명당에 전좌하시고 조정 제신을 모아 국사를 강론하시는데, 그날 경화문으로 난데없는 백호 한 마리가 들어와 장난하다가 궁녀 하나를 물고 간 데 없으니, 이는 극히 괴이하온지라 황상이 근심하시고, 조정이 또한 길흉을 알지 못하오니, 누님은 이를 해득하와 알게 하소서.'

하는 편지를 보내기도 하였다. 아들을 데리고 독서를 권하고, 고국사(古國事)를 이야기해 주던 왕부인은 편지를 보고 나서 대경 실색하여 이윽히 생각하다가, 얼마 후 붓을 잡아 답서를 써서 시비에게 주어 보낸 후 웅을 데리고 말하길,

  "국가에 이렇듯 변괴가 있으니, 네 전두에 벼슬을 하면 간신의 망측지환(罔測之患)을 어찌 면하리요."

  웅이 대답하기를,

  "어머님은 염려마옵소서.'"

하고, 고개를 들며 여전히 소년다운 자신을 가지고 대답했다.

  "사람의 영욕은 임의로 할 바 아니옵거니와, 대개가 이화(梨花), 도화(桃花) 만발한 가운데 계화(桂花)가 한 송이 피어나되 그 유에 섞이저 아니하오니, 이화는 이화요 계화는 계화라. 그런 고로 소인이 만조(滿朝)하온들 내 백옥같이 무죄하온데 죄없이 모해하리이까?"

140

"너는 지기일(知其一)이요, 미지기이(未知其二)로다. *형산(荊山)에
불이 나매 *옥석구분지탄(玉石俱焚之嘆)이거늘, 이제 국가 불행하면
네 원수 무죄하다 하고 그저 두겠느냐?"

"사람이 일을 당하여 근심을 깊이한즉 백사(百事) 불리하옵고, 시고
로 *함지사지(陷之死地) 이후에 생(生)하고 *치지망지(置之亡地) 이
후에 존(存)하나이다. 우린들 하늘이 무심하오리까?"

왕부인은 내심 아들의 지혜와 학식이 어제와 오늘이 다르고, 아침
과 저녁이 다른 것을 보고 흐뭇한 미소를 지으며 염려를 덜었다.

한편 왕부인의 답서를 받은 왕렬은 심각한 상념에 잠겨 있었다. 자
기의 태도를 결정하지 않으면 아니되었다.

'놀랍고 놀랍도다! 머지 아니하여서 *소장지환(蕭墻之患)이 날 것
이니, 너는 벼슬을 탐치 말고 일찍 해관고귀(解官告歸)하라.'

이러한 부인의 편지에 마침내 왕렬은 칭병 사직하고, 고향으로 돌
아가 버리었다.

이와같이 송나라 조정을 한때 떠들썩하게 만들고, 민심을 흉흉하게
만들었던 백호의 괴변도 어느덧 잊혀져 가는 정묘년 정월 십오일이었
다. 만조 제신이 모두 다 하례할 때, 천자가 신하들에게 하문하셨다.

"연전에 짐이 조웅을 보니, 충효 겸전하였으니 동궁을 위하여 짐의
안하에 서동을 삼아 두고 국사를 견습코자 하나니, 경들의 뜻이 어
떠하뇨?"

이렇듯 돌연한 하문에 신하들이 다 묵묵부답이나 승상 이두병은 서
슴없이 아뢰었다.

"국체 자별하오니 벼슬 없는 아이를 조정에 둔다는 것은 극히 미안
하여이다."

---

*형산(荊山)——지금 호북성 남장현 서쪽에 있는 산.
*옥석구분지탄(玉石俱焚之嘆)——옥과 돌이 함께 탄다는 뜻으로 선인이나 악인이나 다
 같이 재앙을 당함을 비유함.
*함지사지(陷之死之)——죽을 처지에 빠짐.
*치지망지(置之亡地)——망할 땅에 물을 줌.
*소장지환(蕭墻之患)——안에서 일어난 환란.

　"충효 인재를 취함이라. 어찌 연고없이 취하리요."
　"인재를 보려 하시면 장안을 두고 이를진대, 조웅보다 십 배나 더한
　충효인재가 백여 인이요, 조웅 같은 자는 *거재두량(車載斗量)이로
　소이다."
이에 황제는 다시 묻지 아니하시나 조웅을 생각하는 천자의 마음은
조금도 변하지 않으시었다.
　시대(侍臺)로 물러나온 이두병은 양 어깨를 쓱 올려세우며 노골적
으로 대신들을 위협하였다.
　"만일 조웅의 말로 천거하는 자는 죄를 쓰리라!"
하니 모든 백관이 겁을 내었다. 이두병의 이 무서운 폭언은 밖으로 새
어 조웅의 모자에게 전해졌으며, 이에 왕부인은 공포에 떨고, 조웅은
분격해서 주먹을 불끈불끈 쥐었다.
　그러나, 천운이 불행하여 황제, 기후가 불편해서 병상에 누우신 지
한 달이 되어도 일어나지 못하시고 병환은 점점 침중하시니 장안 인
민들이며 초야의 백성들조차도 황제의 환후 평복하심을 축수하고 원
하기를 마지않았다. 이토록 온 백성이 근심하고, 축수하는데도 소인
으로 가득찬 조정이라 임금을 회복시키는데 아무런 도움도 되지 못했
다. 이두병과 그의 일가의 권력에 눌려있는 대신들은 오히려 이것을
다행한 기회라고 생각했는지도 모른다.
　정묘년 삼월 삼일에 황제 마침내 붕어(崩御)하시니 태자의 애통해
하심과 만민의 곡성이 천지에 사무치고 특히 조웅 모자의 비탄은 말
할 나위 없었다. 간신과 비굴한 벼슬아치들만이 들끓고 있는 이 나라
가 어떻게 돌아갈 것인가는 뻔한 일이었다. 허 사월 사일에 국례를 갖
추어 안장을 하고 나자, 어느새 국법과 권세는 이두병의 손에 의해 멋
대로 움직여졌다. 비굴한 벼슬아치들은 이두병에게 노골적으로 아첨
을 하기 시작했으며 아버지 이두병을 떠받들며 성벽처럼 버티고 있는
이관 등 오형제는 이제는 내 세상이로다 하는 식으로 장안의 큰 거리
를 활보하기 시작했다.

──────────────────────────────

＊거재두량(車載斗量)──무엇이 굉장히 흔함을 뜻함.

시월 십삼일은 문제(文帝)의 탄일(誕日)이다. 만조 백관이 시종대 (侍從臺)에 모여 국사를 의논할 새 이두병이 묻기를,

"이제 동궁의 나이 팔세라, 국사 극중하매 동궁의 즉위가 위태한지라, 법령이 점쇠하고 사직이 위태할 지경이면 여러분은 어찌하려 하오?"

하자, 이구동성(異口同聲)으로,

"천하는 비일인지 천하요, 조정은 *무십대지조정(無十代之朝庭)이라. 이제 어찌 팔세 동궁으로 즉위를 하리요. 또한 황제 붕어하실 제 승상과 협정(協政)하라 하신 유언이 계신들 국무이왕(國無二王)이요, 민무이천(民無二天)이오니 어찌 협정왕을 두리까 이제 국사를 폐한 지 여러 날이라. 원하옵건대 승상은 전인과를 전수하와 옥새를 받으시고, 위를 전하와 신민의 실망지탄이 없게 하소서."

하자 조정 백관들은 일제히 일어서서 하당 복지했다. 한 사람도 반대하는 자는 없었다. 이두병은 자기 앞에 굴복하는 대신들을 내려다보며, 왕위에 오른 자신의 성공을 내심으로 한없이 만족해 하고 있었다. 여기저기 시신 중에 끼여 있던 이관을 비롯한 오형제는 아버지의 등극을 기뻐하며 시종 싱글싱글 미소를 짓고 있었다.

이두병이 별안간 황제가 되고 보니, 궐내는 뒤집혀지고, 장안은 무슨 전쟁이라도 일어난 것처럼 격란의 바다로 화해 버리었다. 그런 중에도 이두병은 천자로서의 행세를 하기 시작하고, 국법을 뜯어 고치고, 각국열읍(各國列邑)에 *행관(行關)을 하기에 바빴다. 가엾은 어린 동궁은 폐서인이 되어 멀리 내쳐나가고 시종하는 내외궁의 노비들이 호천고지하며 망극 애통하니 그 비참한 광경은 차마 눈뜨고 볼 수 없을 정도였다. 하루 사이에 천하는 뒤집혀지고, 혼란과 부정부패와 아첨과 비굴과 폭력이 난무하는 어두운 나날이 계속되었다.

이때 왕부인이 이러한 변을 보고 대경 실색하며,

"아, 웅아! 네 나이 팔세라, 어찌하면 좋으리요?"

---

*무십대지조정(無十代之朝庭)——십대가 되도록 계속되는 조정은 없다는 뜻.
*행관(行關)——동등한 관아 사이에 공문을 보냄.

하고 통곡을 하며 아들의 손을 잡았다.

"어머님은 불효자를 생각지 마옵시고, 천금보다 귀한 옥체를 안보
하소서. 꿈 같은 세상에 일생 일사는 제왕도 면치 못하옵거늘, 어
찌 한번 죽기를 면하리요. 짐작하건대, 이두병은 우리 원수요, 우
리는 그의 원수 아니오니, 어찌 조웅이 이두병의 칼에 죽사오리까.
조금도 염려마옵소서."

하고, 어린 웅은 여전히 어른다운 말로 어머니를 위로하며 말하는 것
이었다.

용상에 높이 올라 앉은 이두병은 큰 아들 이관으로 동궁을 봉하고,
국호를 고쳐 평순황제라 하고, 기원을 건무원년이라 했다. 또한 송태
자를 아직도 객관에 둔 채 내버려두고 있다는 위험을 고해온 아첨족
속의 신하가 있기에, 태자도 태산 계량도에 멀리 정배 안치하였다.

시시각각으로 전해 들어오는 새로운 소식 중에 또 이 소식을 듣자,
왕부인은 어떻게 해야 좋을지를 몰랐다. 장안이 피바다가 되어도 태
자만큼은 구원하여야 하는데 그것이 누구의 손으로 가능하단 말인가.

"애, 웅아! 우리도 태자를 따라 사생을 같이하고 싶지만, 종적이
현로하면 지레 죽을 것이니 어찌하면 좋으리요?"

하고, 모자 주야로 통곡하더니 하루는 황혼이 어스름해지는데 어린
조웅이 답답함을 참을 수가 없어 어머니 모르게 거리로 뛰쳐나가 장
안을 두루 걸어 한 곳에 다다르니 아이들이 모여 노래를 부르거늘 그
노래에 하였으되,

> 국파(國破) 군망(君亡)하니 무부지자 나시도다
> 문제(文帝)가 *순제(順帝)되고 태평(太平)이 난세(亂世)로다
> 천지가 불변하니 산천을 고칠쏘냐
> 삼강(三綱)이 불퇴(不退)하니 오륜을 고칠쏘냐
> *청천백일우소소(靑天白日雨蕭蕭)는

---

*순제(順帝)——평순 황제를 말함.
*청천백일우소소(靑天白日雨蕭蕭)——맑고 밝은 하늘에서 비가 내림.

　　충신원루(忠臣怨淚) 아니시면 소인의 화시(花猜)로다
　　슬프다 창생들아 오호의 편주 타고
　　사해에 노니다가 시절을 기다려라

　조웅은 이러한 노래를 들으며, 분을 참지 못하여 바삐 걸어 경화문 앞에 섰다. 희미한 달빛 아래 대궐은 잠들어 있는 듯하고, 그동안 아무 변도 일어나지 않은 것같이 고요하고, 이따금 등불을 들고 지나가는 궁녀들이 보이며, 수직하는 군사들의 발소리가 들려왔다. 지난날 문제의 부름을 받아 이 문을 자랑스럽게 걸어들어가고 걸어나왔던 것을 생각하니 분이 솟구쳤다.

　"이런 몰인정한 놈들을 쫓아들어가 죄다 죽여 버릴까!"

　웅은 그렇게 반발해 보기도 했으나 그러나 다음 순간 자기의 힘이 모자란다는 것을 이내 깨달았다. 그래서 멋적게 돌아섰으나, 얼핏 품 속의 필낭을 생각하고, 달빛을 의지하여 커다랗고 두꺼운 나무 문짝에다 이두병을 욕하는 글을 쓰고 돌아왔다. 한편 아들이 들어오기를 기다리며 앉아 있던 왕부인은, 얼핏 잠이 들었다. 공포와 불안으로 며칠 동안 못 잔 때문이기도 했다. 그런데 왕부인 앞에 조승상이 나타나,

　"부인은 무슨 잠을 그렇게 깊이 자는게요! 날이 새면 큰 변을 당할 것이니, 웅을 데리고 급히 도망하시오."

　"이런 깊은 밤에 어디로 가리까?"

　"수십 리를 가면 자연 구할 사람이 있을 것이니, 어서 급히 떠나시오!"

하거늘 부인이 깜짝 놀라 잠을 깨어보니 꿈이었다. 촛불은 그대로 지글지글 타고 있었으나 웅이 없는지라 대경실색하여 문 밖에 내달아 두루 살피나 없었다. 정신이 창황하여 중문을 바라보니, 얼마 후 이마에 구슬땀이 밴 조웅이 돌아오거늘 부인이 대경하며 묻기를,

　"이 깊은 밤에 어디를 갔더냐?"

　웅이 말하길,

  "마음이 산란하와 거리를 배회하고 돌아옵니다."
하니 부인이 목이 메어 아버지를 보았다는 얘기를 했다. 웅도 행장을
챙기면서 이날밤 있었던 일을 모두 이야기했다. 이에 어머니는 놀라
며, 아들의 경솔함을 꾸짖었다.
  "그렇지 않아도 우물가에 어린애를 앉혀놓은 것 같거늘, 어찌 그런
    경솔한 짓을 했느냐! 내일 그 글을 보면 경각에 죽을 것이니 어서
    도망치자꾸나!"
하고 왕부인은 행장을 차리자 웅을 데리고 우선 충렬묘로 달려갔다.
남편의 화상을 보니, 신기하게도 얼굴에 땀이 나서 군데군데 화면이
부풀어 오른 곳도 있었다. 모자는 자신들도 모르게 눈물이 쏟아졌다.
잠시 후 진정을 한 부인은 화상을 내어 행장에 꾸려넣고, 아들과 함께
그 길로 달음질을 쳤다.
  몇십 리를 달리니, 어두운 밤의 장막 속에 넓은 강물이 그들의 앞
을 가로막아 버리었다. 어느새 동녘 하늘은 희미하게 밝아오고 공기
는 차고, 강바람은 여봐란 듯이 무서운 강물을 흔들고 있었다. 천지
사방을 둘러보아도 살 가망은 없을 것 같았다.
  또 한번 하늘을 우러러 보며 통곡하다가, 얼핏 저쪽 물위를 보니 동
녘 하늘의 희미한 새벽 광선을 받아 비치기 시작한 물위에 배 한 척이
떠 있는 것이었다. 부인은 급한 마음으로 정신없이 불러댔다. 그러자
선동이 말없이 배를 이쪽으로 돌려 접근해 왔다.
  "누구신데 바삐 가는 배를 오라마라 합니까!"
  선동은 그렇게 말하고, 배를 댄 후, 조웅 모자를 타라고 하면서 손
을 잡아 올려주었다. 그 태도로 보아 전혀 예기지 않은 일이라고는 생
각되지 않았다. 배는 모자를 태우기가 바쁘게 아직도 어두운 수면을
쏜살같이 미끄러져 갔다.
  왕부인이 의아해 하며,
  "선주는 무슨 급한 일로 만경 창파에 육지같이 다니느뇨."
  선동이 말하길,
  "나는 남악선생(南岳先生)의 명령을 받아, 강호의 불쌍한 사람을 구

원하라 하시매, 사해 팔방을 두루 다니나이다."

한다. 부인은 천신이려니 하고 생각했다.

얼마 후, 선동은 육지에 배를 대고 모자에게 내리라고 했다. 부인은 아들의 손을 잡고 배에서 내리며, 눈물로 치하를 하고, 황성에서 얼마나 왔느냐고 물었다.

"지금 온 길이 수로로 일천 삼백 리요, 육로로 삼천 삼백 리로소이다."

"어디로 가면 좋을까요?"

"다소 곤박하옵거니와 어찌 죽사오리까. 이제 저 산을 넘어가면 인가가 많으니 그리로 가소서."

하고 배를 저어 갔다.

한편 새로운 황제 이두병은 간밤 꿈이 극히 흉한지라 일찍부터 신하들을 불러 들여 꿈 얘기를 하고, 그것을 풀도록 했다. 그때 경화문을 지키는 관원이 얼굴이 새파랗게 질려서 달려와 고하길,

"폐하! 밤을 지새오니 전에 없던 글이 문에 있삽기로 그것을 등서하여 올리나이다."

하였다. 황제가 그것을 받아 보니 그 글에 씌었으되,

'송실이 쇠미하니 간신이 만조로다. 만민이 불행하여 국상이 나시도다. 동궁이 미약하니 소인이 *득세추(得勢秋)라. 만고 소인 이두병은 벼슬이 일품이거늘, 무슨 부족함으로 역적이 되었단 말인가. 천명이 완전커늘 네 어이 장수하리. 동궁을 어찌하고 옥새를 전수하뇨. 진시왕 날랜 사슴 임자 없이 다닐 적에 *초패왕의 기세와 *범증(范增)의 힘으로도 임의로 못잡아서 임자를 주었거든 어일사 저 반적아, 부귀도 좋거니와 신명을 돌아보아 성업을 끊지 마라. 광대한 천지간에 용납 없는 네 죄목을 조조이 생각하니 일필로 난기로다. 윗글은 전조 충신 조웅이 근서하노라.'

---

*득세추(得勢秋)——세력을 얻음.
*초패왕——진나라 말엽에 한 고조와 천하를 다투던 항우.
*범증(范增)——항우의 모신으로 한고조를 죽이려다 실패했음.

이에 황제는 얼굴이 점점 새빨갛게 되며 흥분되어 용상을 탁 치고 일어나며, 종이 쪽을 내동댕이 치고, 무서운 호령을 질렀다. 경화문 관원을 나입하여 죄인을 잡지 못한 죄로 *결곤방출(決棍放出)하고, 조웅 모자를 결박하여 즉시 나입하라고 하였다.

조웅의 집을 에워싸고 들어가니 인적이 고요하여 조웅 모자 없는지라, 금관이 빈 손으로 돌아오자 황제의 분노는 또 한 번 폭발했으며, 분격한 황제가 달려가 조정인의 화상을 나입하라고 소리쳤으나, 그것조차 있을 리가 없었다. 황제의 분노는 절정에 달아 올랐다. 그는 또 다시 경화문 관원을 잡아들이라고 호령하고, 불문곡직 거리에 내쳐다가 효시하라고 소리질렀다. 그리고, 충렬묘와 조웅의 집을 불태워 버리라고 엄명을 내렸다.

그러나, 이것만으로 황제의 분노는 가라앉을 수가 없었다. 눈치 빠른 제신이 그를 위로하며 이렇게 말하였다.

"웅은 나이 팔세요, 그 어미는 여인이라, 멀리 가지 못했을 것이니 각도 열읍에 행관하면 우물에 든 고기잡듯 하오리다. 폐하는 근심 치 마소서."

황제는 옳게 여겨 즉시 명령을 시행했다. 조웅 모자를 잡아 바치는 자에게는 천금상에다가 만호후를 봉하리라 하였다. 이쯤 되고 보니, 전국의 각도 열읍의 벼슬아치들이 조웅 모자 잡기에 힘쓰더라.

이때 조웅 모자는 사공이 가르쳐준 험한 산을 넘어 어느 촌락에 들어섰다. 배고프고, 다리도 아파, 두 모자는 마을 어귀의 길가에 앉아서 잠시 촌락의 형편을 살펴보았다. 소나무와 대나무가 곳곳에 울창한 이 마을은 인가도 많았고, 그 인가가 모두 부유하게 보였다. 벽촌치고는 깨끗하고, 평화롭고, 부유하고, 경치가 좋은 마을이었다. 집집으로 통하는 길도 깨끗하게 다듬어져, 채전(菜田)이 이쪽 저쪽에서 푸르르고, 또한 길을 걸어가는 아이나 어른이나 모두가 정결하고, 즐거운 듯했으며 도시의 잡음을 벗어나서 자연과 함께 착하고 평화롭게 살아가고 있는 듯했다. 아무런 의심도 없고, 감추는 것도 없는 사람

―――――――――――――――――――――――
*결곤방출(決棍放出)――― 곤장을 때려 내쫓음.

들……. 집에서 나와 채전으로 걸어가는 아낙네들도 무척 아름답게만 보였다.

마침 깨끗하게 옷을 차린 한 남자가 이들 모자의 앞을 지나가기에, 왕부인은 하루 묵어 가게 해달라고 청해 보았다.

그는 모자를 한 집으로 인도했다. 그 집에 들어가니 적요하여 남정(男丁)이 없고 다만 연만한 노파가 이팔처자를 데리고 있거늘 나아가 예하고 방안을 둘러보니, *빙정옥결(氷貞玉潔) 같아서 사람이 비치더라. 늙은 노파도 전혀 무교양인 것 같지는 않고, 어린 딸이 차려와 준 저녁 식사도 입에 맞아, 조웅 모자는 모처럼 즐거운 휴식을 취할 수가 있었다. 주인 노파와 왕부인은 좋은 말동무도 되었다.

왕부인이 적당히 말을 꾸며 곤란한 처지를 설명하자, 노파는 연민과 친절을 아끼지 않으며 자기의 생활을 이야기했다. 노파의 남편은 일찍이 계량태수로 있다가 그만두고 이 마을의 경치 좋은 것을 보고 현재의 집을 지어 살다 오십이 넘어서 딸 하나를 두었다는 것이었다. 그러나, 남편은 이내 불귀의 객이 되어버려 이렇게 딸과 함께 고향에 돌아가지도 못하고, 이땅의 백성이 되어버렸노라며, 노파는 탄식했다.

왕부인도 차탄(嗟歎)하고 인하여 그 집에 머무니 일신은 편하나 고향을 생각하면 애통하였다.

해가 바뀌어 웅의 나이 구세라, 계량성 백자촌이라고 하는 이 마을은 그 이름대로 백 가지 약이 나고, 촌민은 대개가 약을 팔아먹고 살았다. 왕부인은 이제는 마을에 대해 어느 정도 알 수가 있었다. 또 전일 자기 모자를 안내해 준 남자가 노파의 사촌이라는 것도 알았다. 그는 이따금씩 들리곤 하였다.

하루는 저녁 식사가 끝났을 때, 노파가 별안간 이런 말을 꺼냈다.

"꿈 같은 세상에 부평초 같은 인생이 백세를 살아도 한이 무궁하거든……."

하고, 전에 없이 엄숙해 하며, 상대방을 힐끔힐끔 보면서 입을 떼었

---

*빙정옥결(氷貞玉潔)——아주 깨끗하여 조금도 흠이 없음을 비유.

다. 노파의 사촌이 웬일인지 아침부터 전혀 얼굴을 내밀지 않던 날이
었다.

"부인의 나이 아직 창창하나 곤궁이 막심하니, 세상 궁박을 혼자 띠
고 어찌 살려하나이까?"

한다. 왕부인은 빙그레 웃으며,

"나도 *부유건곤(蜉蝣乾坤)인 줄 알거니와 내 신세 이러하고, 여년
이 불원하니 얼마나 살겠소. 자식이 있사오매 후사나 잇사올까 그
만 믿고 잔명을 보존하나이다."

하고, 조용히 대답했다.

"부인의 말씀이 잔인하오. 천지 생겼을 때, 청탁을 가리어 사람과
만물을 내시매 각각 짝을 정하여 음양지락을 이루거늘 부인은 무슨
일로 인연 끊긴 가군을 생각하며 무정세월을 재미없이 보내려 하나
이까?"

왕부인은 분기충발하나, 아무런 대답도 하지 않았다.

"그렇게 하다가 흐르는 연광을 재촉하면 후회하여도 갱소년하기 어
려운바 내 조청하는 것은, 내 사촌이 방년에 상처하고, 마땅한 곳
을 정치 못하여 *방구(訪求)하옵더니, 하늘이 인연을 보내사 부인을
만났으니 부인은 내 말을 욕되다 말으시고, 빙설 같은 정절을 잠깐
굽히시면 부귀 극진하고, 생전 무궁지락을 이룰 것이니, 깊이 생각
하오."

이에 왕부인이 이마가 서늘하고 노기등등하였으나 노인인지라 진정
한 후 말하길,

"어찌 사람의 심정을 모르고 욕설로써 노류장화같이 대접하나이
까! 천성은 같으나 작심이 다르거늘, 욕설이 이러하면 어찌 살기
를 바라리까!"

하였다. 노파가 놀라서 입을 떼지 못하더니 이윽고,

"나는 부인의 곤궁한 신세를 생각하여 하는 말이옵거늘, 그다지 노

---

*부유건곤(蜉蝣乾坤)──하루살이같이 덧없고 허무한 세상.

*방구(訪求)──널리 찾아서 구함.

150

　　하시매, 도리어 수괴하나이다.”
하고, 얼마 후 사죄했다.
　　그날밤 사촌이 찾아오자 노파는,
　　“마음이 빙설 같아 안 되겠구나.”
　　“아직 뒤두소서. 그물에 든 고기오니, 장차 할 도리 있나이다.”
한다. 왕부인은 불안을 느끼고 어쩔 줄 몰라 하고 있는데 때마침 산간 촌락에서 답답증을 느끼기 시작한 어린 조웅이 장차의 방침도 세울겸, 바깥 세상을 구경하고 오겠노라고 하자 왕부인도 더 머물 뜻이 없었으므로 이내 허락하고, 자기도 따라가기로 결심했다.
　　노파에게는 그 동안의 신세를 깊이 감사하고, 두 모자는 행장을 수습하기가 바쁘게 백자촌을 빠져 나왔다. 멀리 떨어질 때까지는 왕부인은 조금도 안심이 되지 않았다. 황성을 도망쳐 올 때와 똑같은 마음으로 그들 모자는 정신없이 길을 재촉했다.
　　며칠을 정처없이 걸었는지 모른다. 밥도 제대로 먹어본 일이 없고, 잠도 제대로 자 본 일이 없다. 옷 꼴은 모자가 똑같이 말이 아니었고, 배는 고프고, 발은 퉁퉁 부어 걸을 수도 없었다. 길가에 주저앉은 두 모자는 거의 빈사상태에 빠져 있었다. 마침 마상의 나그네가 모자를 불쌍히 여기며 가지고 있던 사과를 주어서 요기를 시켜 주었을 뿐만 아니라, 자기 집으로 가서 편히 쉬어도 좋다고 말했다. 그러나 왕부인은 노파와의 일이 생각나 거절했다. 어쨌든 기운을 차린 모자가 다음으로 간 곳은 해산현 옥구역이란 곳이었다. 역촌이기에 비교적 인구가 많고, 번잡한 곳이었다. 그런데 마을 사람들은 지나가는 사람을 일일이 뜯어 보고, 마치 죄인을 찾기라도 하듯이 무서운 눈으로 감시하고 있었다. 조웅 모자는 본능적으로 위험을 느끼며, 그것이 자기들과 관계 있는 일이라고 생각하고 경계를 하였다. 그들은 한 촌민을 붙들고 조심스럽게 물어보았다. 그러자,
　　“신황제가 각도 열읍에 행관하며 조웅 모자를 잡아 바치면 천금 상에 만호우를 봉하리라 하니, 우리 같은 백성들도 천행으로 잡기만 잡으면 벼슬을 할 것이 아닌가요.”

하는 것이다.

왕부인은 아들의 손목을 잡고, 슬금슬금 뒷걸음질을 쳐서, 적당한 거리에 왔을 때, 죽어라 하고 달음질을 쳤다. 피곤도, 발 아픈 것도, 배고픈 것도, 체면도, 아무것도 없었다. 이윽고 깊은 산중에 들어가 바위 아래 숨어 서로 붙들고 무수히 통곡하니 갸륵하더라.

부인이 눈을 떴을 때에는 새벽이 밝았고, 아들은 어느새 일어나서 저쪽에서 이름조차 알 수 없는 꽃을 한 다발 꺾어가지고 어머니께 바치는 것이다. 때는 춘삼월이라, 산중의 이른 꽃은 만발했고, 새봄의 향그러운 화초의 향기는 새벽의 바람에 실려서 코를 스쳐가기도 했다. 그러나, 이런 경우에 그러한 아름다운 것들이 무슨 소용이 있을 것인가.

"이것으로 어찌 요기가 되랴."

하고, 왕부인은 땅에 누운 채 아들이 내민 꽃을 지켜보며 힘없이 말했다. 그때 멀리서 난데 없는 사람 소리가 들려왔다. 부인이 깜짝 놀라며 일순 긴장하는데 얼마 후, 대여섯 명의 여승들이 새벽의 창가에서 지저귀는 참새처럼 지껄이며 골짜기를 내려오고 있었다. 부인은 안심을 하고, 여승들이 가까이 오자, 어디 절에 있는 중들이냐고 물었다.

"부인은 어디 계시며, 무슨 일로 이 깊은 산중에 와 계십니까?"

하고, 그 중 좀 나이가 들어뵈는, 맨 앞에 서서 오던 여승이 부인의 질문에는 대답지 않고 물었다.

"길을 잃고 이곳에 들어와 기갈을 견디지 못하여 진퇴없이 앉았나이다."

여승들은 모자를 가엾이 생각하며, 가지고 있던 다과와 밥을 내놓았다. 부인과 아들은 체면 불고하고 그것을 먹기 시작했다. 생명의 소생을 느끼면서.

"죽게 된 인생을 구제하시니 은혜 난망이오!"

왕부인은 눈물을 흘리며 여승들에게 감사했다.

"여기서 절은 얼마나 가나이까?"

"이 산에는 절이 없고, 우리가 있는 절은 여기서 백여 리라, 기구한 산로를 어찌 가리까. 우리가 절로 가오면 함께 모시고자 하오나, 고을 태수가 새로 도임하였기로 문안가는 길이오매, 사세 부득이하오. 하나 이 길로 몇십 리 가오면 인가가 있사오니 그리로 가소서.”

좀 나이가 든 듯한 여승이 그렇게 일러주었다. 그리고, 그들은 산길을 더듬어 내려갔다.

조웅이 행장을 수습하며 어머니에게 가기를 재촉했다.

“어디로 간단 말이냐? 가면 반드시 관원에게 잡힐 것이니, 차라리 이 산중에서 주려 죽음만 못하다.”

“사람의 목숨이 하늘에 있사오니, 하늘이 죽이오면 죽사올 것이요 살리면 살 것이오니 어찌 사람을 두려워하여 이 산중에서 짐승의 밥이 되리까. 조금도 염려마시고 촌으로 가사이다.”

왕부인은 도처에 관원들의 손이 뻗쳐 있을 것을 생각하니 도무지 불안스럽고, 겁이 나서 선뜻 나서지지가 않았다.

그때 문득 부인은 좋은 생각이 떠올랐다. 여승들을 본뜨자는 생각이었다. 마지못해 그러자고 한 후 조웅은 울었고, 머리를 풀고 행장에서 가위를 집어냈을 때 또 울었다. 한번 가위질에 울고, 두번 가위질에 울었다. 마지막 가위질이 끝나, 어머니의 머리가 하얗게 보기 흉한 꼴로 드러났을 때, 두 모자 무수히 통곡하였다.

“웅아! 울지 마라. 내 심사 둘 데 없다.”

잠시 후, 아들이 또 울기 시작하자, 왕부인은 아들의 눈물을 닦아주며 위로하였다.

점심때쯤 되어서야 왕부인은 겨우 행장을 더듬어서 대강대강 만든 장삼과 포건을 둘러쓰고, 한 손에는 죽장을 짚고, 한 손에는 아들의 손목을 잡고, 여승들이 일러준 산골짜기의 길을 더듬어 촌간으로 내려갔다.

밥을 얻어 먹는데도 변장은 훨씬 편리했다. 잠자리를 찾는 데도 훨씬 안심이 되었다. 대담하게 마을을 지날 수가 있었다. 장 보는 곳에 가서는 아들을 시켜 깎은 머리를 돈 다섯냥을 받고 팔기도 했다. 요기를 하고, 나머지 돈은 행장에 꾸려 넣었다. 그런데 이날밤 이들이 자고 있는 장터에 커다란 변이 일어났다.

모자가 주점에서 정신없이 자고 있는데 별안간 요란스런 소리가 밖에서 났다. 왕부인이 깜짝 놀라 나가보니 무서운 도적떼가 눈앞에 달려오거늘 그만 혼자서 담을 뛰어넘어 줄달음질을 쳤다. 부인은 거의 쫓기다시피 마을 밖으로 달아나다가 문득 아들을 두고온 것을 생각했으나, 때는 이미 늦었다. 마을에선 화광이 충천하여 대낮과 같았고 그 불빛속에서 이리 뛰고 저리 뛰는 사람들이 보였다. 불 속에서 허물어져 가는 집채의 무서운 파괴 소리와 미쳐 날뛰는 도적과 희생자의 무서운 신음 소리가 먼 음향으로 간간이 들려오고 있을 뿐이었다.

왕부인은 아들의 이름을 불러보았다. 그리고는 거의 절망해서 길가에 주저앉아 버렸다. 얼마가 지났는지 모른다. 도적의 말발굽 소리에 아니 자신의 환각일지도 모르는 말발굽 소리에 깜짝 놀라 일어섰다. 그때 얼핏 눈에 들어온 길가의 비각에 들어가 몸을 숨겼다.

한편 조웅이 눈을 뜬 것은 두 발목을 잡혀 문 밖으로 내던져졌을 때였다. 눈을 떠보니, 우락부락하게 생긴 놈들이 무서운 형상으로 앞 뒤에 서 있었다. 본능적으로 어머니가 없는 것을 알았다. 그런데 한 놈이 행장 보따리를 둘러메고 나오는 것이 아닌가. 어린 조웅은 벌떡 일어서서 그놈의 팔을 붙들었다.

"이 봇짐은 가져가도 푼전 한 푼 되지 않습니다. 짐 속에 돈이 있으니 돈만 가져가고 짐은 주소서."

하고, 애걸했다.

그 중에 가장 늙은 듯한 한 놈이 소년을 가엾게 생각했는지, 봇짐을 뒤지기 시작했다. 그의 손에 돈 세 냥과 화상이 집혔다. 늙은 놈은 그것을 가진 후 보따리를 발로 툭 차서 조웅에게 넘겨주었다. 입맛이 쓰다는 투였다.

조웅이 다시 울며 달려들었다.

"나를 죽이고 화상을 가져가오."

"이 화상은 어인 화상인고?"

"나는 대사의 상좌라. 우리 대사는 원근 출입에 불상을 모시고 다니옵거늘, 오늘날 스승을 모시고 주점에서 자옵는데, 스승도 잃고 불상도 잃사오면 소생이 스승을 대면치 못하옵고, 절에도 못 가 거처 없이 어린아이 굶주려 죽겠사오니, 가져가도 쓸데없는 불상을 주고 나 가소서."

늙은 놈은 말없이 소년을 훑어보다가, 화상을 넘겨주었다.

조웅은 그것을 받아들고, 집어넣은 뒤 묻길,

"어디로 가면 스승을 만나리까?"

"저리로 담을 넘어간 듯하니, 그리로 가보렴."

"어른의 은혜 백골난망이라, 일후에 만나 뵈올지 모르니 거주와 성명을 알려주소서."

"도적의 거주를 알아 무엇하리. 빨리 가라!"

하고, 늙은 도적놈은 뻑하고 소리를 질렀다.

조웅은 행장을 수습해서 둘러매고, 그가 가리킨 곳을 향해 줄달음질을 쳤다. 왕부인이 이때 비각에 들어가 비석 뒤에 몸을 숨기고 있다가 깜박 잠이 들어 버렸다. 그때 남편이 나타나,

"웅이 이 앞으로 지나가거늘 부인은 어찌 모르고 잠만 자오!"

하는 소리에 깜짝 놀라 깨어 일어났으나, 그것은 할 일 없는 꿈이었다. 그러나, 이내 정신이 들어 밖으로 달려나오니, 꿈속처럼 우는 소리가 들려왔다. 잠시 후 두 모자는 부둥켜 안고 감격의 눈물을 흘렸다. 멀리서 닭 우는 소리가 들리고, 어느새 날이 훤하게 밝아 왔다. 그런데 두 사람의 눈이 동시에 길가에 서 있는 그 기념할 만한 비각의 액자로 향했다.

그도 그럴것이, 그것은 다름아닌 아버지요, 남편의 비각이었기 때문이다. 모자는 반가운 마음에 그리로 달려들어가 비문을 살펴보았다. 커다란 금자로 새긴 것에는, '대국충신 병부시랑 겸 각도 진무어사 조정인의 만고 불망비'라 되어 있고, 작은 글씨에는,

'황상이 명감하여 위왕을 죄주시니 백성은 무슨 죄로 흉년을 맞는고. 살기를 도모하여 산지사방 흩어지니 황제가 안명하사 양신을 보내시고 만민의 부모되어 적자를 살려내니 은덕을 이르건대 태산

이 가볍다. 갚기를 생각하니 여천지 무궁이라. 오만한 창생들아 만세를 잊을쏘냐!'

조웅 모자는 비앞에 주저앉아 멍하니 넋을 잃고 있다가 망극히 애통하니 산천 초목이 다 우는 듯하고 비금주수(飛禽走獸)가 눈물 짓는지라, 조웅이 왕부인을 위로하고 묻기를,

"선친의 비각이 어찌 예 와 있습니까?"

하니 왕부인 대답하길,

"이 비를 보니 위국지경이로다. 네 선친이 병부시랑 시에 위왕 두침이 포악한 사람으로 걸(桀)·주(紂)왕과 같은지라 백성이 도탄 중에 동요를 지어 부르되, '우리 임금은 어느 해에 망할까. 하루가 여삼추라 언제나 망국할꼬' 하니, 동요 일국에 낭자하더라. 이때에 위왕이 역모할 뜻을 두고, 대국을 탈취하려 하매, 괴이한 도사의 말을 듣고 십오세된 동남동녀를 잡아 각각 포육을 떠서 음양으로 천제하고 기병하여 대국을 나오다가 번양 땅에 다다랐으나, 하늘이 신병을 몰아 위왕을 죽이고, 삼년을 비를 내려주지 않아 흉년이 자심하여 백성이 산지사방하거늘 황제 근심하사 네 부친을 택출하시니, 승상이 황제께 신재를 많이 얻어 위국에 내려가 창곡을 흩어 백성을 구출하고, 우양을 많이 잡고, 머리 풀고, 발 벗고, 천제하매 대우방수 천리하여, 백성이 한포고복하고 만세를 불렀다 하더니, 네 부친의 비를 세웠구나."

말을 마치자 필묵을 펼쳐 비문을 한 자 한 자 정성스럽게 옮겨써서 행장에 간수하고, 아들과 함께 일어섰다.

그러나, 어디로 살까. 살 곳이 없었다. 무서운 악몽에서 깨어난 것만 같았다. 아무런 방법도 없었다. 또다시 비굴한 문전걸식을 해야 할 것인가.

그러자, 조웅이 좋은 제의를 했다.

"돈 있다고 주점을 찾아 다니다가는 무슨 환을 당할지 모르니, 이제는 절이나 찾아가사이다."

왕부인도 옳게 여겨 만나는 사람마다 절을 묻고, 절로 가기 위해서

밥을 얻어먹고, 잠자리를 청했다. 그러면 어떤 사람은; 중이 절을 모르고 속인이 어찌 안단 말인가 하고 혹 어떤 이는 자세히 가르쳐주더라. 이러한 동안에도 어린 소년은 점점 자라 벌써 나이 열 한 살이 되었다. 원래가 기남아로 생긴 웅은 몸이 크고 힘도 어른을 뺨칠 정도였다. 이러한 아들을 보는 것이 행로에 지쳐버린 가엾은 어머니의 유일한 위안이라고나 할까.

하루는 기갈이 심하여 길가에 앉아 있는데 좁은 길에 늙은 중 하나가 지팡이를 짚고 나타났다. 노승은 다과를 모자에게 주고 위로했다. 왕부인은 고마워서 눈물을 흘리며,

"노자(路資) 없어 기갈이 자심하더니, 활인지불(活人之佛)을 만나 기갈을 면하니 은혜 백골난망이오!"
하니 노승은 미소를 지었다.

"잠깐 요기하신 것을 은혜라 하올진대, 소승은 부인께 천금을 얻어 왔사오니 그 은혜는 어찌하오리까."

왕부인은 깜짝 놀라 다과를 먹던 손을 주춤하고 노승을 보았다. 천금이란 말에 깜짝 놀란 것이었다.

그러나, 이내 자기를 진정시키고 태연하게 말했다.

"소승은 본래 가난한 중이라 사방에 걸식을 면치 못하옵거늘 어찌 천금 재물을 주었다 하나이까?"

"대국 조충공의 부인이 아니십니까. 일신을 감추어 변형한들 소승이야 모르리까."

이 말에 모자는 가슴이 천길이나 내려앉는 것만 같았다. 이제는 꼼짝 없이 잡혔구나 하는 생각이 들었다.

그러나 왕부인은 대담하게 입을 떼었다.

"우리 모자를 잡아 바치면 천금 상에다가 만호우를 할 것이나 부귀는 세상의 일시 변화요 광풍에 한 조각 구름 같은지라, 일시 영귀만을 생각지 말고 가엾은 잔명을 살려주소서. 중은 또한 부처의 제자라 어진 도로써 인명을 구제하온즉 후세에 반드시 부처 되올 것이니, 복원 존사는 잔명을 구원하소서."

그러자 노승은 여전히 웃는 얼굴로 대답했다.

"부인은 조금도 염려 마소서. 소승은 부인을 잡아갈 중이 아니오니, 진정하시고 소승의 말씀을 들으소서. 소승은 부인댁 승상의 화상을 그리던 중〔僧〕 월경이로소이다. 그때 승상의 화상을 그리옵고 부인께 뵈오니 천금재를 상사하시기로 가져갔사온데, 부인은 어찌 소승을 모르십니까."

"그때 화상을 그리던 중과 방불하나 세상 일을 어찌 알리요. 천금재를 준 것은 확실하나 분명히 명심한 일이 아니니 노승은 숨기지 말고 바른대로 가르쳐주소서."

하고 애걸하니 승이 민망해 하며 말하길,

"어찌 이토록 의심하시나이까. 그때 화상을 그리옵고 부인을 뵈오니 잉태하신 지 칠 삭이옵거늘 부인의 상을 보고, 전후사를 기록하여 화상 등에 넣었사오니, 화상을 내어 그것을 보시면 소승의 허실을 쾌히 아오리다."

노승의 말은 틀림이 없었다. 화상 등에 붙인 종이를 떼어 보자 거기에는 이렇게 씌어 있었다.

'*만화여쟁(萬花如爭) 왕부인이 삭발은 웬일인고, 파강산 천경파에 거북을 만났도다. 성주(城主)는 뉘실런고. 굴삼려 충혼이라, 복중에 끼친 혈육 활달한 기남자라, 공자로 상좌잡고, 변형을 굳게 한들, 화상이 분명커늘, 필법조차 고칠쏘냐. 윗글은 위국 땅 강선암 월경이 근서하노라. 경오 추칠월 십오일 상봉이라.'

글을 읽고 나서, 왕부인은 왈칵 울음을 터뜨렸다. 떨리는 음성으로 무수히 치하를 한 후 전후 고생하던 사연을 설화하니 노승이 듣고 탄식하며,

"대강 아옵거니와, 존비귀천이 무내천수오니 한탄한들 어찌하오리까. 소승은 오늘날 이리 만날 줄 이미 알았사오나, 늦게 와 뵈니 극히 황공하나이다."

하였다. 월경 노승은 감격해서 어쩔 줄을 모르고 있는 가엾은 조웅 모자를 데리고 산골짜기 길을 더듬어 들어갔다.

좁은 골짜기와 절벽과 폭포와 개울과 돌다리와 등성이를 넘어가자, 별안간 시야가 탁트이면서 넓은 호수가 눈앞에 전개되었다. 푸른 물은 한없이 잔잔하며 깊은 것 같고, 사방은 층암 절벽이 까맣게 솟아 보이는 험준한 산이 병풍처럼 둘러처져 있고, 그 높은 산꼭대기로 푸른 하늘에 하얀 구름이 생기 있게 내려다보고 있었다. 이 물은 어디서 흘러오고, 어디로 흘러가고 있는 것일까 하고, 감격한 모자가 망연자실해서 공상에 잠겨 있을 때, 물가에 배를 대놓고 기다리고 있던 여남은 명의 승려들이 배에서 내려 왕부인께 배례하였다. 모자는 그들이 권하는 대로 배에 올랐다.

배에 올라서도 모자의 눈은 이상하게 푸른 물색이라든가, 아름다운 연화라든가, 이 세상의 새같지 않은 무수한 백구라든가, 물 가운데 솟아오른 기묘한 형태의 바위라든가, 그 이마에 아슬아슬하게 뿌리를 잡은 신기한 늙은 소나무라든가, 산꼭대기의 절벽으로 내려질 듯 덮어씌운 무한히 아름다운 하얀 구름이라든가, 이 모든 진기한 광경에 어지러울 정도였다.

배는 한참 동안 푸른 물을 헤치고 들어가더니 산문(山門) 앞에서 멈췄다. 새로 지은 듯한 웅장한 절간의 건물이 정쇄(精麗)하며 극진하더라.

부인이 말하길,

"오늘날 존사(尊寺)를 구경하니 진실로 선경이라. 지천한 세속객이 선경을 더럽히니 마음에 불안하여이다."

제승이 대답하길,

"누사에 존객이 오시니 광채 백승하오나, 중들이 가난하와 수간 암자가 풍우에 퇴락하여 전복하게 되었삽더니, 연전에 월경대사께서 황성에 갔삽다가 부인께 천금을 얻어와 절을 중수하니 빈승 등이 부인의 은혜를 어찌 다 갚사오리까."

하며 승려들은 부인을 송덕하기에 바빴다. 그러면 그럴수록 부인은 미안함과 부끄러움을 금치 못하였다.

중들은 조웅 모자를 별당으로 옮겨, 침식의 편의와 친절을 아끼지 않았다.

월경대사는 어린 조웅에게 글을 가르치기도 하고, 신통한 법술을 가르치기도 했는데 하나를 가르치면 열을 아는지라 왕부인은 아들의 이러한 진보와 믿음직스럽게 자라고 있는 것을 보며, 그날 그날의 자랑거리로 삼으며, 아무런 불편없이 지내고 있었다.

어느덧 조웅의 나이는 열 다섯이 되어, 골격이 웅장하고 기운이 절륜하였다.

하루는 조웅이 어머니를 향해 이렇게 말했다.

"소자 나이 십오세라. 남자 처세함에 한 곳에서 늙을 것이 아니옵고, 신선도 두루 유랑하옵나니, 소자 잠깐 산 밖에 나가 세상을 구경하고, 황성 소식도 듣고자 하옵니다."

음성도 이제는 완전히 어른다워져서, 전에 보던 것과 같은 재롱의 기미는 전혀 없고, 말에 힘이 있고, 일종의 신뢰감을 주었다. 왕부인은 이에 한편 기쁘기도 하고 놀랍기도 했다. 그러나,

"만리 타국에서 너를 믿고 부지하거늘, 네 일시라도 떠나면 내 어찌하랴. 가려면 같이 갈것이다."

하였다. 조웅은 더 아뢰지 못하고 물러나와, 월경대사와 의논하였다.

제자의 원대한 뜻을 인정한 월경대사는, 부인 전에 와 고금사(古今事)를 설화하다가 조웅의 출세코자 하는 뜻을 전하고 끝으로 힘주어 말했다.

"부인의 뜻은 아옵니다만 공자를 어리다 하시거니와 천병만마(千兵萬馬) 시석이 비오듯하여 살기 충천한 중에 넣어도 일점 염려치 아니하올 것이니 부인은 어찌 사람의 신명을 의심하시나이까. *홍문연(鴻門宴) 살기 중에 *패공(沛公)이 살아나고 파강산 천경파에 부인이 살았삽거든 어찌 천명을 근심하리요. 소승 또한 공자의 환란을 짐작지 못하오면 어찌 출세함을 권하며 공자 나가서도 소승과 한가지로 세상을 보내오면 어찌 외로운 근심을 혼자 하나이까."

---

*홍문연(鴻門宴)——홍문은 진나라 말엽에 유방과 항우가 회견한 곳.
*패공(沛公)——한 고조가 제위(帝位)에 오르기 전의 칭호.

그러자 왕부인도,

"존사의 말씀이 그러하시면 그렇게 하는 것이지요."

하고 마침내 허락하였다. 조웅은 그 다음 날로 행장을 수습하고 장도에 올랐다. 어머니의 섭섭함은 말할 나위도 없었다. 그러나 여러 승려들과 월경대사는 소년의 장도를 축하하고, 그에게 커다란 기대를 걸고 있었다. 특히 월경대사는 애제자의 출발을 위하서 산문(山門)까지 나와 악수상별하고 친절히 길마저 가르쳐 주었다.

산을 내려와 세상에 나오니 소년 조웅의 마음은 훨훨 날것만 같았다. 무서운 것이 없었고, 모든 것에 자신이 있었다.

이러구러 산을 내려온 지 반년 가량이 되었을 때, 조웅은 지금까지 보지 못했던 매우 번화한 거리에 들어섰다. 집이 많고 인구가 많고, 사람들이 사방에서 모여드는 중요한 고장이라는 것은 사통팔달한 큰 시가지만 보더라도 이내 알만했다. 그곳은 강호 땅이라는 곳으로, 장터도 꽤 넓었다. 조웅은 일종 막연한 기대를 가지고 이 거리 저 거리를 두루 살펴보았다.

이윽고 주점의 표지를 보고 조웅은 그쪽으로 걸어갔다. 그런데 그 주점 옆의 길가에 기묘한 반백의 노인 하나가 앉아 있는 것이었다. 그의 앞에는 그가 팔려고 놓은 것 같은 칼 한 자루가 동그마니 놓여 있었다. 무릎은 겹쳐 개고, 점쟁이처럼 앉아서 졸고 있는 노인은, *추포에다 흑대를 매고, 얼굴의 윤곽도 제대로 조화가 되지 않고 컸다 작았다 해서, 소년의 눈에는 아무리 해도 신묘하게만 보였다. 더구나 앞에 내놓은 칼은 삼 척 검으로, 모양이 웅장하여, 더더욱 신묘하게만 보였다. 그는 한참 동안 칼을 지켜보다가 물러섰다. 매우 욕심이 나는 칼이었다. 그러나, 수중에 그 칼을 살만한 돈이 없었다. 필경 비싸게 달라고 하려니 하여 짐짓 물어볼 용기도 나지 않아 돌아섰다.

그러나 주막에 돌아온 조웅은 칼에 대한 생각 때문에 잠을 이룰 수가 없었다. 뜬 눈으로 밤을 새운 조웅은 아침에 일찍 주인에게 주점 옆에서 칼을 팔던 노인에 대해 물어 보았다.

---

*추포──발이 굵고 거칠게 짠 베.

"어디서 사는지는 몰라도, 칼을 팔려고 벌써 달포 가량이나 왕래하
고 있답니다. 그렇지만, 달라는 값이 엄청나고, 누가 혹 사고자 값
을 물어보아도, 이 노인 대답하는 것조차 즐겨하지를 않는답니다.
그러니, 한 달이 아니라 백년을 가도 팔릴 리가 없습지요."
주인의 이러한 대답을 듣고는 조웅은 더욱 욕심이 났다. 하나 천금
은커녕 밥도 빌어먹을 처지에 어디서 그 돈을 마련한단 말인가. 조웅
은 시간을 두고 생각해 보기로 하고 아침을 먹자 거리로 나갔다.
저녁에 주점으로 돌아온 조웅은 대뜸 주인에게 오늘도 그 칼장수가
왔더냐고 물었다. 주인은 변함이 없다며 또한 자기가 소년의 애기를
했더니, 반백의 노인이 조웅에 대해 자세히 묻더란 애기까지 해주었
다. 조웅은 이날 밤에도 어젯밤과 같이 잠을 이루지 못하고 뜬 눈으로
밤을 새웠다. 진종일 헤매면서 칼을 얻을 방법을 생각해보았으나, 사
실상 가능한 방법이 아무것도 없었기 때문이었다.
"내일은 어쨌든 칼 임자를 만나보자. 사든지 도둑질을 하든지 그 둘
　중의 하나다 !"
이튿날 날이 밝자 조웅은 거리로 뛰어 나갔다. 반백의 신묘한 노인
은 그저께와 똑같은 추포에다 흑대를 띠고, 똑같은 자리에, 똑같은 자
세로 앉아 있었다. 눈을 감고 조는 것도 같았다. 다른 점이 있다고 하
면, 그가 앉아서 졸고 있는 후면 집 벽에 무언가 글을 써 붙였는데,
그것 하나가 진일과 다른 점이었다.
조웅은 가까이 가서 그것을 읽어 보았다. 일부러 해석을 어렵게 해
놓은 듯한 이상한 문장이었다.

'화산도사일수중하니,
월폐강여매검사라.
인인왈검가기허오.
왕도삼시오유사라,
분분시장기남자런고,
전과천인불원매라.

웅아소식문수지할꼬
좌즉지이기원시라.

조웅은 한 자 한 자 뜻을 생각해 보았다.

화산도사 한 소매가 무거우니
행색이 칼 파는 선비 같도다.
사람마다 칼 값을 물은즉,
노인 왈, 내 기다리는 사람이 있노라.
분분한 저자에 몇 남자 모였는고,
앞으로 천인이 지나가되 팔기를 원치 아니하노라.
웅의 소식을 뉘더러 물어 알리요.
앉으며 턱을 괴고 서서 멀리 보노라.

웅이 보기를 다하매 대경대희하여 노인께 배례하고 칼 값을 물으니 노인의 눈이 빛나며, 조웅의 용모를 한참 동안 관찰했다. 그리고는, 손을 잡고 이름을 물었다.

"웅이옵거니와, 존공은 어찌 소자의 이름을 아시나이까?"

"자연 알거니와, 하늘이 보검을 주시매 임자를 찾아 내 사해 팔방을 찾아다녔고, 몇 달전에 장성(將星)이 강호에 비쳤거늘 이 곳에 와서 달포 이상을 기다리나 종시 만나지 못하여 밤마다 천기를 보니 장성이 강호를 떠나지 아니하고, 그대의 행색이 곤박하여 분명 유리 걸식하는 줄 짐작하여 방을 붙이고 만나기를 기다리었노라."

하며 칼을 내어주거늘 조웅이 기뻐하며 고두사례하고 칼을 받아 보니, 칼은 장이 삼 척이요, 그 가운데 금자로 '조웅검'이라고 또박또박 새겨져 있었다.

보검을 얻고 행복해진 조웅은 노인에게 또 한번 감사의 절을 올리며 말했다.

"중보(重寶)를 주시니 은혜 백골난망이라. 어찌 갚사오리까."

"그대의 보배라. 나는 전할 뿐이거늘 어찌 은혜라 하리요."
하며 조웅의 가처로 가서 그와 함께 며칠을 보낸 후 사흘째가 되자 작별인사를 하며 말하길,
"그대의 갈 길이 급하니 부디 대공을 이루도록 하라."
"어디로 가면 어진 선생을 만나뵈오리까?"
"이제 남방으로 칠백 리를 가면 관산이 있고 그 산중에 철관도사 있으니 정성이 지극하면 만나려니와 그렇지 아니하면 낭패할 것인즉, 각별 근성(謹省)하여 선생을 정하라."
하고, 노인은 떠나버렸다.
조웅은 노인의 말해준 대로 남방을 향해서 관산을 찾아갔다. 산세 험하고, 절경이 많은 것은 월경대사의 선경에 비하여 몇 갑절이라고 해도 좋았다. 우뚝우뚝 솟은 준봉은 하늘을 꿰뚫을 것 같고, 하얀 구름은 나직이 감돌아, 어디를 어떻게 찾아가야 좋을지 알 수 없을 정도였다. 자연의 거창하고 신비한 위력을 그대로 보여주는 듯했다. 소년은 월경대사의 선경을 처음으로 찾아들어갔을 때보다 몇 갑절로 놀라고, 압도감을 느끼면서, 생명의 긴장을 깨달았다. 자연의 묘와 조물주의 신비에 무한정의 경의를 표하고 싶었다.
겨우 험준한 길을 더듬어서 목적지에 당도하니 수간모옥에 석문이 열려 있었다. 들어가니 지당에 연화가 만발하고, 층계에는 국학가 둘러싸여 있었다. 몇몇 동자가 바둑을 두고, 서로 한담을 하며 놀고 있었다. 조웅이 그들에게 선생의 유무를 물으니, 그 중 하나가 답하길,
"선생은 벗님을 따라 나갔사오이다."
"어느 때 오시나이까?"
"황혼에 달을 띠고 오시리다."
조웅은 할 수 없이 산을 내려가 촌간을 찾아서 이날밤을 보냈다. 이튿날은 일찍 선생을 찾아갔다.
"삼경에 돌아와 첫닭 울 때 나가셨나이다."
이러한 동자의 대답을 듣고, 조웅은 낙심해서 또다시 촌락으로 내려갔다. 강호에서 칼을 전해 주었던 노인의 교훈이 생각나서, 용기를

내어 밤 삼경에 선생을 찾아올라갔다.

"계명 초에 나가셨나이다."

동자의 대답은 냉정했다. 조웅은 길게 한숨을 내뿜으며 말했다.

"십년을 정성하여 선생을 찾아 왔더니 뵈옵지 못하오매 바라옵건대 동자는 선생 가신 곳을 가르쳐주소서.

하나 동자는 가볍게 웃은 뒤 말하길,

"초인이 기러기를 쏘아 맞히지 못하매, 재주 부족함을 깨닫지 못하고 궁시를 꺾어버리고, 그대도 초인과 같도다. 그대 정성이 부족함을 아지 못하고, 도리어 주인없음을 원망하니 심히 우습도다. 다만 선생이 이 산중에 있건마는 천봉이 높고, 만학이 깊었으니 종적을 어찌 알리요."

하거늘 조웅이 더 묻지 못하고 글을 써서 그 종이를 벽에 붙였다.

그리고, 동자를 불러, 그만 내려가겠노라 하고 힘없이 일어서서 산을 내려갔다.

이때 철관도사 산중에 그윽히 앉아 그 거동을 보더니 조웅이 글을 써서 벽에 붙여놓고 가는 것을 보자 급히 달려와서 그것을 보았다.

'거작 십년 객이 연견 만리외다. 몽택에 용유비거늘 시성이 미달야라.'

도사 보기를 마치매 마음이 흡족했다. 정성이 이만하면 더 볼 필요가 없다고 생각한 철관도사는 즉시 소년을 맞아 오라 동자를 재촉해 보냈다. 그리고 동자를 따라 다시 올라오는 조웅을 문까지 나와서 맞이했다.

"기구 험로에 여러 번 근고(勤苦)하도다!"

하고, 동자더러 어서 빨리 저녁밥을 차려 오라고 분부했다.

동자가 차려온 밥을 먹고나서, 조웅은 이렇게 인사를 했다.

"여러 날 주린 기장에 선미를 많이 먹으니 향기 만복하와 감사하나이다."

철관도사는 대답대신 책 두 권을 내밀었다. *성경현전(聖經賢傳)이

란 책이었다. 조웅이 다 본 후에 다른 책을 달라고 하니, 도사는 빙긋 웃으며, 육도삼략을 내밀었다. 조웅이 그것을 펼쳐들고 고성대독하니 도사는 더욱 기특히 여기며 천문도 한 권을 주었다. 받아보니 기묘한 법이 많은지라. 조웅은 이것을 가지고 도사의 지도를 받으며 변화무궁한 술법을 배웠다.

월경대사에게 배울 때에도 그러한 것처럼 조웅의 진보는 빨랐다. 하나를 가르치면 열을 알고, 스승이 제자의 발전에 오히려 놀랄 정도였다.

그러던 어느 날 해가 져서 너웃너웃 어둠이 찾아들 때였다. 별안간 광풍이 일고, 천둥이 요란스럽게 나며, 온 산이 깨져 흩어질 것 같았다. 조웅은 놀라 스승에게 물었다.

"다름이 아니라, 내 집에 필마 한 필이 있었는데, 수척하여 날이 새면 산중에 놓아 방양했더니, 하루는 뇌성이 천지를 진동하며 산중이 요란하거늘, 찾아 마당에 두었더니 오운이 만산하여 지척을 분별치 못하는데 이윽하여 뇌성이 그치고 구름이 걷혀지거늘 말을 이끌어 집에와 여물과 죽을 먹여 두었더니 얼마 후 새끼를 낳았는데 낳은 지 몇 달 못가서 어미는 죽고 새끼는 살았으되, 강악하여 사람이 이끌지를 못하고, 점점 자라나매 사람이 근처에 가지 못하고, 낮이면 산중에 숨고 밤이면 집으로 돌아오느니라."

하거늘 조웅이 소리 나는 곳을 조심스럽게 보니 아닌게 아니라, 한 필의 말이 산을 넘어오는데 절벽이고 바위고 봉우리고 간에 발을 대는 것 같지 않고, 마치 대지를 저회하는 제비처럼 제멋대로 날아서 오는 것이었다.

조웅은 필경 자기와 무슨 인연이 있다고 생각하여 그 앞으로 대담하게 달려나가며 큰 소리로 말하길,

"인마 역동이라 임자를 모르느냐!"

하였다. 그러자 말이 고개를 들고 냄새를 맡더니 꼬리를 치며 반기는지라 웅이 대희하며 목을 안고 굴레를 씌워 조하에 매고 도사에게 물었다.

"이 말 값은 의논컨대 얼마나 하나이까?"

"하늘이 용총(龍驄)을 내시매 임자 있거든, 이는 그대의 기물이라. 남의 보배를 가지고 어찌 값을 따지리요. 임자 없는 말이 행여 사람 상할까 염려하였는데, 오늘 그대에게 전하니 실로 다행하도다."

"도덕 문하에 구휼하신 은혜도 망극하옵거늘 또 천금 준마를 주시니 은혜 더욱 난망이로소이다!"

"궁곤함도 그대의 운수요, 영귀함도 그대의 운수니라."

그후 웅은 도사를 더욱 공경하며 도술을 배우니 얼마 안가서 그는 도사의 신통한 술법에 달통하기에 이르렀다.

일일은 웅이 도사께 아뢰길,

"객지에 모친을 두옵고 왔사오니 잠깐 가 모친을 뵈와 근심을 덜고 오리이다."

하였다. 스승은 간단히 허락하며,

"부디 수이 돌아오라."

하니 조웅은 작별 인사를 하고, 그의 신기한 말에 올라 채찍질을 했다. 손오공처럼 근두운의 실로 편리한 묘술을 배우지는 못했을망정, 말은 근두운을 대신해 주었다. 하늘을 나는 것만 같고, 마음에 날개를 단 것만 같이, 말에 앉아 달리는 그의 몸과 정신이 혼연일체가 된 실로 통쾌한 기마 여행이었다.

칠백 리의 강호까진 순식간에 달려 이르렀다. 날은 아직 밝으나 조웅은 육체의 피곤을 이기지 못하여 객점을 찾아가기로 했다.

마침 남자 하나가, 그를 사람의 눈을 끌듯한 집으로 인도해 주었다. 원래 이 집은 위나라 장진사의 집으로 진사는 일찍 죽고, 그 부유한 유산과 명예를 가지고 부인이 딸 하나와 함께 존경을 받으며 지내고 있었다.

딸은 절세의 미인으로 시서를 통달한 꽃다운 이팔 청춘이었다. 그래서 그 모친 위부인은 딸의 나이 열 여섯이 되자, 소저와 같은 배필을 얻고자 하여 화려한 객실을 지어놓고 사방의 인물이 모여드는 이 강호의 땅에서, 왕래하는 손을 자기의 객실로 청하여 묵게 한 후 인물을 골라보려 하였다.

그러던 차에 웅이 묵기를 청하니 위부인은 미리 시비에게,

"어느 아이과객이더이다."

라는 말을 듣고 묵기는 허락하였으나 한숨을 내쉬며,

"세월이 여류하여 아이 연광이 이팔이거늘 배필을 볼 길이 없다."

라며 장탄식하니,

"불초녀를 생각지 마옵시고, 천금 귀체를 안보하소서."

하고, 어머니의 탄식을 보다못해 옆에 앉아 있던 딸이 이렇게 위로했다.

이때 조웅 또한 인재를 몰라보는 위부인의 안목에 탄식하며 홀로 명월을 대하여 노래를 하는데 어디선가 금을 타는 소리가 들려왔다. 그것은 이내 멎었으나, 조웅은 그 유혹에 견딜 수가 없어서 밖으로 나와 귀를 기울였다.

잠시 후 안채에서 그 소리 또 들리거늘 그 곡조에 하였으되,

'초산의 나무를 베어 객실을 지은 뜻은 인걸을 보려하였거늘 영웅은 아니오고 걸객만 흔히 온다. 석상의 오동 베어 금실을 만든 뜻은, 원앙을 보렸더니 원앙은 아니오고 오작만 지저귄다. 아이야, 잔 잡아 술 부어라. 만단수회나 풀어 볼까 하노라.'

한다. 웅이 듣고 행장의 퉁소를 내어 거문고 그치기를 기다려 초당에 높이 앉아 부니 답하는 곡조인즉,

'십년을 공부하여 천문도를 배운 뜻은 월궁에 솟아올라 *항아(姮娥)를 보려함이거늘, 세연이 없었던지 은하에 오작교 없어 오르기 어렵도다. *소상(瀟湘)의 대를 베어 퉁소를 만든 뜻은 옥섬을 보려함이나, 월하에 슬피 부는 지음(知音)을 뉘 알리요. 두어라. 알 이 없으니 원객이 수회를 위로할까 하노라.'

이에 위부인과 장소저의 마음이 쇄락(灑落)하여 모녀는 후원 별당

---

*항아(姮娥)──달 속에 있다는 선녀.
*소상(瀟湘)──중국 호남성 동정호의 남쪽에 있는 소수와 상강. 이곳에서 아롱진 무늬 있는 대〔竹〕가 생산됨.

을 소리없이 내려가, 중문을 역시 조심스럽게 열어놓고 바깥 초당을 바라보았다.

조웅의 얼굴은 달빛에 반사되어 백옥처럼 빛나고 있었고 그렇지 않아도 잘 생긴 얼굴이, 달빛의 조명에 실로 적절하게 조화되어, 중문에서 얼굴만 내밀어 바라보고 있는 두 모녀의 눈에는 그야말로 이 세상 사람같이 보이지가 않았다.

위부인은 크게 기뻐하며,

"성인이 나시매 기린이 나고, 경아 나매 영웅이 나도다!"

하니 장소저 부끄러워 하며 별당으로 들어가 마음을 진정시키다가 깜박 졸더라. 한데 비몽사몽간에 부친이 나타나,

"네 평생 호구를 데려왔으니 오늘밤 가연을 잃지 마라, 천지무가객
이라 한번 가면 만나기 어려울지라."

하고 손을 잡고 나오거늘 소저 선친을 따라 초당으로 나갔다. 그러자 황룡이 오운에 싸여 칠성을 희롱하다가 머리를 들어 소저를 보기에, 놀라서 안으로 도망쳤다. 그러나 용이 도망치는 소저의 치마를 물고 따라와 몸을 칭칭 감아드는 바람에, 깜짝 놀라서 깨어 보니 침상일몽이라. 마음을 평정하고 풍월을 읊는다.

한편 퉁소를 끝낸 조웅은 그 회답을 기다리며 월하에 배회하나 종시 소식이 없는지라,

"다만 거문고 곡만 알 따름이요, 퉁소 곡조는 알지 못하고, 예사 행
객의 퉁소로만 아는구나!"

하고 탄식했다.

그때 옥구슬같이 맑은 여자의 풍월을 읊는 소리가 밤하늘을 타고 들려왔다. 후원의 별당에서 들려오는 것이나 조웅이 활달한 마음을 이기지 못하여 중문을 열고 안채로 들어가니 후원 별당에 등촉이 영롱하며 풍월소리가 나는 것이었다. 조웅은 방문으로 접근하여 되도록 정중히 문을 열었다. 장소저는 풍월을 멈추고 기성을 질렀으나, 그것은 다른 방에서 잠들고 있는 사람들을 깨울만한 것은 못 되었다. 그리고, 소저는 기겁을 하며 이불 속으로 몸을 감춰 버렸다. 조웅은 문에

손을 댄 채 밖에서 잠시 기다리고 있었다. 이불 속의 여자는 아무런 반응도 없었다. 조웅은 싱긋이 미소를 지으며 방문을 들어갔다. 그리고 예를 갖춰 말하길,

"소저는 놀라지 마소서. 나는 초당에 유하는 손이옵는데 풍월소리 들려 행여 귀댁 공자신가하여 시흥을 탐하여 들어왔더니 이러한 심규에 남녀 봉책하였사오니 바라건대 진퇴에 없는 자취를 인도하소서."

소저 아무리 생각해도 피할 길이 없는지라 마지 못하여 대답하길,

"천지가 불변하고 예절이 끊기지 아니하였거늘 신명을 불고하고 이렇듯 범죄하니 바삐 나가 잔신명을 보존하소서."

하고, 날카롭게 그러나 크지 않은 음성으로 꾸짖으니 웅이 말하길,

"꽃 본 나비 불인줄 어찌 알며, 물 본 기러기 어옹을 어찌 두려워하리요. 바라노니 소저는 빙설 같은 정절을 잠깐 굽혀 외로운 자취를 이웃삼기 어떠하니까?"

하며 나아가 앉으니 소저 형세 급한지라. 이윽히 생각하다가,

"요조숙녀는 군자호구라. 첩인들 공방독침을 좋아하리요마는 선친을 생각하니 구대 진사의 후예라. 부모 명령 없삽고, 육례를 행치 못하였사오니 어찌 허신(許身)하여 선친께 죄인이 되고, 문호에 욕이 되이 살기를 비리리요. 바라옵건대, 돌아가 후기약을 두소서."

웅이 들으니 맑은 당연하나 가득한 사랑이 염치를 가리었으니 예절을 어찌 분별하리요. 웅이 답하길

"말은 당연하나, 성현 문하에도 *유장찬혈지행이 있사오니 명령과 육례는 제왕과 귀부인의 호사라. 나 같은 혈혈단신이 어씨 육례를 바라리요. 다만, 내 몸이 매파되고, 상봉으로 육례삼아 백년 가약을 정하사이다."

하고 침금에 나아드니 *문부태산지상이요 우물에 든 고기라. 이윽고

---

*유장찬혈지행——담에 구멍을 뚫는다는 뜻으로 남의 집 여자에게 탐심을 가지고 몰래 들어가는 행실을 가리킴.

*문부태산지상——작은 힘으로 큰 세력을 당해낼 수 없음.

인연을 맺은 후에 장소저 탄식하며 말하길,

"사부의 후예로 이렇듯 죄인이 되어 문호에 욕을 끼쳤으니 살아 무엇하리요."

하고, 슬피 울거늘 웅이 위로하며,

"난들 죄인이 아니리까, 불고취처하니 불효막대하건마는, 거문고 한 곡조로 퉁소를 화답했으니 그 아니 천연인가. 하늘이 정하신 바라, 어찌 내 마음으로 왔으리요."

하고 은은한 정으로 밤을 새웠다. 삼경이 지나자 먼 촌에서 닭우는 소리가 들려왔다. 이윽고 조웅이 떠나겠다고 하자 소저 눈물로써 어머니가 보고 싶어하실 것이니, 오늘 하루만 더 묵어가라고 애걸했다. 그러나 일각이 여삼추 같은지라 조웅이 할 수 없이 떠나며 그대신 나중의 명확한 증거를 위해서 자기의 부채에다 글 몇 구를 적어 소저에게 주며,

"이것으로 증표를 삼으시오."

하였다. 소저 받아 읽어보니,

퉁소로 장화옥녀 금하고
적막 심규에 광부지라.
금야 아랑이 수가아오.
장씨 방연 조웅시라.
문장 취벽이 패일포하니,
분도화연의 능가희라.
신풍수엄 엄루사하니,
소식이 망망 부도시라.

(위를 풀어 쓰면) 퉁소로 옥녀의 거문고를 화답하고,
적막한 심규에 미친 흥이 들어갔는지라.
금야 아랑이 뉘집 아이냐.
장씨 꽃다운 인연이 조웅이 분명하도다.

문장취벽에 한 포자를 걸고,
분도화연에 가희를 희롱하는도다.
새벽 바람 두어 말에 눈물로 하직하니,
소식이 망망하여 아무때를 의논치 못하리로다.

라고 씌어 있었다. 조웅은 하직하고 밖으로 나와 밤새껏 조용히 주인을 기다려 준 준마에 올라 채찍질을 하니 소저 밖에까지 나와 문기둥에 의지하고, 새벽의 촉촉한 하늘을 나는 듯 달려가는 조웅과 그의 말이 보이지 않을 때까지 멍하니 지켜보고 있었다.

위부인은 이날밤 묘한 꿈을 꾸었다. 황룡이 초당에 가서 딸을 업고 공중으로 오르거늘 부인은 그것을 보고 놀라 발을 구르며, 딸을 부르다가 깬 것이다. 생각해 보니 꿈은 꿈인데 이상하기 짝이 없었다.

위부인은 급히 일어나 후원 별당으로 가서 딸의 방문을 여니 소저 아직도 깊이 잠들어 있거늘,

"날이 밝았는데 무슨 잠을 여태까지 자느냐."

하였다. 소저 놀라서 깨어 일어나 여짜오되,

"어찌 기침을 일찍 하셨나이까? 간 밤에 월색을 구경하였더니 자연 곤하나이다."

"월색에 취하면 병이 아니 되느냐?"

이때 시비가 들어와 외당의 손이 벌써 가고 없다고 말했다. 부인이 대경하여,

"어느 때에 갔느냐?"

하고 노기를 띤 음성으로,

"너희들이 대접을 잘 못하기로 간단 말도 아니하고 갔도다. 어젯밤에도 너희들이 아이과객이라고만 했기로, 나중에 내가 알고, 내 마음이 심히 불편했던 것을 아는가 모르는가!"

하고 부인은 또 종을 불러 갔어도 멀리 가지 아니 했을 것이니 어서 가서 모셔오라고 급한 분부를 했다.

종은 얼마 후 이마의 땀을 닦으며 돌아와서 어디로 갔는지 간 곳조

차 알 수 없다고 보고했다. 그러자 부인의 낙심과 절망은 이만 저만이 아니었다.

　"몇 해를 경영하여 임자를 만났다가, 즉시 잃으니 내 팔자 무상하도다 !"
하고 슬퍼하니 소저 위로하며,

　"어머님은 근심마옵소서. 그 사람이 내 집에 인연이 있사오면 어찌 소식이 없사오리요. 세상 만사를 임의로 못하오니 슬퍼마옵소서 !"
하였다.

　한편 아들을 떠나 보낸 왕부인이 주야로 조웅을 생각하여 침식이 불안하니 월경대사 일일은 왕부인께,

　"간 밤에 일몽을 얻었으니 어찌 즐겁지 아니하리요. 공자를 만나 수작하다, 벽상에 무엇이라 기록하고 고성대독하는 소리에 깨달으니 한 꿈이라. 그 글을 생각하니, 하였으되, '삼달 위수하고 양득천지'라 하였거늘, 이 점괘를 해득하오니 '삼달위수'는 위수(渭水)의 여상(呂尙) 같은 선생을 만나 활달한 거동이요, 또 '양득천지'라 하였으니, 천지는 용마(龍馬) 있는 곳이라, 응당 용총을 얻었을 것이요, 약득하였으니 무슨 보배 있으리까. 금생여수라, 금을 얻을 것이니, 금은 곧 칼이라, 칼과 말을 얻고 어진 선생을 정하였으니, 부인은 소사의 말을 망령되다 꾸중마옵시고 일후에 공자오거든 증험하실 것이오니 조금도 근심마옵소서."
하자 왕부인이 안심하였다. 하루는 왕부인이 꿈을 꾸었는데 무서운 범을 품에 안고서도 조금도 무서워하지 않는 신기한 꿈이었다. 월경대사는 부인의 꿈 얘기를 듣고,

　"공자가 수이 오시리다. 흉즉길이라. 범호 자는 좋은 호자이니 이제 부인께 좋은 일이 있으리요. 분명 공자를 만날 몽사이오니 어찌 즐겁지 아니하리까."

　"그러하오면, 언제 만나보리까 ?"

　"공자의 걸음이 백 리 안에 있사오니, 오늘 진시에 만나보리다."
하고 대사 왕부인과 산문에 나가 기다리니 예언대로 강호에서 떠난

조웅은 진시에 정확히 당도하였다.

한동안 보지 못한 사이에 아예 딴 사람처럼 되어버린 조웅의 건강한 체구와 말 한 마디, 행동 한 가지에 왕부인은 기뻐 눈물지었으며 월경대사는 만족한 미소만을 짓고 있을 뿐이었다. 승려들은 환영의 뜻을 보이기 위해서 성대한 연회를 베풀고, 그 주빈의 자리에 조웅 모자를 모시었다. 왕부인과 조웅이 대희하며 치사하니 연회가 절정에 이르렀다.

날이 지나 하루는 왕부인이 수심이 가득 차서 이렇게 입을 떼었다.

"이제 네가 장성하였으나 만리 타국에 살고, 무친척이니 네 짝을 누가 지시하리요. 슬프다! 세월이 늙은 사람의 연광을 재촉하니 내 생전에 네 짝을 못 볼까 하노라."

하고 왕부인은 눈물지었다.

조웅은 위로하며 모친께 강호에서의 일을 짤막히 이야기하니 왕부인이 적이 안심하더라.

이러구러 삼년이 지나매 하루는 조웅이 왕부인께,

"소자, 선생전에 기약을 정하고 왔사오니 이제 슬하를 떠나, 선생의 실망지탄이 없게 하겠나이다."

부인은 아들과의 이별을 반대하였으나, 이번에도 월경대사의 설득에 의해 조웅을 보내기로 했다.

에정대로 제 날짜에 관산으로 돌아온 조웅을 동자들은 환영해 주었고 철관도사도 반기며,

"기약을 잊지 아니하니 군자로다! 그래, 자당 기후 일향하시더냐?"

하였다. 조웅은 스승에게 공손히 절을 올리고, 질문에 대답했다. 제자를 지켜보던 도사는 무언가 알아본 듯이 흔연히 미소를 지으며,

"그대 거동을 보니 분명 실내를 정한 듯하도다."

하니 조웅은 놀라며 얼굴이 빨개졌다. 죄를 용서해 달라고 하였다. 도사는 그의 손을 잡고, 하늘이 인도한 것이니 조금도 부끄러워하지 말라고 위로하며 껄껄껄 웃었다.

조웅은 다시 스승을 따라서 전일의 공부를 계속했다. 온갖 술법을 배우고, 육도삼략을 익히고, 또 천문을 배웠다. 도사는 이따금 달 밝은 밤에 제자를 이끌고 나가서 천문을 강론하기도 했는데, 그럴 때는 손을 들어 이 별은 이러하고 저 별은 저러하고, 천심은 저렇거니와, 저 별로 보아서 대국은 네 손으로 회복하리라 하는 예언을 하기도 했다. 이러던 중 하루는, 조웅의 상을 지켜보던 도사가 별안간,

"그대 빙가에 사망지환이 있으니 빨리 가서 구하라."

하며 환약 세 알을 내놓았다.

조웅은 그것을 받아들기가 무섭게 그의 날랜 준마를 잡아타고 쏜살같이 산을 내려갔다. 순식간에 강호에 득달해서 장진사 집에 이르자, 과연 장진사 집은 초상난 집처럼 비애에 잠겨 있었다.

조웅은 말에서 내리기가 무섭게 얼굴을 알고 있는 시비를 붙잡아 곡성의 원인을 물으니,

"장소저가 약석도 무효로 사경에 들었기 때문에 그 준비를 하고 있나이다."

한다. 조웅은 시비를 들여보내서 병록을 적어오게 하여 도사의 환약을 내어 놓았다.

"이 약을 먹이면 차도 있을 것이니 음식을 자주 들여 권하라."

하니, 시비 바삐 들어가더라.

잠시 후, 위부인이 기쁜 표정으로 초당으로 달려나와

"그대가 나의 급한 때를 당하여 죽을 인생을 살려냈으니 우리 집 은인이라! 이제 공자를 다시 만나매 여식의 일생을 부탁코자 하니 공자는 거절마오."

"길손을 더럽다 아니하시고 부탁하시니 감격하오며 즉시 소식을 사뢰리다."

하였다. 이튿날, 조웅이 떠나려 하자, 위부인은 장차의 사위에게 달걀만한 *무공주 한 쌍을 주며,

"사람의 연고를 아지 못하니 이로써 신을 삼으리라. 부디 소식을 수

---

*무공주──구멍이 뚫려 있지 않은 진주.

이 알게 하오."

하였다. 조웅은 그것을 받아 가지고 관산으로 돌아왔다. 경과를 보고
하자, 도사는 제자를 칭찬하며 좋아했다. 그런 후 며칠이 지나서였다.
철관도사는 사랑하는 제자를 데리고 산 꼭대기의 큰 바위로 올라갔
다. 거기서 천기를 보다가, 도사는 놀라서 천문도를 설명하며 커다란
변란을 예견하고, 그것을 제자에게 일러 주었다.

"중국은 이러하여 *각성(角星) 방위가 *두성(斗星) 정치 못하니 시절
이 크게 요란한지라, 지금 서번이 강성하여 대국을 취하려 하니 네
가 대공을 이루되 먼저 위국을 돕고, 인하여 대송을 회복하라."

"소자의 재주로 어찌 공을 이루며 시석풍우 전장에 살기를 바라리
까?"

"일분도 염려말고 나아가 중원을 회복하라!"

조웅은 즉시 행장을 차려 스승과 하직하고 산을 내려왔다. 천리 준
마에 앉아 순식간에 강서림의 어머니가 있는 곳으로 가자, 어머니는
물론 월경대사와 여러 승려들이 지난번처럼 또 역시 열렬한 환영을
해주었다. 강호의 장소저를 고쳐준 얘기를 하자, 그들은 도사의 신기
함에 경탄하며 격찬을 마지않았다. 왕부인은 장소저가 무사히 살아났
다는 사실에 더욱 기뻐하였다.

그러나, 조웅은 어머니와 또다시 이별을 하지 않으면 아니되었다.
철관노사의 분부를 말하사, 왕부인은 굳이 막을 수도 없어서 눈물만
흘렸다.

"선생의 지휘 그러하면 마지못하거니와 가긴 가되, 위왕은 네 부친
과 동렬이요, 이름은 신광이니 먼저 위왕을 도와 대공을 이루고 돌
아와 얼굴을 다시 보게 하라."

하니 웅이 다시 하직하고 목적지로 향해 갔다. 천리 준마에 삼척검을
들고, 하늘을 날으듯 달려가니 그 기세와 자세가 참으로 이 세상 사람
같지 않고 천신과 다를 것이 없었다. 젊은 조웅 자신조차 자기의 넘치

---

*각성(角星)——이십팔 수의 하나로 동쪽에 있는 별.
*두성(斗星)——이십팔 수의 여덟 번째 별.

는 힘을 어디나 처분하지를 못해서 견디지 못하는 것만 같았다.

어느덧 날이 저물어 어둑어둑하는데, 인가는 보이지 않았다. 그래도 그는 철관도사가 가리킨 길을 따라서 부지런히 달려갔다. 그러자, 멀리서 개짖는 소리가 들려오고, 조촐한 집 한 채가 서 있었다. 안에서 솔불을 밝히고, 그 주위에 모여 앉아 대화를 나누는 듯한 소리가 들려오기에, 조웅은 문을 두드려 주인을 찾았다. 한 노인이 나와서 그를 맞이하며, 이내 객실로 인도해 주었다.

주객지례(主客之禮)를 하고 조웅이 그 집을 살펴보니 아무리 보아도 빈 집만 같아, 빈 절간이나 비각에 들어간 듯 찬 바람이 끼쳐 들고 모골이 송연해졌다.

"이 집은 어찌하여 비었나이까?"

"지나가는 손이 오시면 유숙할 데 없어 이 집을 지어 과객을 머물게
　하오이다."

노인은 그렇게 대답하고, 급히 저녁밥을 재촉해서 가져왔다. 조웅이 그것을 먹고, 등불을 의지하여 병서를 보는데, 삼경이 채 못 되어서 문이 살며시 열리며 향긋한 분향내가 휙하고 코를 찔러왔다.

조웅이 깜짝 놀라 고개를 드니 녹의홍상에 월패를 찬 절대 가인이 서 있는지라,

"네 어인 계집이 깊은 밤에 남자를 찾아다니느뇨?"

하니 절대 가인은 매력적인 미소를 지었다. 상대방을 유혹하고 녹여서 혼을 빼 버릴 것 같은, 실로 무서운 미소였다.

"첩은 이 마을에 사옵는데 장군 행차 적막하옵기에 위로코자 왔나
　이다."

하나 분명히 귀신인줄 알고 축귀문(逐鬼文)을 외우니 미인이 과연 울고 나가거늘, 마음이 혼란해서 좀처럼 글을 읽을 수가 없고, 읽어도 뜻을 알 수 없었다. 삼경이 넘어서 조웅이 겨우 마음을 진정하고, 병서에 열중해 들어가는데 별안간 광풍이 일며 흙과 돌멩이가 날아들고 바깥에서 나무가 꺾어져 떨어지며, 방문이 떨어져 나갈 듯하고, 천지가 뒤흔들리니 웅이 마음을 진정치 못하였다.

그때, 난데없이 벽제소리가 밖에서 나며, 이어서 훤칠하게 큰 대장 하나가 문을 들어섰다. 팔척장신의 몸에 엄심갑을 입고 팔 척 검을 높이 들고, 서안을 잡으며 앉는 폼이 제법 대단한 장군이었다. 이쪽의 담력이라도 시험해 볼 듯한 그 늠름한 모습은 실로 간담을 서늘케 했다. 그러나 조웅은 눈을 부릅뜨고, 칼을 뽑아 서안을 탁 치며, 하늘이 무너질 듯한 벽력 같은 소리를 질렀다.

"*사불범정(邪不犯正)이거늘 네 어떤 흉귀관대, 당돌히 대장부 좌전
  에 들어왔느냐!"

하니 장군은 깜짝 놀라며 뒤로 물러 앉았다. 조웅이 다시 칼을 들어 내리치려고 하자, 그는 재빨리 문을 나가 도망쳐 버리었다.

조웅의 마음은 또다시 혼란했다. 등불을 의지하고 자기를 진정시키려 애를 썼다. 이번에는 병서도 손에 잡히지 않았다. 그런데 잠시 후 정관도복에 흑대를 띠고, 제법 군자인 듯한 사람 하나가 점잖게 들어와 조웅에게 인사를 했다. 조웅도 인사를 하고, 상대방의 태도가 태도인지라 점잖게 온 뜻을 물었다.

"나는 본래 호연한 사람으로 관서에서 약간 장략이 있어 전장에 다
  니옵더니 마침내 뜻을 이루지 못하고, 인하여 *황량지객이 되었사
  오니 어찌 원이 없사오리까. 아까 갑주 입고 뵈옵기는 장군의 장략
  을 보려 하였삽거니와 외외의 장군의 행차를 만나오니 이는 나의
  *설원지추(雪冤之秋)라, 어찌 즐겁지 아니하리까. 아까의 미인은 평
  생 사랑하는 총첩이로소이다."

정관도복의 남자는 그렇게 말하고, 문을 열고 여자를 불렀다. 미인은 갑주와 삼척검을 안고 들어와 남자의 옆에 앉았다.

그러자, 남자는 또 이렇게 계속했다.

"이 갑주와 칼로 성공하와 소장의 적년포원을 씻어주시면 은혜 난
  망이라. 이 옷과 칼은 돌아오시는 길에 무덤 앞에 묻어주소서."

---

*사불범정(邪不犯正)──바르지 못한 것이 바른 것을 범하지 못함.
*황량지객── 귀신.
*설원지추(雪冤之秋)── 원통함을 풀 때.

정관도복의 남자는 말을 마치자, 미인과 함께 나가 버렸다.

이튿날 아침 잠에서 깨어난 조웅은 옆에 순금 갑주와 삼척검이 동그마니 놓여 있는 것을 보고, 주인을 불러 물었다.

노옹이 대답하길,

"촌 후에 옛 장수의 무덤이 있나이다."

하거늘 그는 그 무덤에 가 보았다. 관서장군 황달지묘라는 비석이 있었다. 그 아래로 또 자그만 무덤이 있는데, 그 무덤의 비석에는 우부인 월랑지묘라고 되어 있었다. 웅이 측은한 마음이 들어 그 앞에서 맹세한 후 갑주와 칼을 가지고, 천리 준마에 올라 또다시 위국으로 향해 줄달음질을 쳤다.

그의 마음은 한없이 맑고, 날개를 단 것만 같았다.

며칠 만에 조웅은 위국땅에 들어섰다. 이때, 서번의 침략군은 어느새 위국땅에 들어서 위국병과 대진하고 전쟁을 하고 있는 중이었다. 조웅은 피아의 전진을 한 눈으로 바라볼 수 있는 고갯길에서 양편의 형세를 잠시 관찰해 보았다. 위국병은 큰 내를 등지고, 서번군은 큰 산을 등지고 있었다. 서번군은 장수도 많고, 군사의 수효도 훨씬 많은 듯했다. 얼핏 멀리서 보기만 해도 그들이 얼마나 강성하고, 위국병은 거기에 비길 것조차 안된다는 것을 알 수가 있었다. 아닌게 아니라, 조웅의 눈에 압도적으로 강성한 서번의 장수들이 위국의 장수를 베어 없애는 광경이 눈에 띄었다. 그들은 위국병을 제멋대로 농락하고 있는 듯했고 위국진에서는 나가기만 하면 패하므로 그야말로 고양이 앞에 쥐와도 같은 실로 비참한 입장에 놓여 있었다. 조웅은, 이러다가는 위국의 운명은 경각에 있다고 단정했다.

그러자, 아니다 다르랴, 쥐를 다루듯하는 서번의 용감한 장군 하나가, 위국의 장수들을 수없이 무찔러 놓고, 그 승리의 오만성에 도취되어 위국진에 육박해서 실로 방약무인한 횡포를 일삼고 있었다. 조웅의 눈에도 그러하니, 그 현장에서는 얼마나 잔인할까 짐작이 갈 만하다. 그 장수는 불사신처럼 위국진영을 종횡으로 밟고 달리면서, 닥치는 대로 목을 베고, 위왕은 나와서 항복을 하라고 외치고 있었다. 어찌나 큰 소리인지 조웅의 귀에도 들릴 정도였다. 위나라에서 항서(降書)를 내가는 듯했으나, 그것이 일개 선봉이나 후군의 장수라는데서 횡포의 정점에 오른 서군의 장군은 항서를 들고 나온 장수의 목을 베고, 그 피가 뚝뚝 떨어지는 머리를 칼끝에 꿰어들고, 시위를 하며, 위나라 왕 자신이 항서를 가지고 나오라고 외쳐대는 것이었다.

위국 진영에서는 다른 방법이 없는 모양으로 위국왕 자신이 마침내 분을 이기지 못해 자결하려고 하는 듯했다. 이에 조웅은 분기충천하여 삼척검을 비껴잡고, 천리 준마에 채찍질을 하여 나는 듯이 달려갔다. 양편의 진영이 다같이 어리둥절하고 있는 동안에 그의 날카로운 칼은 번쩍하고 허공에서 빛났다. 그와 동시에 양편 군사들의 머리 하나가 마상에 떨어지는 것을 보았다.

그들이 누구의 머리인지 미처 분간하기도 전에 용감무쌍한 조웅은 그 머리를 칼끝에 꿰어들고 위국의 진영으로 달리었다.

위국의 장수와 군사들은 그저 멍하니 얼굴을 쳐들어 이 알 수 없는 위대한 장군께 길을 비켜주고 있을 뿐이었다. 최후의 희망을 잃고 자결해 버리려던 위국왕도 배에 대었던 칼을 힘없이 놓고, 놀라서 보고 있다가, 자기 앞에 이른 젊은 장군이 말에서 내려 덥석 무릎을 꿇자, 그제야 황망히 놀라 장대를 내려갔다.

"소장이 영외지인으로 당돌히 진중에 와 불고참장히였시오니 죄를 당하여지이다!"

이에 위왕은 치사하며 말하길,

"과인이 지각이 없어 장군을 멀리 맞지 못하고, 과인의 잔명이 오늘 날 진하게 되었더니 천만 의외에 장군이 와 목숨을 보존케 하니, 바라건대 장군의 거주와 존호를 아뢸지라."

하고, 위왕은 감격해서 말했다. 조웅이 자기의 자초근본을 자세히 설명해서 들려주니 위왕은 또다시 놀라며, 반가워서 어쩔 줄 모르는 듯했다.

그는 조웅의 손을 잡으며, 기쁜 음성으로 이렇게 말했다.

"장군의 부친은 곧 과인의 죽마고우라. 이제 그대를 보니 어찌 슬프지 아니하리요! 그래, 오늘날 대국은 어떻게 돌아가나? 대국 소식을 대강 설화하라."

조웅은 자기가 아는 대로 송나라의 정세를 설명했다. 만고역적 이두병이 송나라를 멸하고, 자칭 천자가 되어 태자를 태산주계량도에 안치한 사연과, 이로 말미암아 자기 모자는 망명의 길에 오르게 되었다는, 이런저런 얘기를 했다.

말을 다 듣고난 위왕은 대국을 향하여 사배 통곡을 했다. 젊은 조웅이 민망할 정도였다. 자신의 막중한 불행조차 잊고 열렬한 충성의 신념을 보이는 위왕이 그의 눈에 너무나도 위대하게 보이는 것이었다.

감동한 조웅은 왕을 위로하며 이렇게 말했다.

"아직 대사를 당하와 도적을 패치 못하였사오니 평국하온 후에 종차하올 사정이 많사오니 너무 슬퍼마옵소서."

한편, 서번의 진영에서는 적진에 난데없는 천신 같은 용감한 장군이 나타나 전세가 별안간 완전히 뒤집혀 버린지라 번왕을 비롯한 수만 장졸들의 놀라움이 이만저만이 아니었다. 도무지 어떻게 할 바를 모를 정도였다. 더 싸워야 하는가, 그만 두어야 하는가, 그것조차 알 수 없었다. 신기한 적장에 대해서 이렇게 판단하고, 저렇게 판단하고, 그의 창법이 어떠니, 갑주가 어떠니, 말이 어떠니, 칼이 어떠니, 이런 식으로 논의하기에 여념이 없을 뿐이었다.

이때 '그 자의 머리는 내 칼끝에 달려 있노라'하고 커다랗게 호령하며 나온 자가 있었다. 공명심이란 때때로 사람을 엉뚱하게 만드는 법이다. 더구나, 전장에서의 공명심은 맹목적이기가 일쑤이다. 이 대담무쌍한 번장이 바로 이러한 자였다.

그는 적진으로 달려가서 냅다 우레 같은 소리를 벽력같이 질러놓고 조웅을 맞이해 싸웠으나, 조웅의 실력은 이미 실증된 바라, 십합이 못되어 조웅의 칼이 번뜩하니 번장의 머리가 말 아래 떨어졌다.

본진으로 돌아온 웅은 위국왕의 격찬을 받고 대원수가 되어 대장기에 금자로 '대국충신 위국대원수'라 하고, 그 대장기를 진 밖에 높이 달아 매놓았다. 기폭이 바람에 펄럭일 때마다 서번의 진영에서는 수

많은 눈이 번쩍번쩍 빛나며 그것을 바라보았다. 공명심에 불붙은 대담무쌍한 장군이 머리를 잃어버리고 몸만이 돌아왔고 좌장군 이왕, 천하명장으로 이름 있는 동두철약 등등이 차례차례로 나갔으나 역시 조웅의 삼척칼에 당할 자 없었다. 이를 계기로 위국의 군사는 승전고를 울리며 일제히 돌진해 들어갔다. 조웅의 칼은 벌써 적진의 한복판을 뚫고 들어가 이른바 동에서 번쩍 서에서 번쩍 하는 식으로 맹렬한 활동을 계속하고 있었다. 그가 지난 뒤에는 시체가 산을 이루고, 피가 바다가 되어 흘러 내렸다.

그러자 사태를 깨달은 번왕은 변장을 하고 도망쳤다.

최후의 결전을 마친 조웅은, 번왕 대신 장수 십여 명을 본진으로 잡아오고, 또 무수한 적의 군량과 군기를 얻어가지고 돌아왔다. 이쯤 되고보니 원수에 대한 위국왕의 칭찬과 존경이 얼마나 대단할까 하는 것은 묻지 않아도 뻔한 일이었다. 조웅은 십여 명의 생포해 온 적장들을 관용의 덕을 베풀어 훈계해서 돌려 보냈다. 그러나, 그들의 이마에 각각 '패군장'이란 도장을 새겨서 방출했다.

위국군사는 명예로운 개선의 행진에 오르기전 술과 고기로 잔치를 즐겼다. 해가 저물어서 어두워졌을 때에도 또 한번 승리의 잔치를 열었다. 이러한 잠시의 여가를 이용하여, 조웅은 총독장과 유진장을 데리고 기마를 즐기며 부조외 산에 올라갔다. 그런데, 이상한 불빛을 발견하고, 그쪽 산모퉁이로 돌아가 보니

"위군이 곤핍하여 반드시 깊은 잠에 들 것이니, 잠든 후에 바로 장대에 들어가면 위왕과 조원수 잡기는 그야말로 우물에 든 고기라……
……"

하고 커다란 바위뒤에 숨어서 서번의 세 장수가 이런 말을 주고받는 것이었다. 이미 도망쳤던 번왕과 그들의 원수들임에 틀림이 없었다. 격분한 조웅은 두 장군에게 각각 행동을 명령해 놓고, 바위를 돌아나가, 좌우에서 일시에 달려들어 순식간에 그들을 일망타진해 버리었다.

번왕과 십여 장수를 묶어 말에 싣고 본진으로 돌아오자 군사들은

또 한번 환회의 소란을 피우고, 이때문에 진중에서 깊이 잠들고 있던 위국왕도 놀라 깨어 일어났다. 조웅의 이야기를 듣고 위왕의 기쁨은 말이 아니었다. 그는 번왕과 적의 장수들을 끓어앉혀 놓고, 그들을 군중에 효시하라고 위엄있게 소리쳤다. 그러자, 번왕은 공포에 떨면서 애걸했다.

"이두병이 대국을 찬역하여 천자되었사오니 공분지심은 천하 일반이오며 오늘날 대왕이 중원을 회복코자 하시고 소신도 과연 이두병을 멸하고 대국을 회복코자 하오니, 소신을 살펴주시면 다시 군사를 정제하와 동심하여 대국 회복함을 바라나이다."

이에 위왕과 조웅은 그를 관대히 하기로 하여 항서를 받아놓고, 적당히 훈계해서 돌려 보내니 번왕은 기뻐서 고두백배하고 돌아갔다.

이때 위왕이 환궁하시니, 위국백성들의 환회는 무엇으로도 표현할 수 없을 정도였다. 그들은 이번 승리의 원인이 누구에게 있다는 것을 잘 알고 있었기 때문에 조웅에 대한 송덕과 감사를 멈출 줄을 몰랐다. 더구나 조웅은 군사들에게 적당히 상을 주어서 일시에 돌려 보냈기 때문에 또 한번 백성들의 우레와 같은 환호를 받았다. 위왕은 이러한 원수에게 최고의 언어로 그 공을 치하하며, 자신의 노쇠를 핑계삼아 위국의 옥새를 전하겠다고까지 나왔다. 조웅은 이것을 감연히 반대했다. 그리고, 최후로 이렇게 하직하고 나섰다.

"소장이 재둔질박하되 천우신조하와 대왕의 덕택으로 다행히 평정하옵고, 망친의 고우를 만났사오니 부형을 뵈온 듯하오나, 편모를 객지에 두옵고 존망을 아지 못하오니 어찌 잊으리요. 송태자 적소로 가와 태자를 모시고 모친을 뵈오려 하오매 다시 뵈올 기약을 정치 못하리로소이다."

왕이 더욱 놀라,

"과인도 또한 한(恨)이 있도다. 함께 가 태자를 모셔오리라."

하자 제신과 원수가 간곡히 만류하며

"국내를 어찌 일신들 비우리까."

하였다. 왕은 할 수 없이 뜻을 거두며 원수더러 왈,

"사세로 동행치 못하니 생전에 태자를 뵈오면 죽어 지하에 가 문제께 군신지의(君臣之義)로 뵈오려니와, 그렇지 아니하면 어찌 신하라 하리요. 슬프다 과인이 어찌 황명을 받아 군신지의를 모르고 있도다."

하시고 태자 적소를 향하여 통곡하니 원수와 제신이 위로하였다. 끝으로 왕이 원수에게 부탁하길,

"태자 이제 가실 곳이 없삽는지라 모시고 이리 와 대국을 홍복할 의논을 할 것이니 부디 기약을 저버리지 말고 과인의 천지간 용납지 못할 불충지적을 면케 하라."

하며, 조웅에게 입직(入直)한 정병 일천 명과 수십 인을 주었다. 조웅은 감격해서 하직하고, 곧 송태자의 적소를 향해 갔다.

이때, 장소저는 조웅을 이별한 후에 소식이 망연하여 주야로 근심하더니, 위국과 서번의 전쟁이 터졌다는 이야기를 듣고는 병란에 죽어 소식이 없는가 하고 더욱 민망해 하다가 조웅이 위국의 원수가 되어 위국을 구원하고, 위국을 승리로 이끌었다는 얘기를 듣고 그 기쁨이 말할 나위가 없었다.

위국의 동쪽 변두리인 강호의 고을은 전쟁에 대한 직접적인 영향은 없었으나, 그 테두리에서 벗어날 수는 없어서, 승리를 했다는 소식은 이내 전해 왔고, 민심이 동요되어서는 안된다는 엄달도 있었다.

이즈음 강호자사(江湖刺史)는 상처를 하고 후처가 될만한 여자를 찾고 있었다. 자기가 자사고 보면 그 짝이 될 여자도 요조숙녀가 아니면 안됐다. 공부자도 요조숙녀를 칭찬했고 시에서도 강조했다. 그러기에 군자인 그는 위국이 승전을 한 이번 경하로운 기회에 그러한 숙녀를 찾아서 성대한 잔치를 베풀어 보려고 한 것이었다. 그러자, 그를 둘러싸고 있는 총명한 군자들이 장소저를 권하였다.

자사는 지체없이 유모를 달려보냈다. 유모에게 우선 요조숙녀의 선부(善否)를 탐지해 오라는 것이었다. 이 유모 역시 자사가 특별히 택해서 보낼 만큼 눈치가 빠르고, 충성심이 있고, 총명한 여자였다. 한마디로 말해서 서문경에 대한 왕파(王婆)라고 해도 좋을 만한 여자였

다. 어쨌든 유모는 장소저를 만났다. 그러나,

"나는 포병지인이라 오래 앉아 접객을 못하나니 허물치 마소서."
하고, 그동안 독서를 하고 있던 장소저는 이불을 쓰고 누웠다.

유모 한 말도 못하고 무료하나 소저의 거동과 행동을 보니 절세가
인이며 소리 또한 옥같은 지라 대경하며 나와 부인께 사연을 여쭈오
니, 처음에 냉대했던 유모를 위해서 위부인은 주찬을 대접했다. 그리
고, 되도록 딸의 인물을 낮추어 미거하고, 볼품 없고, 게다가 병약한
계집애라고 유모의 귀에 따갑도록 넣어 주었다. 그러나, 유모의 보고
를 받은 강호자사는 즉시 청혼을 했다.

이에 당황한 것은 장진사댁이었다. 위부인이 대경하니 소저가 이를
위로하며,

"다른 곳에 이미 정혼을 했으니 할 수 없는 일이라고 하소서."
하였다. 그러자 자사는 납폐 여부를 묻고 납폐의 날과 길일의 날을 정
해 놓고 있다는 회보를 받자 냉소를 띠며 이렇게 말했다.

"납폐를 먼저하면 임자로다! 납폐전 규수는 임자 없으니 내 먼저
    납폐하노라!"
하고 납폐날과 길일을 정여여 통보하니, 위부인은 어떻게 해야 좋을
지 몰라서 울고, 소저는 분연히 붓을 들어 항거했다. 그러자 모욕을
느낀 자사는 그 오만한 계집년을 잡아다가 죽이겠다고까지 하였으나
장소저의 요조숙녀됨이 아까워진 그는 잠시 자중의 미덕을 발휘하여
예정대로 청혼을 강행할 결심을 했다. 그리하여, 납폐를 갖추어서 보
내고 겸해서 이를 거부하면 모녀를 함께 잡아다가 장하에 죽이리라
하는 경고를 덧붙여 두었다.

장진사 집은 별안간 초상난 집 같았다. 위부인은 권력에 항복하는
수밖에 없다고 생각했으나 그것을 입밖에 내어 말할 수는 없었다. 이
러는 동안에 일방적으로 정해 버린 길일은 내일로 다가와 자사의 하
인들은 벌써부터 행례 준비를 한다고 야단법석들이었다.

이날 밤 장소저는 자결을 결심했다. 다른 방법이 없는 한 죽을 수밖
에 없었다. 그래서, 그 때를 기다리고 있노라니, 문득 선친의 유서 생

각이 났다. 선친께서 임종시, 그 유서를 주며, 전도에 급한 일이 있을 것이니 그때를 당하거든 이것을 떼어 보고 이대로 하라 하신 것이었다.

유서에는 이렇게 적혀 있었다.

'네 분명 강호자사의 형세를 면치 못할 것이니 서강으로 가면 배 있을 것이다. 그 배를 타고 산양 땅 강선암으로 가면 구원할 사람이 있으리라."

장소저는 유서를 두 번 세 번 보았다. 그리고, 마음 속으로 모든 것을 결정지어 버렸다.

내일의 행례를 준비하기 위해 자사의 하인들은 밤 늦게까지 외당에서 두런두런 이야기를 하고 있었다. 장소저는 시비 가애를 불러 행장을 차리게 했다. 그것이 끝나자, 소저는 시비를 데리고 후원의 담을 넘어 급히 서강으로 달려갔다. 그리하여 값을 후하게 주고 배 하나를 잡아탔다. 수백 리나 되는 길을 밤새도록 가 아침이 되어서야 배에서 내렸다.

강선암은 거기서도 촌락을 몇 개 지나고, 그러고도 깊은 산중을 밟아 들어가야만 했다. 장소저는 시비를 데리고 조금도 피로를 모르면서 험한 산중을 거침없이 걸어들어갔다.

이따금 눈을 유혹하는 아름나운 사연이 이제는 이 연약한 소녀의 유일한 즐거움이있다. 산은 점점 깊이기고 험해 가건만, 그럴수록 도처에서 울려오는 거창한 폭포의 물소리와 자연의 조화를 자랑하는 듯하는 기암, 괴봉, 푸른 하늘의 아름다운 흰 구름, 천년은 묵었을 듯싶은 아름드리 나무들, 이름을 알 수 없는 무수한 초목과 짐승들, 이러한 대자연의 모든 신비와 아름다운 경치가 소녀의 걸음을 멈추게 하고, 강호의 자기 집밖에 모르던 아직도 나이 어린 소저의 마음을 한없이 감동시켜 주는 것이었다. 장소저는 자기를 이런 곳으로 이끌어 준 아버지의 유서에 감사하였다.

그러나, 산길은 갈수록 점점 험준해지고 두 사람은 배도 고프고, 발도 아팠다. 소녀의 몸으로 너무나도 힘에 겨운 험준한 산길이었다. 그야말로 인간의 존재를 압도해 버리는 대자연의 위대한 신비!

얼마를 어려운 길을 들어갔는지 모른다. 그러자, 두 여자의 지친 걸음을 재촉해 주기라도 하듯이 전면 깊숙한 골짜기에서 석경(石磬)소리가 은은히 메아리쳐 왔다. 울밀한 수림과 그것을 연기처럼 얄팍하게 둘러싼 뽀얀 안개로해서 어딘지 정확히는 알 수 없었으나, 나이 어린 여자의 마음에도 그 석경소리는 분명 인생무상을 전해주는 듯싶었다. 대자연의 장엄한 정밀이 겹쳐서 그것은 한없는 의미와 설명을 지니고 있는 듯했다. 절이라는 것을 알았을 때에는 불행한 소녀는 자신도 모르게 종교적 숭고한 감명에 끌려서 여태까지 자신을 괴롭혀 온 피곤도, 기갈도, 어떠한 공포도 불안도 잊은 채 그곳으로 전력을 다해서 달려올라갔다. 이제는 살았다 하는 안도감이 우선 두 여자의 마음을 사로잡고 놓지 않았다.

산문을 들어서서 법당을 구경하고, 무한한 호기심을 가지고 이 쪽 저 쪽 걷고 있을 때, 중 하나가 가까이 걸어와 의아로운 듯이 찾아온 뜻을 물었다. 이렇듯 험한 산중을 약한 여자의 몸으로, 그것도 나이 어린 여자의 몸으로 어떻게 올 수 있었느냐는 표정이다. 그러기에 필경 중대한 곡절이 있다고 그 중은 생각한 모양이었다. 중은 그 길로 월경대사와 왕부인께 가서 말했다.

"외국 강호 땅에 있노라, 하고 여인 둘이 왔사온데, 얼굴이 만고 절색이라, 소승이 열국으로 다니며 인물을 보았사오나, 이러한 인물은 처음이로소이다."

"이리 데려오소."

왕부인은 가볍게 분부했다.

이윽고 별당으로 들어간 장소저와 시비는 월경대사와 왕부인에게 인사를 드렸다.

왕부인은 장소저의 손을 잡고 무한한 동정의 정에 이끌렸다. 자신의 처지를 생각하고, 그리고 자기가 이곳에 들어왔던 그때를 생각하여 그 여자는 가련한 소저에게서 왕부인 자신을 보고 있는 것 같았다.

연민의 눈물을 뚝뚝 떨어뜨렸으나, 그것은 장소저를 위해서라기 보다 바로 자기 자신을 생각한 눈물이 아니었을까. 이러한 왕부인을 본 소저는 오히려 놀라 상대방을 지켜보고 있었다. 그리고, 무언가 일종의 막연한 예감을 느꼈으나, 소저 자신도 그것이 무엇인가 알 수는 없었다.

장소저는 자기가 절을 찾아온 목적을 적당히 꾸며서 대답했다. 강호에서 왔다는 말을 듣고 부인은 얼핏 아들이 떠올랐으나 이내 그럴 리 없다고 고개를 흔들며 아들의 생사에 관계되는 위국의 소식에 대해서만 물었다. 위국이 서번국을 파하고 승리했다는 설명을 듣자, 부인은 월경대사를 돌아보며 감동한 미소를 지어 보이었다.

월경대사도 그 미소에 끄덕해 보였다. 잠시 후 밖으로 나와 두 사람만이 있게 되자 월경대사는 이런 말을 했다.

"거동을 보오니 분명 장소저인가 하노라."

그러자 왕부인은 놀라며,

"장소저는 보지 못하였으나 저리 다닐 사람은 아닌 듯합니다."

"사람의 팔자를 어찌 알리요. 부인은 어찌 여기 와 계십니까?"
하고 월경대사가 묻자 왕부인은 입을 다물어 버렸다.

이때부터 장소저는 왕부인과 같이 지내게 되었으나 때때로 두고온 어머니 생각에 눈물지었다.

그날도 장소저가 수심에 싸인 얼굴로 먼 하늘만 바라보고 있는데 왕부인이 다가와 위로해 주며 이런 말을 했다.

"내 들으니 강호 장소저는 절대가인이라. 내 소견에는 그대에게 지나지 못할까 하노라."

"어찌 장소저를 아나이까?"

"내 들었거니와 장소저를 아는가?"

"규중 여자 남의 집 처자를 알리이까?"
하고 시치미를 떼었다. 일일은 명월을 대하고 들어온 장소저가 무언가 행장에서 내어 불전에 놓고 축원을 했다. 왕부인이 소저 모르게 문틈에 서서 엿보니 소저는 불전에 분향 재배하고 축원을 하는데, 그 축원의 말인즉,

"부모와 낭군을 이곳에서 만나보게 신령지하에 아뢰나이다!"
하였다.

놀란 왕부인은 그 얘기를 월경대사에게 했다. 대사는 지난번 자기
의 판단을 재확인시키지는 아니했으나, 신중하게 이렇게 대답했다.

"그 여자는 분명 낭군이 있으되, 일양 기정하니 행장을 보면 참고할
것이 있으리다."

한다. 그러던 어느 날 시비가 장소저와 함께 목욕탕으로 목욕을 하러
갔다. 이 틈을 타서 월경대사와 왕부인은 죄없는 도적이 되어 부인은
망을 보고, 월경대사는 행장을 뒤져, 마침내 부채 하나를 찾아냈다.

그것이 언젠가 하룻밤의 인연을 맺었을 때, 그 증거물로 소저가 받
아 놓았던 조웅의 것임은 더 말할 나위가 없었다.

월경대사가 부채에 적힌 글을 왕부인에게 보여주니,

"대사의 명감은 귀신도 측량치 못할지라! 한데 이 사람이 무슨 연
고로 이러한고?"

하고, 부인이 놀라서 그런 말을 할 때, 장소저가 목욕을 끝내고 청결
한 모습으로 들어왔다. 그녀는 본능적으로 삼상치 않음을 깨닫고 부
인에게 이렇게 물었다.

"부인의 얼굴에 희색이 만안하오니 무슨 일이오니까?"

"자식을 난중에 보내고 소식을 아지 못하다가, 아까 대사와 불전에
정성으로 발원하여 소식을 들었으니 과연 즐거운 마음이 있노라."

"어찌 소식을 알았나이까?"

"이 절 불상은 각별히 신령하여 정성이 지극하면 소원을 가르쳐주
나니 소저는 무슨 소원 있거든 대사를 모시고, 불전에 가서 정성
으로 발원하라."

고만 하였다. 장소저는 감동해서 돌아섰다. 그리고 행장에서 무엇을
찾다가 신표가 없어짐을 알고 놀라니 왕부인이 묻길,

"잃은 것이 부모의 신물이뇨?"

하니 시비가 옆에 있다가 주인을 대신해서 대답했다.

"소저께옵서 낭군을 처음 만났다가 즉시 이별하올 제, 낭군이 주고

가신 신물이로소이다.”

하거늘 왕부인이 그제야 장소저의 손을 잡고 반가워하며,

“네 정녕 장소저뇨! 장소저는 내 자부라.”

하고, 부채를 내어 주었다.

“이 부채는 자식 웅의 부채라. 연전에 강호 왕래할 때에 장진사댁의 서랑이 되었노라 하고 네 말을 하되, 생전 보지 못하고 죽을까 염려하였더니 오늘날 이리 만날 줄을 꿈에나 뜻하였으리요!”

하니 소저 또한 시어머니 앞에 재배하며,

“객지에 모친을 두셨단 말씀을 들었더니 이곳에 계실 줄은 어찌 알았으리까?”

“나는 팔자가 기박하여 이리와서 머물거니와 너는 무슨 연고로 이리로 왔느뇨?”

장소저는 전후의 사정을 설명했다. 공자와 처음 만났던 일, 중간에 병 고쳐준 사연, 강호자사의 핍박으로 도망온 얘기, 이런 것을 낱낱이 말하니 듣고 있던 왕부인과 제승들이 못내 기특해 하며 울었다.

이날부터 왕부인에 대한 장소저의 효행은 지극했다.

한편, 위국왕이 내린 장졸들을 데리고 태자의 적소로 향하는 조웅이 지나가는 길목마다는 온통 감격으로 물들어 있었다. 소경(少頃) 열읍이 이 위대한 장군을 보려고 디투이 나오고 자사와 수령들은 길가에 나열하여 최대의 경의를 보이며 영송하고 있었다.

이윽고 관서에 다다르자 조웅은 장졸들을 성중에다 두고 친히 제문을 지어, 황장군 무덤에 제를 지냈다. 그때 약속했던 갑주와 칼을 석함에 넣어 묘밑에 묻고, 분묘를 정히 소쇄하는 한편, 백성들을 불러 앞으로 잘 지킬 것과 춘추에 향제할 것을 당부하기도 했다.

제를 지내고 성중의 숙소로 돌아와 밤중에 병서를 보고 있자 지난번과 똑같은 황장군의 유령이 나타나 이번에는 감사의 인사를 했으나, 그것은 인간과 유령의 대화이기에 설명을 그만 두기로 하자. 그의 길은 너무도 바쁘기 때문이다.

이튿날 발정하여, 여러 날 만에 관산에 당도해 군사를 산 밑에다 유

190

진시켜 놓고 산중으로 들어갔으나, 웬일인지 초당이 텅텅 비어 풍우
에 헐고 사람은 볼 수가 없었다. 대암에 올라가 벽상을 보니, 전에 없
던 글이 적혀 있었다.

　화산도사 적기반인고,
　종금강호 만관산을
　문문천지를 미진소하니,
　쾌결상봉이 유하간가

　조웅은 눈물을 뚝뚝 떨어뜨리며 산을 내려와 군사를 거느리고 다시
행군에 올라 강호로 향했다.
　이때 미리 발한 *선문(先文)을 받은 강호자사는 공포에 부르르 떨었
다. 장진사 댁에다 사처를 정하라는 명령이었기 때문이다. 권력은 권
력을 무서워한다고, 평범한 벼슬아치인 강호자사의 놀라움은 더구나
말할 나위가 없는 것이었다. 한동안은 입이 벌어져서 눈이 아득하니
가엾다고 할 만큼 바보가 되어 있었을 정도였다.
　자사는 결국 간계를 하나 생각해 냈다. 그래서 하인을 장군이 들어
오는 중로에 보내,
　"진사 댁이 살인을 하와 소저는 도망을 하옵고, 부인은 금수하였삽
　기로, 그댁에 사처를 못하고 객사에 사처를 하였나이다."
　이에 조웅은 격분해서 영접나온 하인을 쫓아 보냈다.
　그는 이 사건을 꼭 밝히리라 결심하고, 우선 고을로 들어와 객사
에 들자, 즉시 옥에 가두어 둔 죄수를 그 죄를 막론하고 죄다 올리라
고 엄명을 내렸다. 이 때문에 성중은 발칵 뒤집히고야 말았고, 부중은
더욱 말할 수가 없었다.
　죄수는 모두가 백여 명이었다. 조웅은 이들의 죄목을 차례로 물었
으나, 그 모두가 억울하고 근거가 없는데는 놀라지 않을 수가 없었다.
　더구나 그 속에 위부인이 큰 칼을 쓰고 있었다. 참혹하게 변해 버린

---

*선문(先文)——벼슬아치가 지방 출장할 때에 도착할 날짜를 미리 통지하는 공문.

모습은 차마 눈뜨고 볼 수가 없었다. 죄목을 묻자 대답도 못하는 처지였다. 품으로 원정을 내어 올리거늘 받아본 조웅은 분노가 치밀어 올랐다. 부인의 칼을 즉시 풀게 하고, 댁으로 모시도록 한 다음, 다른 죄수들도 무죄를 선언하고 죄다 방송해 주었다. 그들의 감사는 말할 것도 없거니와 백성들은 비로소 참된 정의를 발견할 수가 있었다. 조웅은 군사를 호령하여 강호자사를 지체없이 묶어 들이도록 했다.

"네놈이 국록지신으로 불측한 죄를 많이 지었으니 아무리 살리고자
 하여도 어찌할 수 없느니라!"

하고 군중에 회시한 후, 내쳐다가 처참하도록 했다. 이에 백성들의 칭송이 자자했다.

조웅은 이러한 처리를 위왕에게 주달하고, 자신은 진사댁으로 갔다. 위부인은 처음 한동안 그를 몰라보았다.

"부인이 오랜 옥중에 고생하시매, 정신이 없어 몰라 보시도소이다.
 소생은 부인댁 은혜 끼친 조웅이로소이다."

위부인은 그제야 자기의 유일한 희망이었던 사위를 알아 보았다. 그러나 한동안은 통곡하기를 그치지 않더니 얼마 후, 차차 혼란한 마음을 진정하면서 전후사를 낱낱이 설명하기 시작했다. 조웅은 정신이 아득해지나 부인을 위로하였다.

"만나볼 날이 있사올 것이니 너무 서러워마옵소서. 소생이 아무쪼
 록 찾아 부인의 원을 풀게 하올 것이니, 소생과 한 가지로 모친이
 계신 강선암으로 가사이다."

하고, 조웅은 말을 맺었다.

조웅은 부인 가정을 죄다 거느리고, 미리 선문을 놓고 강선암으로 향했다. 선문에는 '대국충신 위국대원수 겸 각도안찰사 조웅'이라는 빛나는 이름이 보이고 있었다.

왕부인과 장소저와 월경대사와 그리고, 이 절에 있는 모든 승려들은 선문을 보고 대희하며 월경대사의 선도로 이들 모두가 산정에 올라 빛나는 행렬을 구경하고, 또 산문 밖으로 나가 환영하였다.

이윽고 황금갑주에 삼척검을 들고 금안준마에 앉은 조웅이 당도하

자 모두들 감격하여 말을 잇지 못했다. 조웅과 장소저와의 감격은 더구나 특별한 것이었다. 조웅은 두 부인과 장소저를 별당으로 모시고 그리던 정회와 고생담을 밤이 새도록 이야기하며 못내 반가워했다.

이튿날 조웅은 군중에 분부하여 군사를 편히 쉬도록 하는 한편, 각도 열읍에서 받은 예단과 보화를 들이라고 분부하니 자그만치 열 두 수레나 되었다.

"대사의 은혜 실로 하해 같사오니 공을 다 갚을 길이 없사오나, 우선 약간으로 정을 표하나니 사중에 두고 쓰소서."

하고 월경대사에게 주니 무수히 치사하더라.

조웅은 며칠을 묵은 뒤에 다시 행군의 길에 올랐다. 어머니와 아내와 장모와 월경대사와 그리고, 절에 있는 모든 사람들과 아쉬운 이별을 하고 태자 적소로 향할새 서번국을 지나가게 되었다. 조웅은 전과 다름없이 전로에 *노문(路文)을 놓고 행군을 계속했다. 조웅의 위명을 알고 있는 이곳에도 역시 가는 곳마다 감격의 환희가 끓었으나 그들은 위국에서와는 달리 그 환희에 공포와 불안의 감정이 섞여 있었다. 지난번 싸움에서 자기나라를 패망시킨 용명 떨친 조웅이고, 보니 그들은 다만 무사하기를 바라고 있다는 것이 적절한 표현일지 모른다.

이러한 불안감은 번왕의 경우에도 마찬가지었다. 지난번 싸움에서 죽을 것을 살아온 그는 조웅이 자기 나라를 통과한다는 말을 듣고 전전긍긍해서 정신을 차리지 못할 정도였다. 그러자, 제신이 아뢰길,

"조웅은 탐재 호색한다 하오니, 대접을 잘 하옵고 일색방비를 보내어 천금지재로 만호후를 봉하옵고 유인하옵소서."

한다. 번왕은 용기를 얻어 조웅의 환영준비를 서두르며 기다렸다.

이쯤 되고보니 번성으로 들어가는 조웅의 앞이 얼마나 훤하게 빛을 띠었는가는 묻지 않아도 뻔한 일이었다. 성문을 들어서기도 훨씬 전에 조웅은 번왕이 예를 다해서 보내온 사신의 문후를 받았고, 겸해서 얻기 어려운 천금단자를 받았다. 성문을 들어서자 번왕 자신이 백

---

*노문(路文)──벼슬아치가 공무로 지방에 여행할 때 관리가 이를 곳에 날짜를 미리 알리는 공문.

미 일백 석과 우양을 많이 잡아가지고 와주었다. 그래서, 조웅은 번왕의 친절한 마음을 칭찬하며, 이렇게 말했다.

"지난 일은 각각 그 나라를 위함인즉 어찌 허물하리요. 한번 이별하고 다시 뵈오니 반갑소이다."

"원수는 본래 위국 사람이 아니요, 과인의 소원이 있사와 감히 청하나니 번국이 수소하오나 지방이 천리요, 대갑이 백만이요, 또한 양읍은 명승지지요, 하수가 많으니, 양남후를 봉할 것이니 노(怒)타 말으시고 함께 유하여 패국을 회복하여 주심을 바라나이다."

"지극 용둔지재로 소욕지심을 어찌 감당하오며, 또한 고국으로 돌아가는 길이 아니오니 극히 난처하오이다."

번왕은 낙심해서 돌아갔다. 그러자 제신이 왈,

"절대가인으로 달래시면 어찌 듣지 아니하오리까."

하니 번왕이 옳게 여기고 천하 명기 월대에게 임무를 맡겼다. 천하 명기고보니 인물이 절색임이 틀림이 없고, 번왕이 아끼고 즐길 만큼 노래도 춤도 월대는 천하제일이었다. 이런 천하제일의 미색이 이날밤 조웅의 굳은 마음을 해빙기의 얼음처럼 살살 녹여 줄 것이니, 상춘의 시인 묵객들은 잠시 걸음을 멈추어 삭막한 마음을 즐겨 보는 것도 좋을 법한 일이다.

아무러나 애국적인 중대한 사명을 일신에 짊어진 월내가 난상을 자리고 원수께 뵈온데 과연 천하일색이었다. 원수기,

"네 어찌 왔느냐?"

하고 묻자,

"장군 행차 적막하시기로 위로코자 소인이 국왕의 명을 받아 모시려 하옵나이다."

하고, 가무(歌舞)를 하니 원수 끌려들고야 말았다. 그러나 그 곡조인즉,

산사는 가련지요,
낭란은 제왕취라.

의의한 궁궐은 누를 의지하야 비었는고.
아마도 임자 되고자 하니,
천분인가 하노라

하니 원수 분한 마음이 일었으나 거짓 칭찬하며 또 한 곡조를 청했다.

천금재상 만호후를
노타하여 가지 마오.
오강연월에 초패왕을 생각하면,
평생의 적취지한을 못 잊을까 하노라

모욕과 분노를 억제치 못한 조웅은 칼을 잡기가 무섭게 월대 목을 베어 깨끗이 문 밖에 내처 버리었다. 그는 가인의 아름다운 육체가 그 속에 자기를 부패시키는 악독한 독소를 숨기고 있는 것을 깨달은 것이었다. 이 소식을 들은 번왕은 월대의 실패에다 죄를 주어, 그 죽음에 침을 뱉었다. 그리고, 신하들을 급히 불러 월대의 사명을 대신할 인물을 극히 신중하게 선택하기로 했다.

국내의 미인은 궁중에다 모아 놓았기 때문에 거기서 뽑는 것은 전국에서 뽑는 거나 마찬가지였다. 궁중의 궁녀를 죄다 한 자리에 나란히 세워놓고, 미인대회를 연 다음, 엄중한 심사의 결과, 최후로 하나를 뽑았다. 그것은 금련이라고 하는 거문고를 잘하는 여자였다.

"진심갈력하여 성사케 하라."

하고, 번왕은 애원하듯 말했다.

금련이 수명하고 나와 원수께 헌신하거늘 원수 보니 절세가인이라 묻기를,

"네 나이 몇이냐?"

"십구세로소이다."

이에 원수가 기특히 여겨 앉히고 거문고를 뜯기라 하니 그녀 한 곡 조하는데,

월대월대 만월대야,
일월같이 빛난 충을
청가 일곡으로 네가 어찌 굽힐쏘냐.
미재라 송실지보혜여,
송실지 보혜로다.

노래를 끝내자, 금련은 눈물을 흘리며 말하길,
"소첩은 본래 번국 사람이 아니고, 위국 서강 땅에 있는 두우성의
여식이온데, 일찍 아비 죽삽고, 노모를 데리고 근근 자생하였으나
서번 난중에 모녀 피란하옵다가 어미를 잃었삽고 번국에 잡혀왔사
오나, 원명(怨命)이 일시에 죽지 못하옵고, 노모의 소식을 몰라 주
야로 난망이옵더니 천우신조하사 장군을 맞사오니 어찌 즐겁지 아
니하오리까. 바라건대 원수께옵서는 위국 대원수라, 첩이 따라가
어미 존망의 여부를 알게 하옵심을 바라나이다."
하니 조웅이 궁측히 여기며 모처럼 즐거운 밤을 보냈다. 손해를 본 것
을 번왕 뿐이었다. 이튿날 금련을 데리고 떠나면서 그는 번왕에게,
"관대심을 입사오니 지극 감사하옵거니와 보내신 궁녀는 위국 사람
이며, 또한 제 어미를 보고자 하기로 데려가오니 허물치 마소서."
번왕이 통분을 이기지 못하자 제신들이 아뢰길,
"다시 올 것이니 돌아올 때 잡사이다."
하고 계책을 의논하더라.
조웅은 드디어 태산부 지경에 늘었다. 계량도까지는 아직도 칠십
리나 남았으나 날이 저물어 그대로 머물러 밤을 보내기로 했다. 그러
나 그곳 주민들로부터 태산부 자사가 태자를 죽이러 갔다는 말을 듣
고 놀란 조웅은 미처 말에서 내리지도 못한 채, 군사들은 그대로 머물
러 있게 하고 혼자 계량도로 줄달음질쳐 갔다. 밤은 깊어 있었다. 태
자의 적소는 좀처럼 접근할 수도 없을 만큼 경계가 심하고 장원 밖으
로는 또 수직 군사가 오락가락하고 있었다. 당내에는 등불이 휘황히

밝고, 그 아래로 태자를 따르는 충신들이 무수히 모여 있었으며 그 한 편에 미인 하나가 앉아 거문고를 안고 상별곡을 타고 있었다.

조웅은 어두운 정원 밖에 서서 대충 이러한 상황을 파악하고, 때마침 들려오는 노랫소리를 주의깊게 들었다.

옥도끼 금도끼 양 날 들게 갈아.
베이도다 월궁 계수 베이도다. 무위나니 계량도라.
모시도다 모시도다. 우리 황제 뫼셨도다.
설중매 한 가지에, 광풍 불어 꽃피도다.
모이도다 모이도다, 송조 충신 모이도다.
이년에 성읍하고, 삼년에 성련되니,
어쩌다 걸주풍악 다 쓸어버리도다.
비나이다 비나이다, 하느님께 비나이다.
오늘 밤 오경시를 *함지(咸池)에 머무소서.
묻노라 야(夜) 하시오.
소슬한 바람 일어나며,
열충신 부여잡고 눈물로 하직하니, 미귀혼이 이 아니신가.
바라노니 청산 매화 묘하에 숨겨주오.

미인은 거문고를 놓고 우는 듯했다. 충신들은 저마다 고개를 뚝 떨어뜨리고 움직이지 않는 것이 역시 우는 것도 같았다. 조웅은 어둠 속에서 이러한 비장한 광경을 보고 자신도 모르게 눈물이 솟아 오름을 느끼었다.

그때, 여러 신하들이 일어나 사배하고 물러났다.

이때라고 생각한 조웅은 재빨리 담을 뛰어넘어 나는 듯이 달려가서 태자 앞에 복지하고 사배를 했다.

"소신은 전조 충신 조정인의 아들이옵나니, 태자 옥체 안녕하옵십니까?"

---

*함지(咸池)──해가 진다고 하는 큰 못.

　“그대 귀신이 아니면 어찌 이곳을 왔으리요!”
하고, 태자는 놀라 그렇게 말했을 뿐, 조웅의 손을 잡고 묵묵히 눈물
만 흘리고 있었다.
　“진정하옵소서.”
　“어찌 사지에 왔느뇨?”
하고, 그제야 태자는 한 마디 던지었다.
　“과인은 신운(身運)이 불길하여 명재 금일이라. 생전에 다시 만나기
　꿈 밖이요 옛일을 생각하니 또한 꿈이라. 팔세에 상면하고 이제야
　대면하니 반갑기 예사요 슬픔이 측량 없도다.”
　조웅이 묻기를,
　“저 여인은 뉘라 하나이까?”
　“이도중의 관비라. 이도 별장이 보내매, 저로 더불어 세월을 보내노
　라.”
　“이도 별장의 성명이 무엇이라 하나이까?
　“백성취라 하며, 또한 충신이다. 이리 온 후로는 별장의 관대함을
　힘입어 숙식이 편함에 실로 난망(難忘)이라.”
　태자는 계속해서 고국충신이 따라와 있는 일이며, 내일 진시에 사
약하는 일과 충신들을 나거하는 일이 죄다 태산부 자사의 장문을 토
대로 된 것이라는 이야기를 히며 눈물을 흘리었다. 조웅 또한 슬픔이
측량 없으나 위로하며,
　“지금 일이 급하옵고, 소신이 백 리 안에 둔병하옵고, 태자의 존망
　을 몰라 들어왔사오니 소신이 이제 급히 나가 군병을 거느려 태자
　를 모시러 올 것이니 옥체를 보중하옵소서.”
하고 말하며, 즉시 하직하고 돌아섰다.
　오경에 계명성이 나자, 그것을 신호로 충신들이 태자전에 하직하기
위해 제각기 앞을 다투어 모여들었다. 그러나, 이들은 태자의 밝은 표
정을 보고 놀라지 않을 수가 없었다. 저마다 그 까닭을 묻자 태자는
대답을 매화에게 양보했다. 매화 웃으며 다음의 노래로 대답을 삼았
다.

산중 작야우에 봄소식을 들어보랴.
오며 아니 옴은 설매(雪梅) 네 알리라.
매화야 알련마는 양류 알까 하노라.

그러나, 때는 운명의 진시에 접어들었다. 봉명사신이 약그릇을 내어 오고 충신들은 결박을 당하니 태자가 기대하고, 매화가 노래로 제시한 희망은 좀처럼 오지 않는 듯했다. 한 걸음 한 걸음 죽음으로 접근해 가는 순간은 너무나 냉혹하고 무거웠다. 그때 별안간 말발굽소리가 나고, 회오리바람처럼 담장을 날아드는 물체가 있었으며 번갯불이 번쩍 하였다. 이와 동시에 약사발은 굴러가고, 봉명사신의 머리는 떨어져 나갔으며 결박한 충신들을 풀어 놓으라는 조웅의 호령으로 긴장은 풀리고 격렬한 감격의 도가니로 화해 버리었다. 조웅은 태자전에 복지 사배했다. 태자는 어젯밤과 마찬가지로 놀라며, 눈앞의 사실이 믿기지 않는 듯했다.

"꿈인들 이에서 더하랴 ! 행여 꿈을 깰까 염려하노라 ! "
하거늘 조웅이 위로하고, 결박에서 풀려난 충신들을 죄다 당상으로 영접해 올렸다.

이때, 조웅의 명령으로 행동을 개시했던 군사들이 자사와 각읍 수령들을 제각기 잡아가지고, 고각함성이 천지를 진동하는 가운데, 제각기 앞을 다투어 별궁으로 모여들고 있었다. 조웅은 자사를 필두로 해서, 그 포도들을 죄다 당하에 꿇어 엎드리게 해 놓고 수죄하여, 처참하도록 명을 내리었다. 태자와 충신들은 조웅에게 무수히 치사하며,

"원수의 공은 여천 여해라. 만고에 이런 충신이 있으리요 ! 원수 한 걸음에 태자존망을 구원하고, 백여 인을 살리시니, 그 은혜를 어찌 다 갚으리요."
하였다. 조웅이 태평연을 배설하여 모두 즐길새 충신들도 춤을 추고, 백성들도 노래를 부르며 기뻐했다. 태자는 매화에게 태평곡을 지어

부르라고 분부했고, 매화는 명을 받아 거문고를 퉁기면서, 그 여자는 일생일대의 최대의 걸작을 노래해 갔다. 조웅을 송덕하는 그 노래는 고금의 유명한 이름이 죄다 나오고, 천지간 만물의 최고의 아름다운 명사로 구성되어 있었다. 충신들과 백성들도 이 노래를 배워 익히면서, 즐거운 잔치는 연 사흘이나 계속되었다. 또 이와 함께 창곡을 나누어 도민을 구휼하기도 해서 백성들의 만세소리는 잠시도 떠날 줄을 몰랐다.

조웅은 떠나기 전에 태자에게 아뢰어 자사와 각읍 수령들을 따라온 충신중에서 우선 각각 제수하여 지키도록 했다. 그리고, 자신은 태자와 충신들을 모시고 날을 정하여 그곳을 출발했다. 이때가 삼월 망일이었다.

조웅은 원문과 양문의 두 곳을 거쳐 곧장 번국으로 향해갔다. 한편 번왕은 많은 재물과 양곡과 게다가 그중 무엇보다도 그에게 있어서는 소중했던 절세가인 두 사람을 잃고 복수의 기회를 눈이 빠지게 기다리고 있었다.

그러던 차에 태자마저 동행해 온다는 말을 듣자 제신들을 모아 의논하니 두가지 방법을 아뢰었다. 하나는 태자를 궁중으로 유혹해서 가둬 놓고 목적을 이루어 보자는 것이고, 또 하나는 그것이 아니될 때에는 돌아가는 도중 군사를 숨겨놓고 급습시켜서 조웅을 죽여버리자는 것이었다. 이렇게 되면 대국을 차지할 수도 있고, 지난번 맛보았던 통분을 설원할 수도 있으니 이대로만 한다면 불과 삼일 안으로 눈에 가시인 조웅을 틀림없이 잡을 수 있다고 생각한 것이다.

번왕은 이 두가지 방법을 병행해서 즉시 준비시켜 놓고, 조웅과 태자 일행을 기다리었다.

조웅이 여러 날 만에 번국에 들어오니 번왕이 온갖 예의와 경의를 갖춰서 멀리 십리 밖까지 영접해 주었다. 이쯤 되고보니, 번왕을 본 조웅은 한마디 감사의 인사를 아니 던질 수가 없었다.

"대왕의 옛일을 생각지 아니하고 왕래간에 이렇듯이 관대하시니 미안하오이다."

"병가지분은 일시 전쟁뿐이라. 내 집에 오신 손님을 어찌 박대하리까. 원수는 치사치 마옵소서. 또한 구차하온 것이 있삽거든 청하옵소서. 번국이 비록 가난하오나 족히 당하올 듯하옵고, 군병지강은 열국지최상이매 무슨 염려하시나이까. 일이 있삽거든 번국과 합하오면 어찌 성사치 못하오리까. 바라건대 원수는, 관후하옵신 마음으로 깊이 생각하와 과인의 원을 풀게 하옵소서."

원수가 크게 웃으며,

"대왕의 욕심이 과하도다. 왕래간에 번국 성세를 보니, 지방이 수소(雖小)나, 부국강병 지방이라. 대왕의 평생은 족하옵고, 인국지해가 있지 아니할 것을 무엇이 부족하여 말씀하나이까? 소장이 홀로 애달파 하나이다."

"원수의 말씀이 당연하오나, 자고로 나라를 위하여 전쟁이 있삽거든 원수 말씀 같을진대 군병을 어느 때에 쓰오리까?"

"대왕의 말씀을 듣사오니 욕심이 가득하와 화목치 못하는도다. 나라가 불행하여 역적이 난을 지으며 전쟁이 있거늘 대왕은 부국강병의 기세만 믿고 임자 있는 나라를 탈취코자 하나이까?"

"번국지빈은 비금비석이라. 포원도 적년(積年)이요, 적년도 적년이라. 군사장졸이 다 포원이로소이다."

"국지빈부(國之貧富)와 기기장단(機器長短)을 정제하여 각각 임자를 두었삽거늘, 이제 대왕은 불측지위하고 국지빈부와 기기장단을 마음대로 하려 하시니 천운이 불회하니 임의로 할 바 아니거늘, 또한 홍문연 잔치에 역발산 기개세와 범증의 꾀로도 패공을 죽이지 못하고 천하를 잃었거든, 어찌 번왕은 불의지사를 하려 하오며 나를 대하여 누순공찬(累旬空讚)하오니, 나 또한 번왕 같은 인생을 없애고자 하는 사람이라, 그런 불의지사를 나의 이목에 들리지 마라!"

"소왕의 소원은 범람치 아니하오니, 번국이 편소하기로 약간 지형이나 얻어 장단을 잇고자 함이로소이다."

"나의 대답이 역시 번거하나 학학소기하라. 본래 긴 것을 이으면 어찌 이(利)할 묘책이 있으리요. 번왕의 토지장단을 내 어찌 알 바 있으리요 ! ”

번왕은 처음부터 말을 잘못 시작했다고 생각했다. 호감을 사자고 했던 것이 갈수록 험악해지기만 했다. 그래서, 태자에게 아무 인사도 못한 채 돌아서 버리었다.

그러나, 이미 상대방에게 자기의 심중의 비밀을 비쳐 놓았다고 하는 것은 그는 꿈에도 생각지 못했다. 조웅은 군사들에게 필요한 명령을 해놓고, 태자의 숙소로 찾아가 번왕과의 이야기를 고하니 태자 또한 웃으며,

“그런 반적의 말을 어찌 취사하리요.”
하였다.

번왕은 신하들의 총명한 지혜를 받아 들여, 이날밤 두 가지 새로운 일을 계획했다. 하나는 지모에 있어서 제갈량보다도 낫다고 하는 유명한 도사를 찾아가 꾀를 얻어 온다는 것과, 또 하나는 예정대로 태자를 궁중으로 유괴하자는 것이었다. 전자는 좌복야 주홍달이 맡기로 하고, 후자는 우복야 장간이 맡았다.

이러한 모사가들의 일인지라 계획은 착착 성공해 가는 듯했다. 숙소를 따로 정하고 있던 태자는 자기가 무슨 꾀에 빠져들지 몰라 쉴새 없이 자기를 경계하면서도 결국은 궁중의 잔치에 참가했기 때문이다.

“소왕이 대왕 태자 저하를 모신 바는 한 말씀 비치고자 해서였나이다. 소왕이 다만 여식을 두었으되 인물이 절색이요, 시서를 능통하옵나니 이제 태자께 드리와 기취하심을 바라나니 대왕은 소왕의 말씀을 오언이라 마옵시고, 특별히 허락하옵소서.”
하자 태자는 비로소 자신이 위험에 처해 있는 것을 느꼈으나 때는 이미 늦었다. 와 있다고 하는 말을 믿었던 조웅은 보이지도 아니했고, 또한 불러도 대답 없을 후궁 깊숙한 별당이었기 때문이다. 그는 혼자서 술과 계집과 번왕의 끈기 있는 공세와 싸우지 않으면 아니 되었다.

태자의 저항에 번왕은, 그가 들어있는 방을 밖에서 꼭 잠가버리고 나와 신하들의 중지(衆智)를 모았다. 한쪽에서는 죽여 없애자고 하고, 그런가 하면 다른 한쪽에서는 내어 보내자고 하여 의론이 분분하였

다.

한편 행군에 지친 조웅은 이날밤 일찍 잠이 들었으나, 웬일인지 별안간 눈이 떠졌다.

그는 그길로 태자의 숙소로 갔으나 태자는 없었다. 대경실색하여 매화에게 물으니 매화가 주인의 행방을 아는 대로 설명해주었다. 조웅은 칼을 뽑아들고 궁중으로 향해 갔다.

중지를 모으고 있던 잔칫자리에 달려든 조웅은,

"벌써 죽여 치울 놈을 이때까지 살려두었도다!"

하며 칼을 들어 번왕에게 소리쳤다.

실성해서 죽어가는 짐승처럼 번왕은 비틀대며 뒷걸음질을 치다가 마침내 구석의 벽에 부딪혀 힘없이 주저앉아 버리었다. 이러는 동안 제신들은 언제 어떻게 꽁무니를 빼었는지 한 놈도 보이지 않았다. 좌우 제신들이 없어진 텅빈 실내를 본 번왕은,

"원수는 진정하옵소서! 태자는 별궁으로 모셨나이다."

하고 애걸하며 즉시 인도하나, 번왕의 흉심은 여전하여 그는 마치 미궁을 더듬고 있는 듯했다. 이쪽으로 갔다, 저쪽으로 갔다 우왕좌왕할 뿐 쉽게 태자가 있는 곳으로 인도하지 않는 것이었다. 그리곤 마침내, 태자의 처소를 알 수 없다고 했다. 분기가 머리 끝까지 치밀어 오른 조웅은 칼을 들어 번왕의 목을 날렸다.

번왕은 비명을 지르며 쓰러졌다. 겁에 질린 궁인이 태자의 처소를 알려주었다. 조웅은 그리로 달려가 태자를 모시고 사처로 향했다. 그러자, 아까 깨끗이 꼬리를 감추었던 좌우 제신들이 번왕의 시체 곁으로 모여 들었다. 그들은 시체를 손으로 더듬었다. 그리고, 서로 눈웃음을 치며 눈짓을 했다.

"대왕, 상투만 없나이다!"

하자, 번왕은 소스라쳐 재빨리 일어나 앉으며 손가락을 내보이었다. 손가락이 두 개 달아나 없어지고, 그 피가 용포를 벌겋게 물들이고 있었다.

번왕의 분노는 또다시 절정에까지 폭발해 올랐다. 상투가 잘려지고

손가락이 달아나 없어진 분함을 어디서 찾아야 한단 말인가.

이때 도사를 찾아갔던 좌복야 주홍달이 돌아왔다. 도사는 예의 천기를 얘기하고,

'어느 날 어느 시에는 조웅이가 천하 험관인 연주땅 함곡(函谷)을 통과할 것이니, 그 지리를 이용해서 미리 군사를 묻어 뒀다가 불을 질러 죽여 버리라. 제아무리 조웅이더라도 불에는 어쩔 수 없을 게고, 그렇게 되면 천하를 차지할 수 있다. 그런 연후에 내가 나가서 대왕의 천하 경륜을 도우리라.'

라고 하였다는 것이다. 이에 번왕이 급히 거행하였다.

한편 조웅과 태자는 그날밤으로 출발하려고 했으나, 사십여 명이나 되는 장졸이 노독으로 한 걸음도 걸을 수 없게 되어, 할 수 없이 며칠을 더 묵기로 했다. 회복을 기다리려면 아직도 많은 날이 허비될 것 같아 번국에 군마 삼십필을 요구해보았다. 번왕은 이것에 대답도 않고 응하지도 않았다. 이때까지 버린 재물만 해도 그는 분을 참을 수 없었기 때문이었다. 게다가, 도사의 지혜대로 한다면 조웅을 불에 태워 죽일 날도 얼마 남지 않은 것이 아닌가.

격분한 조웅은 군사를 시켜서 번왕을 잡아 들이라고 호령했다. 그러자 번왕은 할 수 없이 군마 삼십필을 제공해주었다. 조웅은 그 말에 다 노독으로 걷지 못하는 장졸들을 죄다 태워 가지고 번성을 출발했다.

천하의 험관 함곡에 도착한 것은 날도 어둑어둑해 가는 저녁때였다. 지형이 너무도 험하고 한적해서 어두운 밤에 도착한 것이 불안하게만 생각되었다. 조웅은 선봉을 재촉하여 빨리 군사를 몰라고 명령했다. 이때 웬 노인 하나가 그의 앞길을 가로막았다. 갈건야복에 볼품은 없었으나 위엄이 풍기는 노인은 백우선으로 조웅을 제지했다.

그리고 소매 속에서 편지 하나를 내주었다.

'불입 함곡, 삼경하여 포일성화라!'

편지의 내용은 그러한 짤막한 기록뿐이었다. 조웅은 눈을 들어 노인을 보았으나, 노인은 벌써 온 데 간 데도 없어, 다만 놀라고 당황할

뿐이었다. 문득 꿈 생각이 나자 불길하였다.

조웅은 급히 말을 달려 앞으로 나와 군사들에게 각각 명령을 내려 함곡으로 들어간 선봉은 소리없이 뒷걸음질 쳐서 물러 나오라고 하고 밖에서도 적이 간파할 만한 어떠한 행동을 취해서도 안된다고 엄명을 내려 두었다. 그리고, 최후로 후군장 유연에게 함곡 성중으로 들어가 방포 일성을 하고 감쪽같이 도망오라고 낮은 소리로 명령했다.

이윽고 후군장 유연의 방포일성을 신호로, 성중은 대번에 수라장으로 화해 버리었다. 불길은 솟고, 함성은 오르고, 파괴와 단말마의 온갖 비명과 기성이 폭발해 올랐다. 그 무서운 음향은 지축을 울리고, 천지를 흔들어 놓았다. 이윽고 무서운 사지에서 겨우 빠져나오는 적병들을 성문의 좌우에서 지키고 있던 군사들이 잡아들였다. 잠시 후 조웅은 이들을 관대히 처리해서 놓아 보냈다.

"너희를 다 죽일 것이로되, 특히 관서하여 살려 보내나니 돌아가 너희 왕에게 일러라. 연주 자사는 심술이 너의 왕 같기로 군문 효시하였노라고!"

함곡 성중의 참경은 며칠이 지나도 그곳을 통과하지 못하게 할 정도였다. 조웅은 하는 수 없이 길을 돌아 촌간에서 사흘을 묵고, 민심을 안돈하며 위국으로 향해 갔다.

계양에 이르자, 계양 태수는 멀리까지 마중 나와 위국왕의 서찰을 조웅에게 전해주었다. 이곳은 위국 땅이어서 지금까지 번국에서 경험한 위험 같은 것은 하나도 없고, 벌써부터 내집에 들어온 것 같은 기분이었다. 태자와 충신들의 마음은 더구나 그러했다. 이제는 아무런 공포도 불안도 없이 다만 즐거운 마음으로 행군할 수가 있었다.

계양에서의 환영이 그 첫번째 반응이라 해도 좋았다. 위국왕은 서찰에서 태자의 안부를 묻고, 또 조웅의 모친 등을 모시고 있으니 안심하라는 격려를 해주고 있었다. 이로부터 지나가는 곳마다, 환영의 물결은 점점 높아갔다. 위왕은 각도 각읍에 행관하여 특별한 명령을 내려놓았던 것이다. 이윽고 위국에 당도하니 위왕 자신이 멀리까지 나와주었고, 대소 관원과 백성들의 환희와 감격의 만세소리는 온 천지를 뒤흔들어 놓을 만하였다.

　늙은 위국왕은 태자에게 복지 사배를 하고 통곡하니, 옆에서 보기에 눈물이 날 정도였다.

　며칠동안 즐거운 연회는 그치지 않았고 겸해서 이때 번왕은 등창이 대발하여 죽고, 장자 달이 즉위했다는 보고가 들어와 기쁨은 한층 더 하였다. 날이 지나매 일일은 위왕이,

　"방금 태자를 모셨사오니 즐겁기 무궁하오나, 한하는 바는 태자 춘추 성덕하시나 고국에 돌아가셔도 혼처 없사오니 노왕이 다만 여식 둘을 두었으되, 장녀의 나이는 십육세요, 차녀의 나이는 십삼세라. 여러 해를 간택하되 지금까지 정치 못하였사오니, 이제 태자 미혼이옵고, 원수 또한 정하였으나 육례를 갖추지 못하였으니, 노왕의 마음이 장녀는 태자께 부탁하옵고, 차녀는 원수에게 부탁코자 하온대 소견이 어떠하올는지?"

　모두가 옳다고 찬의를 표시하였으나 조웅은 거절하며 말하길,

　"소장은 이미 취처하였사오니 의논치 말으시고, 대왕의 혼인이나 정하옵소서."

한즉 태자에게 주달하자 쾌히 허락했다.

　조웅은 이날밤 집으로 돌아가서 어머니와 장모와 아내가 있는 자리에서 이날 소성에서 있었넌 얘기를 하자 왕부인은 즐겨 아니하시고 장모인 위부인은 인색이 새파랗게 변하며,

　"위왕이 무례하도다!"

하니 장소저 위로하며,

　"위왕 말씀이 불시이사(不是異事)라, 어찌 무례하오리까. 노를 참으소서."

하고 웅에게 말하길,

　"상공이 처첩 두기를 첩을 위하여 사양하였사오나, 대장부 처세함에 유처무첩하오리까. 위왕 차녀를 첩이 보아 정하오리다."

하고, 그 즉시로 시비를 데리고 위국 궁중으로 들어가 두 공주를 보더니 화려함과 덕행이 넘치는지라, 돌아와 실로 적합한 배필이라고 죽

기로써 권했다.

조웅은 마지못해 의견을 받아 들여 위왕에게 이 사실을 알리었다. 위왕이 대회하며 태자와 같은 날로 길일을 잡았다.

궐내에다 대연을 베풀고, 온갖 화려함을 갖춰서 화촉을 밝히니 그 광경은 형언할 수 없었다. 십일 만에 왕부인께 예로써 뵈오니 부인과 장씨는 공주의 손을 잡고 못내 사랑하였다.

태자는 일처 이첩이요, 조웅은 이처 일첩이었다.

조웅의 첩이 되어 번국에서 살아나온 금련은, 또한 조웅의 진력으로 어머니인 양씨와 만나게 되어, 그 기쁨 또한 말할 나위가 없었다. 그러던 어느 날 조웅은 스승을 만나보기 위해 필마단창으로 강선암을 향해서 달려갔다.

부인들마저 위국으로 떠나온 강선암은 이제는 남은 것이라곤 빈 절 터뿐이었다. 조웅은 낙망해서 옛 기억을 더듬으며 이쪽 저쪽을 걸어 보았다. 그러자, 저 편 절벽의 바위 위에서 난데없이 웬 여동 하나가 약을 캐어 담은 바구니를 들고 노래를 부르는데 곡조에 하였으되,

석경에 쫓는 손이 속객일시 분명하다.
팔천병 어디 두고 독행 천리 하는가.
구은을 생각하고 선생을 찾아온들
은대 보필하니, 백운을 잡아 타고 소행이 망망하다.
암상의 저 장군은 갈 길이 바쁜지라,
학산에 유사하니 그리로 갈지어다.

맹랑한 노래였다. 조웅은 만나서 더좀 자세히 알고 싶었다. 그러나, 신비한 여동은 그 노래를 마치고 어디론지 간 곳조차 없었다.

조웅은 재빨리 말에 올라 채찍질을 했다. 길에서 묻자 학산은 대국 변양 땅에 있다는 대답이었다.

변양으로 향해 천리 준마를 몰아 한 곳에 다다르니 저쪽에서 삼척 검을 요하에 차고, 필마단기로 이쪽으로 달려오는 한 사람이 있어 조

웅은 말을 천천히 몰아 그의 옆으로 대고,

"예서 번양이 얼마나 되느뇨?"

하고, 물으니,

"아직도 몇백 리 가야 변양 땅입니다."

한다. 조웅은 그의 행방을 물어보았다. 그러자,

"태산부 계량도로 급히 가나이다."

하였다. 그래서, 짐짓 아무것도 모르는 듯이 이렇게 물었다.

"무슨 일로 가느뇨?"

"계량도에 적거한 송태자께 사약을 가지고 내려간 사신이 간 지 사 오삭이로되 소식이 없사오매, 천자께서 나로 하여금 복명하여 태자 를 사약하고 사신은 잡아오라 하시어 가나이다."

이에 조웅이 노기를 띠며,

"나는 전조 충신 조공의 아들 조웅이라. 역적 이두병과 같은 당류를 어찌 살려두리요!"

하고, 그 말을 끝내기가 무섭게 칼을 들어 내리쳤다.

조웅은 사신의 머리를 말에 매어달아 또다시 천리 준마를 채찍질했 다. 순식간에 변양 땅에 득달하여 촌로에게 학산을 물으니 대답인즉,

"천수동 산골로 들어가 보시오."

하였다. 산은 싶고, 험하여, 설경인 섯이 강선암의 산이나 관산의 몇 배인 듯싶었다.

얼만큼 들어 갔는지도 모른다. 한 군데 올라 서자 소나무밑 바위에 앉아 책을 보는 노승이 있거늘 고깔을 벗어 송정(松頂)에 걸고 책만 보고 있었다. 말을 걸어도 못 들은 척했다. 조웅은 화가 벌컥 치밀어, 칼을 뽑아 치려고 했다. 그제야 질겁을 한 노승은 쪽지 하나를 던지고 바람처럼 날아서 없어졌다. 절벽을 평지로 알고 걷는 걸음이었다. 조 웅은 잠시 쫓다 되돌아와 그 글을 보니 이렇게 씌어 있었다.

'청산묘가 객주거늘, 백운 심어 선경이라. 옥제백이 청유하니, 가 유사어기상이라.'

조웅은 글의 내용을 뜯어 보고, 그 지시에 따라서 바위 옆에 있는

집을 발견했다. 동자가 나와서 시문을 열어주고, 안으로 인도해주었다. 동자의 말로는 천명도사가 왕래하는 집이라는 것이었고, 손님이 오거든 이것을 전하라 하시었다 하면서 편지를 내어 놓았다.

그 글에는,

'급히 학산으로 가서 이두병을 베라!'

라는 단 한 마디의 글이 씌어져 있을 뿐이었다. 그러나, 그 한 마디로 조웅은 충분했고, 온갖 분노와 증오의 감정이 일시에 혈관을 타고 심장으로 흘렀다. 그는 심장이 터져 버릴 것만 같았다.

동자더러 묻기를,

"어디로 가면 학산으로 가며 도사는 어디로 가셨느냐?"

"그 길로 가면 선생 계신 데로 가고, 저 길로 가면 학산으로 가나이다."

하고 동자는 대답했다.

조웅은 도사를 만나보려고 절벽 위로 올라갔다. 그때 난데없이 백호 두 마리가 내달았다. 조웅은 피할 도리가 없을 것 같았다. 얼핏 사신의 머리를 생각하고, 그것을 말에서 떼어 백호들에게 던져 주었다. 두 마리가 그것을 가지고 싸우는 동안 조웅은 재빨리 돌아서서 학산으로 줄달음질을 쳤다.

학산은 점점 깊이 들어가고 사면의 산이 하늘에 솟아 매우 험준했으나, 한 골짜기를 넘어서자 별안간 광활한 대지가 눈앞에 펼쳐져 보이었다. 신비하도록 넓고 그리고, 높은 산으로 사면이 둘러싸인 실로 보기드문 산간의 평야였다. 외부의 세계와는 완전히 절연되어 이 세상의 어떠한 힘으로도 침범할 수 없는 대자연의 요새였다.

그런데 그곳에 수천의 병마가 까맣게 열을 지어 늘어서 있는 것이 아닌가. 그는 바위 뒤로 말과 자기의 몸을 감추며, 잠시 그들을 살펴보았다.

병마가 모여 서 있는 중심부의 전면에 결박지은 죄인 하나를 꿇어 엎드리게 해 놓고 죄목을 들어 꾸짖고 있는 것이 차차 분명해져 왔다. 그것은 사소한 죄인이 아닌 성싶었다. 그때 조웅은 자기도 모르게 한

걸음 앞으로 나섰다. '역적 이두병!'이라는 명패를 보았기 때문이었다. 조웅이 있는 곳에서도 웬만큼 짐작해볼 수 있는 것을 보면 그 글자는 굉장히 큰 것이 분명했다.

그러자, 깊은 산속에 메아리쳐 울리는 우렁찬 음성의 수죄하는 소리가 들려 왔다. 역적이라든가, 무슨 죄라든가, 사약이라든가, 무죄한 백성들이라든가, 태자라든가, 이러한 낱말이 그 중에서도 특별히 조웅의 귀를 울렸다. 그것이 끝나자, 이들은 그 만고의 죄인을 수레에 싣고 명패도 높이 추켜들며 북쪽으로 향해서 행진해가고 있었다. 흥분한 조웅은 천리 준마에 채찍질을 해서 화살보다도 빠르게 일거에 달려 내려갔다. 그의 칼이 번갯불처럼 번쩍하기가 무섭게 만고의 역적인 이두병의 머리는 바람개비와도 같이 허공으로 날아올라 저만큼 지상에 뚝 떨어져 버리었다. 그런데 자세히 보니 그것은 진짜가 아닌 허수아비였다. 조웅은 말에서 뛰어내려,

"소장은 전조 충신 조정인의 아들 조웅이오며, 국외지인으로 불고 참석하였사오니 죄사무석(罪死無惜)이로소이다!"

그제야 망연자실한 상태에서 깨어난 진중 제인이 달려들어 조웅을 단상으로 끌어 올리며 정중히 좌정하게 했다. 그들은 태자가 무사하다는 말을 듣고, 공중을 향해서 복지 사배를 하고 일제히 이렇게 외쳤다.

"명천이 감동허시 우리 대왕의 안녕허심을 오늘날 듣시오니 이제 죽은들 무슨 한이 있사오리까!"

그러나 조웅은 아직 의문을 풀 수가 없었다. 그래서, 좌우를 돌아보며, 대체 어떠한 사람들이 이곳에 모여 있는 것이냐고 물어 보았다.

그러자, 노인 하나가 앞으로 뛰어나오며 조웅의 손을 잡고 감격의 눈물부터 뿌리기 시작했다. 그는 감동이 목구멍까지 치밀어 좀처럼 하고 싶은 말을 못하는 것만 같았다.

"너는 나를 아지 못하리라. 나는 네 모친의 사촌이요, 내 성명은 왕태수라, 네가 어려서 이별하였으니 어찌 알리요. 우리는 이두병의 난을 만나 각기 도망하였더니, 몇 달 전에 이리 기회할새 피란하던

인민이 우리 소식을 듣고 *불기회자(不期會者) 오천인이라."
하고, 그는 입을 떼자 점점 능변이 되며 계속했다.

"옛적 주무왕(周武王)이 벌주(伐紂)할 때와 다름이 없는지라 어찌 반갑지 아니하리요. 그러나 아직 용병지장도 만나지 못하고, 천시만 기다리나니 금일 차사는 모든 충신이 주야 분을 이기지 못하여 거짓 두병의 형용을 그려 우인을 만들어 우선 분을 덜고자 함이다. 다시 묻나니 너는 어디서 장성하였으며, 태자와 네 모친은 어디 계시며, 두병의 환을 어찌 면하였으며, 태자를 어찌 구원하였느뇨?"
하니 조웅 역시 감격해서 노인에게 절을 하며,

"소질이 살아 만나뵈오니 이제 죽은들 무슨 한이 있사오리까!"
하고, 이두병을 피해서 어머니와 단둘이 황성을 빠져 도망쳤다는 얘기부터 시작하여 무슨 곤란, 고생, 공포, 월경대사와 철관도사를 만나 공부를 했다는 것이며, 칼과 말을 얻어 위국을 돕고 서번을 패배시켰다는 것이며, 위왕의 친절이라든가, 계량도에 가서 태자를 최후의 위험한 순간에서 구원하고 모셔왔다는 얘기라든가, 또 그 도중에서의 무수한 사건과 기적, 죄인의 처리, 그리고, 어머니와 태자에 관한 이야기며, 최후로 우연히 천명도사를 만나 이곳으로 오게 된 사연을 차례로 고하니 좌중 제인이 모두 하늘이 감동하셔서서 역적을 소멸하고, 송실을 회복하기 위해 만고에 드문 영웅을 내어 놓았다고 만세를 부르며, 그 소리가 사방의 산에 메아리쳐 천지가 진동하였다.

그들은 이 위대한 장군을 대하여 대사마 대원수로 봉하고, 택일하여 행군을 개시했다. 이때의 조웅의 거동을 보면 머리에 봉천투구를 쓰고, 몸에는 쇠금전포를 입고, 허리에는 보조궁을 차고, 천리용총을 타고, 좌수에 비수를 들고, 우수에 장창을 들고 있는데, 그것은 어떠한 고금의 명장보다도 훨씬 늠름해 보이는 듯했다.

조웅을 최고 지휘자로 해서 그 밑에 새로 정돈하고, 무장한 군사들의 위세도 망명군으로서는 보기 드문 거창한 힘을 과시해주고 있었다.

---

*불기회자(不期會者)——뜻하지 않은 기회에 우연히 서로 만남.

"원수의 행군하는 법은 한신 팽월 같도다!"
하고, 그를 따르던 노소 충신들은 감탄하기도 했다.

이때, 황성에서도 조웅의 정보를 듣고 있었다. 능주 땅에서 조웅의 칼에 쓰러진 황성사신을 수행하고 있던 하졸이 숲속에 숨어 있다가 급히 황성으로 되돌아간 것이었다. 참으로 의외의 정보라, 용상에 앉아있던 이두병은 서안을 탁 치며 깜짝 놀라 일어났을 정도였다. 그는 분기가 등등해서 조정 제신을 불러들여 호통을 치기 시작했다.

"불과 수백 리에 있는 조웅을 잡지 못하고, 또한 천사(天使)를 제임의로 죽였으니 어찌 분치 아니하리요! 이제 조웅을 잡지 못하면 경들을 모두 처참하리라!"
하고, 흥분한 이두병은 최후로 그러한 경고를 내리었다.

그의 아들 이관을 비롯한 오형제 일족도 실로 양호유환(養虎遺患)의 격이 되었다고 후회하고 있었다. 조웅이 일곱살이었을 그때에 없애버렸더라면 이제는 아무 문제도 없을 것이 아닌가. 더구나 그 당시 의논도 했으련만, 조정 제신들은 벌벌 떨기만 했다. 그때 좌승상 최식이,

"복원 폐하께옵서는 조금도 염려 마옵소서. 조그마한 조웅 잡기를 어찌 근심하리까. 이제 무예에 능한 무사를 택출하여 조웅을 잡게 하소서."
하자 황제 또한 이를 옳게 여겨 중랑장 이황에게 일천 병을 주어서 조웅을 지체없이 잡아 올리라고 엄명했다. 최식은 자기의 신임이 증명되어 마음으로 제법 우쭐하기까지 했다.

이러는 동안에도 조웅의 군사는 쉴새없이 최후의 목표인 황성을 향해서 행군하고 있었다.

마을마다 이에 동조하여 대열에 참가해 오는 자들의 수는 헤아릴 수 없을 정도였다.

동관을 거쳐 변양에 들어서자, 그 고을 태수가 군사를 조발하여 길을 막아섰다.

"태수 태원은 빨리 나와 내 칼을 받으라! 나는 송조 충신 조웅으로

서 역적 이두병을 치러 가니, 내 앞을 막는 자는 내 칼을 받을 줄 알라!"

하고, 조웅이 우레 같은 음성으로 호통을 치자 기가 죽은 태수는 칼을 버리고 말에서 뛰어내려 그의 앞에 무릎을 꿇었다. 그 태도는 권력에 아부하는 간악한 벼슬아치의 태도, 그것이었다.

"소장이 과연 알지 못하옵고, 대군에 항거하였사오니 죄를 용서하와 진중에 두옵시면 힘을 다하여 원수의 뒤를 돕고자 하나이다."

하고 복지 애걸하나 웅이 노하며,

"너는 음흉한 흉적이라! 두병과 더불어 다름이 없는 자니 내 어찌 두병의 충신을 살려 두리오."

하고 칼을 빼어들어 그의 목을 쳐버리었다. 그러자, 백성과 군사들의 우레같은 환호가 울렸다. 백성들은 자기들이 참된 주인을 얻었다고 생각했다. 이 때문에 열렬한 장정들이 그의 발밑에 모여들어, 그 수가 너무도 많아 기쁜 비명을 지르지 않을 수 없을 정도였다.

행군을 재촉하여 한 곳에 이르니 군사 천여 명을 데리고 제도로 간다는 사신을 만났다. 이 사신은 공명심이 강하고, 보통 벼슬아치나 다름없이 기회만 있으면 공을 세워 벼슬을 올리고 부귀영화를 대대로 누려 보겠다는 마음이 불 같은 자였다. 이런 자는 때때로 사건을 자기 공명심에 유리하도록 만들고, 선량한 백성들을 짓밟고, 그 송장 위에 올라서서라도 공을 세우려는 데만 급급한다. 이 사신이 바로 그러한 종족의 하나였다.

조웅은 그를 그냥 둘 수가 없었다. 자기를 잡아 대공을 세우고, 이두병의 근심을 덜어 보리라고 크게 호통을 치며 나서는 사신을 그는 삼척검을 휘둘러 단번에 목을 날렸다. 그리고, 이러한 야비한 벼슬아치의 표본을 보라고 하면서 그의 머리를 칼끝에 꿰어가지고 본진으로 돌아왔다.

그중 군사 몇놈이 황성으로 달려 올라갔다. 그들이 어전에 꿇어 엎드려, 숨도 못 쉬고 거의 죽다시피되어 겨우겨우 말을 잇고 있을 때, 서관장 체탐이 급하게 보고해왔다.

"조웅이 군사 팔십만을 거느리고 광음을 치고 서주를 범하오니, 바라건대 황상께옵서는 급히 군병을 보내어 도적을 막으소서 !"

이두병이 놀라 제신을 돌아보며,

"이를 어찌하리요."

하자, 용감한 좌장군 장덕이란 자가 출반 상주한다.

"소신이 비록 재주 없사오나 조웅을 사로잡아 폐하께 바치리다 !"

하거늘 이두병이 기쁜 듯이 미소를 지으며,

"경은 힘을 다하여 조웅을 잡아서 짐의 분을 덜라."

하자 용감한 장덕은 고두수명하고, 어전을 물러나와 곧 군사를 조발해서 행군했다. 충신은 옛날 송실 조정에만 있는 것은 아니었다. 이두병에게 충성과 복종을 맹세한 그들도 당당한 충신이었다.

조웅은 체탐의 보고대로 서주를 향해서 엄엄한 기세로 행군하고 있었다. 도중 제양산 밑에 이르자 산중 깊은 골짜기로 엄신갑에 장창을 높이 든 장수 하나가 뒤에 군사 삼백을 거느리고 급히 쏟아져 내려왔다. 장수는 말에서 내려 조웅 앞에 엎드리었다.

"소장은 전조 충신 강걸의 아들 강백이며, 이두병의 난을 만나 부친을 잃고 주야 사지하옵다가 약간 용맹이 있삽기로 병서를 보아 군사 수백을 얻어 천기를 기다리옵다가 천행으로 원수를 오늘날 상봉하오니 어찌 반갑지 아니하리요. 바라옵건대, 진중에 있삽다가 이두병을 베이 송실을 회복히고, 부친의 원수를 갚긴 비라나이다."

조웅은 곧 말에서 뛰어내려 그의 손을 잡았다. 강걸이란 말을 듣고 더구나 반가운 마음을 금할 수가 없었다.

"그대 부친이 계량도에서 태자를 모시고 있어, 내가 태자를 모시는 한편 같이 모시고 위국으로 왔으며, 기후 안녕하시니 그대는 조금도 염려치 말라."

젊은 강백도 눈물을 흘리면서 감격했다. 죽은 줄로 알았던 부친이 살아 있다니 그로서는 얼마나 기쁜 일인가.

조웅은 이 젊은 애국투사를 선봉으로 삼아 서주로 쳐들어 갔다. 서주자사 위길대라는 자가 삼천군을 휘동(麾動)하고 항거해 나서자 조웅은 강백의 역량을 시험해볼 때가 왔다고 생각했고, 강백 또한 자기가 나서서 싸우겠다고 주장했다. 이리해서, 청령하고 응성출마한 강백은 장창을 높이 들고 곧바로 적진을 향해서 달려갔다.

"나는 선봉장 강백이라 ! 적장은 빨리 나와 목을 높이고 내 칼을 받으라 ! "

이런 호통을 듣자, 위길대도 분을 참지 못하고 달려 나왔다. 두사람은 성난 두마리의 범처럼 맞붙어 싸웠다. 멀리 진중에서 이것을 구경하고 있던 조웅이 본즉 검술에 있어서는 강백 쪽이 월등하게 나았으나, 몸이 크고 힘이 센 것은 아무리 해도 강백이 위길대를 당할 수가 없었다. 싸움이 십여 합에 이르도록 승부가 나지 않자 조웅이 달려나가 눈 깜짝할 사이에 위길대의 몸을 베어 그 머리를 문기에 달아놓고 적에게 시위를 했다. 그러자, 이번에는 아버지를 잃은 위길대의 아들 위영이란 자가 성난 범처럼 내달았다. 그는 신장이 팔척이고, 눈은 방울 같고 얼굴은 먹장 같고, 게다가 아버지로 인한 증오와 분노로 실로 무서운 형상을 하고 있었다. 조웅은 강백을 불러,

"대적하라."

하거늘 백이 대답하고 위영을 맞아 싸우니 먼저 위영이 강백의 말을 칼로 찔러 거꾸러뜨리었다. 격분한 강백이 몸을 솟구쳐 위영의 머리를 베어 버리고, 자기 말 대신 그의 말을 잡아 타고 본진으로 돌아왔다. 자사 부자를 잃은 적의 군사들은 제각기 자기의 목숨만 살리려 도망쳐 달아났다.

조웅은 강백의 용맹을 극구 칭찬하고 승전고를 울리며 행진했다. 관산에 이르자, 거기에는 조정의 대군이 진을 치고 앞을 가로막고 있었다.

조웅은 적세가 컸기 때문에 우선 산을 등지고 진을 치는 한편, 명령이 있을 때까지 꼼짝 말라고 전군에 명령했다. 그때, 적진 중에서 한 장수가 급히 내달아 오며,

"반적 조웅은 빨리 나와 내 칼을 받아라 ! "

하거늘 강백을 내보냈다. 강백과 적장은 거의 십여 합을 싸웠으며, 최

후로 강백의 칼이 번쩍하자 적장의 머리는 벌써 지상으로 굴러 떨어지고 있었다. 강백은 그것을 칼끝에 꿰어 들고 본진으로 돌아왔다. 이런 후 이날은 적진에서 아무런 반응도 없었다. 조웅은 조심스럽게 그것을 지켜보고 있었다.

이튿날 아침, 햇빛이 찬란하게 지상을 덮기 시작했을 때, 적진에서 침묵을 깨뜨리고 장수 하나가 용감하게 달려 나왔다.

"반적 조웅은 빨리 나와 내 칼을 받으라 ! 어제는 우리 진의 작은 장수 하나를 죽이고 승전을 자랑하였거니와 오늘은 맹세코 네 목을 베어 천하를 평정하고, 우리 황상의 근심을 덜리라 !"

하거늘 조웅은 또 강백을 내보냈다. 어제 장수보다도 확실히 센 놈인 것 같았다. 서로는 좋은 적수라고 조웅은 생각했다. 그러나 최후로 강백의 창이 번쩍하자 적장의 투구가 땅으로 떨어져 버리었다. 적장은 당황해서 본진으로 삼십육계 줄행랑을 쳤다.

그러자, 또 한 놈이 고함을 지르며 나왔다.

"반적 조웅아 ! 너는 망명 죄인이다. 여태까지 살려 두었거늘 이렇듯 득죄하니 빨리 나와 내 칼을 받아라 ! 또한 네 아비와 한 가지로 명을 바치라 !"

하는 자는 다름 아닌 용맹 무쌍한 좌장군 장덕이었다. 조웅은 자신이 나가 보려고 생각했으니, 번번이 승리를 한 강백이가 이번에도 우쭐해서 달려나갔다.

조웅은 그대로 지켜보았다. 적장은 과연 대원수답게 지금까지의 어떠한 장군보다도 뛰어난 솜씨였다. 시간이 가매 강백의 형세 급한지라, 조웅은 천리 준총을 채찍질하며 한달음에 달려 나가 강백을 비켜 세우고, 장덕에게 육박해 들었다. 장덕은 말머리를 돌려 도망쳤다. 조웅은 쫓는 척하면서 적진에 뛰어들어 닥치는 대로 밟고 무찔러 없앴다. 용감한 서번의 장수들도 당하지 못했던 저 신출귀몰하는 천신의 술법이 여기서 또다시 재현된 것이었다.

최후로 조웅은 도망치는 장덕을 쫓아 달리니 장덕은 대경하여 달아나는데 난데없는 백호가 장덕의 앞을 꽉 막아 버렸다. 진퇴양난에 빠진 장덕은 마침내 말에서 펄쩍 뛰어내려 조웅 앞에 꿇어 엎드리었다.

"사군사사는 통천하 일반이오니 원수는 생각하옵소서. 죄를 용서하
시고, 강진에 두시면 원수의 뒤를 도와 이름이 천추에 유전하길 바
라나이다."

그때 백호는 어디로 갔는지 보이지도 아니했다. 조웅은 신기한 범
이라고 생각하면서, 장덕을 내려다 보았다.

"네 말이 가긍하나, 흉적 이두병의 죄를 생각하면 너를 어찌 살려
두리요."

하고, 그는 그 한 마디를 던지기가 무섭게 장덕의 머리를 베어 칼끝에
꿰어들고 돌아섰다.

그를 맞이하는 본진의 군사들이 모두 그의 용맹을 우러러보더라.

한편, 장덕에게 대군을 주어 보낸 뒤에 황제 이두병은 눈이 빠져라
고 그 결과를 기다리고 있었으나 체탐이 전하는 급보에는,

"조웅이 서주 칠십여 성을 쳐서 항복받고 관산에 이르러 대진과 합
전하여 대원수 장덕을 베고 물밀 듯이 들어오나이다."

하는 것이었다. 이두병은 풀이 죽어 말할 용기조차도 없었다. 그래서,
제신들을 돌아보며,

"이 일을 또 어이하리요?"

하자 그것을 기다렸다는 듯이 한 장군이 나왔다. 그것은 사마장군 주
천이란 자였다. 장덕과는 원래부터 좋지 못한 사이였고, 서로는 공명
을 다투며, 항상 경쟁심을 가지고 상대방을 깎아내리며, 겉으로보다
도 내심으로 더욱 적대관계를 가지고 있는 터였다.

"장덕은 본래 무식한지라, 제 어찌 조웅을 당하리까. 소신이 비록
재주 없사오나 인검을 주시면 조웅을 사로잡고 폐하전에 바치리
이다."

하자 이두병은 자기 무릎을 탁 치며, 용기를 내어가지고, 즉석에서 주
천을 선봉으로 삼았다.

주천을 선봉으로 삼은 이유는 그의 위에 원수를 두고 대군을 내어
서, 이번에는 좀더 확실한 힘에 의해 조웅을 때려잡으리라는 것이었

다.

　이두병은 대원수로 좌승상 최식을 봉했다. 그리고 용장 천여 명과 군사 팔십만을 사급하며,

　"전장에 나가 남을 경히 여기지 말고 조심하여 대공을 이루고 수이 돌아오라!"

하였다. 대원수 최식은 내심 우쭐해져서 황은이 망극하여 숙배하직하고 어전을 물러나왔다.

　즉시로 군사를 조발하여 발행하니, 조정 팔십만 대군의 위풍은 제법 대단한 바가 있었다. 무기니 무장이니 조웅의 망명군사에 비긴다면 월등히 빛나 보이기도 했다. 더구나 그들은 천자의 군사임을 자랑하기 위해 백성들에게서 거두어 들인 군량과 의복과 재물을 남아돌아갈 만큼 풍부하게 쓸 수도 있는 것이었다. 또 이두병이 친히 나와서 대원수 최식과 선봉장 주천을 환송해주니, 이른바 기치창검은 일월을 희롱하고, 고각함성은 천지를 진동하였다.

　황성을 향해서 무인지경처럼 쳐들어오는 조웅의 군사와 최식은 동관 이쪽 중도에서 대진하게 되었다. 자세히 말하자면, 최식의 팔십만 군사가 산야를 끼고 적절하게 방어진을 치고 있는 곳에 조웅의 군사가 밀고 들어온 것이었다.

　조웅은 직과 대진을 해놓고 직의 형세를 서서히 살펴있다. 팔십만 군세도 컸고, 산야를 끼고 진을 쳐둔 것도 이채로웠을 뿐만 아니라, 좌승상 최식이 대원수가 되어왔다는 것도 이 싸움의 중요성을 인식케 해주었다. 조웅은 서서히 살피면서 작전계획을 마음 속으로 꾸며갔다. 그때, 돌연 적진에서 한 장수가 뛰어나왔다.

　그는 방포일성에 비호처럼 달려오며,

　"반적 조웅은 빨리 나와 내 칼을 받으라!"

하고, 천지가 진동할 만큼 큰 소리로 외쳤다.

　조웅은 강백을 내어보냈다. 열을 뿜는 격전은 수십여 합에 이르러 해가 지고, 밤이 와도 끝나지 아니했다. 그래도 서로는 상대방을 붙들고 열전을 벌이며, 죽일 기회만을 엿보면서 피투성이가 되어 있었다.

조웅은 징을 쳐서 강백을 돌아오게 했다. 강백은 분에 못이겨 본진으로 돌아왔다.

밤이 어두워 더이상 싸울 수는 없었다. 최식의 진영에서는 벌써 승리한 것이나 다름 없다고 저마다 기뻐하고 있었다. 강백 정도의 무능한 장수가 대국을 침범해온다는 자체부터가 커다란 잘못이라고 저마다 한마디씩 던지었다. 강백과 맞서서 싸우고 돌아온 아까의 장수는 자기의 실력을 과시하면서 상대방의 무능 무재를 선전하며 다니었다.

그때 대원수 최식은 좋은 꾀를 하나 생각했다.

"조웅이 수풀을 의지하여 진을 쳤으니 제 어찌 병법을 안다 하리요."

하며, 최식은 화약과 염초를 준비해서 오늘밤 삼경에 적진에다 불을 지르라고 명령했다. 군사들은 그 계략에 과연 제갈량과 같다고 환성을 올리었다.

한편 조웅은 이러한 일이 있을 줄 미리 알고 징을 쳐서 강백을 들어오게 하자, 즉시 작전 명령을 내렸다. 밤은 이미 깊어 아무것도 보이지 않았다. 한쪽으로 적의 방화공작대가 접근해오는 것을 보면서, 그들은 쥐도 새도 모르게 수풀에서 퇴각했다.

이윽고 삼경이 되어 모든 것은 예상대로 되어갔다. 불길이 오르고, 적의 방화대가 화염의 권위에서 철통같이 에워싸고 움직이고 있을 때, 조웅은 천리 준총을 채찍질하여 그 대부분의 머리를 싹 쓸어 버리고 본진으로 돌아왔다.

이때 적의 장졸 중 살아서 도망친 놈이 몇몇 있는 듯했다. 그들이 울며 고하길,

"분명 죽은 조웅이 다시 살아와 장졸을 다 죽이고, 인하여 간 데 없사오니 어찌 두렵지 아니하오리까!"

하니 대원수 최식과 선봉대장 주천이 대경 실색하며,

"조웅은 분명 명장이로다! 죽은 혼백도 장졸을 치니, 만일 살았더리면 환을 당할 뻔했다."

하며 어쨌든 분명 죽었으니 다행이라며 재촉해서 황성으로 급히 승

리의 격서를 올리게 했다. 이유는 이들을 기다리는 황제의 마음에 하루 빨리 기쁨을 주자는 것이었다.

이윽고 진중에서는 술잔치가 벌어지고, 만세소리가 울렸다. 해가 뜸과 동시에 무한한 승리의 기쁨을 안고 개선하자는 것이었다. 그러나, 아침이 되어, 행군의 제 일대가 행진을 개시했을때, 아직도 불이 나고 있는 상림의 뒤로 한 장군이 칼춤을 추며, 천마 용총을 채찍질하여 비호처럼 날아드는 것이 아닌가. 그 뒤로 또한 백만을 헤아리는, 이미 불에 죄다 타버린 줄로 믿고 있던 적병이 마치 여름의 황하 홍수처럼 밀어닥치는 것이 아닌가. 또한 어디선가,

"이두병에게 종사하는 너희놈들은 내 칼을 받아라! 오늘날 너희를
    멸종하리라!"

하는 천둥을 무색케 하는 조웅의 목소리가 그들을 더욱 무서운 공포에 몰아넣고 있었다.

최식과 주천은 진문을 굳게 닫고 한 걸음도 움직이지 못하도록 군사들에게 명령했다. 잠시 후, 용감한 주천이,

"조웅을 잡았다 하고 주문을 올렸더니 이제 조웅이 살았으매 우리
    들은 *기군망상지죄(欺君罔上之罪)를 면치 못할 것이니 다시 주문을
    하사이다."

하니 최식이 나시 주문을 하너라. 그리곤 입술까지 새파래지며,

"이제 조웅을 당할 장수 없으니 항복히여 시느니만 같지 못하도다."

주천이 벌떡 일어서서 칼을 뽑아들며,

"저것을 원수라 칭하리요!"

하고, 말에 오르자 진문을 열어젖히고 내달으며 외치기를,

"반적 조웅은 빨리 나와 내 칼을 받아라! 어젠 천행으로 살았거니
    와 네 명은 오늘 뿐이로다!"

하니 조웅이 내달아 접전하길 십여 합에 주천의 목이 말 아래 떨어지더라. 이에 최식이 항서를 써 가지고 와 꿇어 엎드려 애걸하고 말하기를,

---

*기군망상지죄(欺君罔上之罪)——임금을 속인 죄.

220

“망발상의하였사오니 죄사무석이라. 원수는 관후한 마음으로 생각
하여주사, 잔명을 구할까 하나이다!”
하니 조웅이 최식의 간사함을 꾸짖으며,
“너는 만고 간신이요, 이두병은 만고 역적이라! 내 어이 살려 두리
요!”
조웅은 그렇게 외치며, 그의 머리를 잘라, 주천의 머리와 함께 도망
치는 적병들을 향해서 던져주었다.
이때 황성에서 이두병이 소식을 날로 기다리는데, 어느 날 승전의
격서가 올라왔다. 급히 떼어 보니,
‘승상 겸 대원수 최식은 *근백배돈수상언(謹百拜頓首上言) 우폐하
전에 올리나이다. 소장이 모월 모일에 오산동 관서에서 적군을 만
나 대전하와 이리 이리하여 조웅을 잡고, 승전한 연유를 주달하니,
복원 황상은 염려 마옵소서.’
“원수 한번 가니 반적 조웅을 잡고, 짐의 근심을 더니 어찌 기쁘지
아니하리요!”
감격한 황제는 만조 백관을 돌아보며 기쁨에 넘쳐서 소리쳤다. 그
리고, 그 즉시로 태평연(太平宴)을 베풀게 했다.
태평연이 벌어져서 군신이 승리의 기쁨에 취해 한창 즐길 때, 또 하
나의 급한 주문이 날아들었다.
“승상 겸 대원수 최식은 근백배 우폐하하나이다. 신이 기군망상지
죄를 지었사오니 죽어 마땅하오나 천운이 불행하와 일전 상림에서
조웅을 잡았다 하옵고 승전한 격서를 올렸더니, 이튿날 회군하려
하오매 죽었던 조웅이 와서, 진을 옮겨 쳐 화를 면하고 다시 대전하
오니 황공감달하나이다.”
하였더라 이두병이 아무 말도 못하고 있더니 또 체탐이 급히 들어와
고하되,
“조웅이 대원수 최식과 주천을 죽이고 팔십만 대병을 몰아오니 바
삐 명장을 보내어 막으소서.”

---

*근백배돈수상언(謹百拜頓首上言)──백 번을 절하면서 머리를 조아려 말씀을 올림.

하는 것이다. 이두병의 얼굴은 흙빛으로 변했다. 그는 잠시 후 겨우, 어찌하리요 했으나, 이 참혹한 질문에 누구 하나 대답하는 신하도 없었다.

그때 수문장이 출처를 알 수 없는 장수 세 사람이 인견을 요구하고 있다고 아뢰었다. 황제는 곧 그들을 불러 들여 연유를 물었다.

"신 등은 동해땅에 사옵나니 신의 아재비 태산부 자사로 갔삽다가 반적 조웅의 손에 죽사오매 유부자간에 어찌 놀랍지 아니하오며, 또한 국가위태함을 듣고 신하된 도리로 어찌 가만 있사오리까. 신 등 삼형제 이름은 일대, 이대, 삼대라. 비록 재주 없사오나 조웅은 두렵지 아니하오니, 바라건대 황상은 일지병을 주시면 반적 조웅을 사로잡아 폐하 전에 바치리다."

하자 황제 즉시 그들에게 군사 오십만을 주어 일대는 대원수, 이대는 부원수, 삼대는 선봉을 각각 봉했다.

그리고, 인검을 준 후, 최후로 하교하길,

"경들이 힘을 다하여 천하를 평정하고, 조웅을 잡아바치면 강산을 반분하리라!"

하며 이두병이 친히 잔을 들어 이들 삼형제 장군을 격려했다.

세 장군은 오십만 대군을 휘동하고 즉시 발행했다. 곡강에 이르자, 그들의 옛 스승이었던 도사 하나가 급히 찾아왔다. 도사는 그들의 진군을 막아서며, 군병을 퇴송하고 이대로 산중으로 들이기지고 강권했다. 도사는 삼형제 제자를 무척 사랑하는 듯했다.

"그대들은 망발상의하였도다. 하늘이 그대 삼형제를 내심은 반드시 대사를 당코자 함이거늘 그대들은 어찌 내 말을 듣지 아니하고 다만 출세하려 하는가?"

하고, 도사가 탄식하였으나 삼형제는 도사의 말을 듣지 아니했다. 그들 역시 도사를 존경하고 따르나, 이번만큼은 공명심에 완전히 사로잡힌 듯했다.

"선생은 염려 말으시고, 진중에 동거하여 지모를 가르치소서."

하고, 행군하거늘 도사 다시금 삼형제에게 산으로 돌아 갈 것을 권했다.

　그러나, 일대도 이대도 삼대도 공명심에 취해 버려 이제는 도사의 권고에 화까지 낼 정도였다. 도사는 자기가 아끼는 제자를 단념하지 않을 수가 없었다. 그래서 최후로 그는 이렇게 말했다.

　"그대들은 나를 보지 못하리라 !"

하고 그 길로 동창에다 진을 치고 있는 조웅을 찾아갔다. 그리고 소매 속에서 봉서 한 통을 내어 놓으며,

　"이대로 행하라. 나는 세상에 유할 사람이 아니라."

하고 홀연히 없어지더라. 조웅은 하늘을 향해 무수히 사례하고 도사가 남겨 놓고 간 봉서를 급히 뜯어보았다.

　'일대 진중에는 불입 진중하고, 이대 진중에는 *용백마혈인검하며, 송축귀문하고, 삼대 진중에는 불조 삼대지좌하라."

　조웅이 이러한 글을 보고, 일변 의심하고 일변 기뻐하더라.

　어쨌든 도사의 비계에 의해서 하나 하나 처리했을 때, 그는 새삼스러이 그 신비한, 정체를 알 수 없는 도사에게 감사를 드리지 않을 수 없었다. 일대의 경우는 그가 적을 위해서 만들어 놓은 함정에다 빠뜨려서 자승자박의 결과를 만들어 버렸고, 이대의 경우는 백마의 피를 칼에 바르고 축귀문을 읽은 뒤 비로소 죽일 수가 있었고, 삼대의 경우는 그의 약점인 오른쪽을 치고 왼쪽을 조심스럽게 피해서 머리를 베었다. 조웅이 삼대를 다 물리치고 기세등등해 황성으로 들어가니 그가 이르는 곳마다 주검이 무수하더라. 이때 체탐이 급고를 올리길,

　'조웅이 일대, 이대, 삼대를 다 죽이고 짓쳐 들어오니 복원 황상은 이 위급한 환을 막으소서 !'

하니 황제 이두병은 절망을 느꼈으며 황제와 마찬가지로 대신들도 똑같은 절망을 느끼고, 죽음을 내다보고 있었다. 이윽고 이두병이,

　"경 등은 비계를 써서 나의 근심을 덜라."

하고, 최후의 침묵을 깨뜨리고 한 마디 던졌으나 제신들은 묵묵부답으로 있기만 했다. 그때 한 신하가 출반하며,

---

＊용백마혈인검──백마의 피를 칼에 바름.

"일대, 이대, 삼대 등 삼형제가 출천지장이라도 조웅의 손에 죽었사
오니, 이제는 그를 당할 무사 없삽고, 명장이 또한 없사오니 항복
함만 같지 못하나이다."
하더라.

이때 서관장이 또 다른 격서를 급히 올려왔다. 황제가 부들부들 떨
리는 손으로 그것을 받아 보니,

'중군 대사마 대원수 겸 신병대장 조웅은 이두병에게 부치나니, 하
늘이 나를 명하사 너를 죽여 만민을 안정하고 송실을 회복코자 하
와 신병 팔십만을 거느리고 반적에게 격서를 전하나니 빨리 나와
대적하라! 만일 두렵거든 항복하여 잔명을 보존하라!'
하였다. 태자 이관이 옆에 있다가 이런 말을 아뢰었다.

"폐하는 근심치 말으시고 지모 장략 있는 장수를 택출하여 선봉을
삼고, *자장격지(自將擊之)하옵소서. 제신은 *난신적자라 보처자하
기만 생각하옵고, 위국충정이 없사오니 어찌 절통치 아니하오리까.
국가를 평정하고 역률도 다스리옵소서."

황제는 아들의 의견을 받아들여, 최후로 택출을 해보았으나, 누구
하나 응낙하는 자가 없었다.

분격한 이관 형제는 이 비겁한 인간들을 씨도 말려 버리리라고 마
음으로 벼르고 있었다.

이날 밤 승상 황덕이 반조백관과 너불어 의논하며 말하길,

"국가 존망이 *비조즉석이라! 이제는 아무리 하여도 살 길이 없는
지라, 그대들은 어찌하려 하느뇨?"

"우리는 무계로소이다. 승상은 무슨 계교 있나이까?"

황덕은 칼을 뽑아 서안에 꽂으며,

"그대들은 정녕 내 말을 좇으려느뇨?"

"승상의 말씀이 당연하온데 듣지 아니하오리까?"

---

*자장격지(自將擊之)—— 스스로 군대를 이끌고 나아가 싸움.
*난신적자—— 나라를 어지럽게 하는 신하와 반역하는 불충한 사람.
*비조즉석—— 아침이 아니면 저녁이라는 뜻으로, 시기가 임박했음을 이르는 말.

"우리 모두 중에 용맹이 있는 무반 장수 육십여 명을 택출하여 가만히 궐내에 들어가 황제와 황자 오형제를 다 결박하고 조웅에게 드리면 우리는 일등공신이 될 것이니 이 꾀 어떠하뇨?"

"차사는 실로 상책이로소이다!"

이날밤 삼경을 중심으로 거사는 성공하고, 이튿날 아침 이두병과 그의 아들 오형제를 수레에 높이 싣고, 조웅과 조웅의 군사를 환영하러 가는데 털끝만한 차질도 없었다. 믿었던 도끼에 발을 찍혔다는 말은 바로 이런 경우를 두고 하는 말이 아닌가.

아무러나 이두병과 이두병의 아들들은 아무런 저항도 못하고 잠옷 바람으로 끌려갔다. 이에 반가워한 것은 누구보다도 도성의 선량한 백성들이었다.

자기들을 지배하기 위해서 온갖 잔인한 권력과 학정으로 못 살게 굴던 이두병이 사로잡혀 간다는 말을 듣고 그들은 운무처럼 모여 들었다. 그 감격과 기쁨은 무어라고 형용할 도리가 없었다.

조웅과 조웅의 군사가 강을 건너 황성 어구에 왔을 때, 군중은 그 감격과 환희의 최고 절정에 있었으며, 그 맨 앞에 이두병을 잡아온 대신들이 무릎을 꿇고 항복의 예를 표시하고 있었다.

"소신들은 기군망상지죄를 지었사오니 죄사무석이로소이다! 그때를 당하와 이두병의 형세를 당치 못하고 참례되었사오나, 매일 송태자를 생각함에 일구월심이었더니 천행으로 원수 오신다하매 범죄불고하고 이두병 부자를 결박하여 바치나니, 복원 원수께 소신 등 잔명을 보존할까 바라나이다."

한다. 조웅이 군사를 호령하여 죄인을 나입하라고 소리쳤다. 그리하여, 계하에 꿇어엎드리게 해놓고 심문한 후, 죄인을 결박지어 황성으로 끌고 들어갔다. 옥에 가둬 두었다가 나중에 태자가 돌아온 뒤에 처형하자는 생각이었다.

장안에 들어온 조웅은 백성을 안돈하고 자기가 모시고 온 충신들에게 도성을 지키게 한 다음, 자신은 이내 태자를 모시러 갔다.

태자와 위국왕과 충신들은 기뻐 어쩔 줄 모르며, 조웅을 칭찬하였다.

이튿날 환궁의 길에 오른 태자의 행렬은 이러했다.

강백이 삼천군을 거느리어 전배가 되고, 태자는 연을 타시고, 황후와 모부인, 위부인, 그리고, 장씨는 금정을 타고, 금련 모녀는 교자를 타고, 조웅 자신은 팔십만 대군을 거느려 후배되어 갔다. 위국왕은 이들을 백리 밖까지 환송해주었다. 그 장엄한 광경은 고금에 예가 없을 정도였다.

황성에 들어왔을 때, 백성들의 감격이 또 한번 폭발했다. 만세소리가 천지를 진동했다.

태자는 곧 즉위하고, 이두병 일당을 수죄하여 금문 효시를 했다. 그 연유를 제국에 반포하도록 하시고, 그런 후에 황제는 황극전에 전좌하시고 태평연을 설하시었다.

출전 제장의 공로를 논하실 때 황제는 우선 조웅을 번왕으로 봉하시었다. 부인 장씨로 인위왕비를 봉하시고 조웅의 모친 왕부인은 정부인, 외숙부 왕태수를 우승상, 강백의 아버지를 좌승상, 강백은 대사마 대원수를 봉하시고, 또 다른 장군들도 차례로 공을 들고, 군졸에게도 천금상에 만호후를 봉하시었다. 그것이 너무도 공평하고, 후한 것이어서 누구 하나 불평하는 자가 없었다.

황제는 또 황딕을 비롯한 전조 제신들은 죄다 능지처잠하시었다. 이런 후, 조웅은 봉시인 번국으로 떠나게 되있는데, 황제는 조웅의 손을 잡으시고 옥루를 흘리시며,

"짐이 경을 만리 밖에 보내고 어찌 잊으리요. 일년 일차씩 조회하라!"

조웅은 감동해서 숙배하직하고, 가솔을 거느리고 번국으로 돌아가 왕화(王化)를 펴며 민정을 살피니, 만민이 태평가를 부르며 성덕을 다 일컬으며,

'천세 만세하옵소서.'

하더라.

작 품 해 설

■ 유충렬전(劉忠烈傳)

이 작품은 중국 명(明)나라 때를 배경으로 한 영웅소설로서, 가장 널리 애독된 고전소설의 하나이다. 이 작품에는 다른 영웅소설에서 흔히 볼 수 있는 영웅의 연애담은 찾아볼 수 없다. 영웅 유충렬(劉忠烈)이 간신에게 모해를 받지만 중국을 침공한 호군과 역적을 격파하고, 위기에 빠져 있는 황제를 구출하는 무용담이 주를 이루고 있다.

다른 영웅소설과 마찬가지로, 이 작품에서도 주인공을 영웅화시키는 과정으로서 산사에 들어가 도승을 만나 무술과 도술을 습득게 하고 있다.

주인공이나 가족들이 부처님의 가호를 받아 무사히 피란하고, 부처님의 영험에 의하여 주인공이 탄생하고, 도승의 지도를 받아 주인공이 활동하고 있는 것 등을 보면 불교사상이 뒷받침되어 있다. 또 주인공이 국가와 군주에 대하여 충성을 다하고 부귀와 공명을 일세에 누리는 것을 보면, 유교의 윤리사상과 공명주의를 표현하고 있음을 알 수 있다.

주인공 유충렬이 필마단기(匹馬單騎)로 생명을 유지하고, 적군 속에 뛰어들어 수만 대군을 격퇴하고 위기에 빠져 있는 황제를 구출한다는 통쾌한 무용을 잘 묘사해 놓았다. 남아로서, 영웅으로서 이 이상의 영광은 없으리라. 만인이 우러르며 부러워할, 영웅에게 돌아가는 영광과 칭송은 오직 전쟁을 통해서 얻어지는 것이다.

임진왜란과 병자호란을 치른 이조시대의 사람들은 이러한 영웅소설을 읽음으로써 정신적 위안을 얻었으리라.

〈동국대교수　김기동〉

■조웅전(趙雄傳)

이 작품은 중국 송나라 때를 배경으로 한 영웅소설이다. 전반에서는 어린 주인공과 그 모친과의 고난에 찬 망명생활과 아울러 홍안소년으로 자란 주인공의 연애담을 그려 놓았고, 후반에서는 주인공 조웅(趙雄)의 영웅적인 무용담을 그려 놓았다.

작품의 내용을 요약하면, 황제가 죽자 간신이 황태자를 축출하고 황제의 자리에 올라 있지만, 주인공 조웅이 장성하여 영웅적인 행동으로 그 황제를 죽임으로써 일시적으로 끊어졌던 송조(宋朝)를 회복시킨다는 것이다.

이 작품 역시 주인공의 영웅적인 활동이 도술의 도움으로 표현되어 있다. 도술을 쓰지 않고는 초인간적인 활동을 할 수 없기 때문이다. 이러한 표현법이 고전소설 작가들의 공통적인 현상이고 보니 표현상의 특색은 찾아볼 수 없다.

이 작품의 특색은 전반의 내용인 연애담에 있다. 주인공 조웅이 훌륭한 사윗감 맞기를 갈구하는 장진사 집에 가서 그의 딸 장소저와 사랑을 속삭이게 되고, 둘만의 기약으로 백년가약을 다짐한다. 어머니를 찾아서 떠난 조웅을 연모하던 나머지 병을 얻은 장소저는 사경을 헤매게 된다. 산사에서 공부하던 조웅은 스승의 지시로 산약을 얻어서 장소저를 소생시킨다. 조웅이 다시 산사로 떠난 후, 장소저는 그곳 칙사의 마수를 피해 망부의 유언에 따라 몰래 집을 떠나 조웅의 어머니가 의지하고 있는 산사로 가서 나중에 조웅과 만나게 된다는 줄거리이다.

이와 같은 주인공의 연애담과 무용담을 보면, 가장 전형적인 영웅소설이라 하겠다. 동양적 영웅의 생애를 잘 형상화한 이 수작은 독자들에게 진진한 흥미를 불러 일으킬 것이다.

〈동국대교수　김기동〉

필독정선 **한국고전문학** 8

初版 發行●1994年		5月	25日
重版 發行●2002年		2月	25日

監 修●張　德　順

發行者●金　東　求

發行處●明　文　堂

서울특별시 종로구 안국동 17~8

대체　010041-31-001194

전화　(영) 733-3039, 734-4798

　　　(편) 733-4748

FAX 734-9209

Homepage www.myungmundang.net

E-mail　　om@myungmundang.net

등록　1977. 11. 19.　제1~148호

●낙장 및 파본은 교환해 드립니다.

●불허복제·판권 본사 소유.

값 5,500원

ISBN 89-7270-181-5　04810

ISBN 89-7270-007-X(전12권)

新譯
後三國志

인간 군상의
다채로운 대서사시

보라! 천추의 한을 품고
불모의 땅으로 피했던 촉한의 후예들이
다시 칼을 갈고 힘을 길러 중원에서 벌이는
지혜와 용맹의 각축전을……

제1권 망국원한편　제4권 진조멸망편
제2권 와신상담편　제5권 권세변전편
제3권 촉한부흥편

李元燮 譯/신국판/전5권

新譯
反三國志

모든 正史는 거짓이다!

反三國志는 正史의 허구를
날카롭게 파헤친
三國志 속의 반란이다.

역사의 수레바퀴가 어디로 굴러가는지
그 누구도 알 수 없다.
단지 우리는 예측할 뿐이다.
전후 사백 년을 거쳐 번영을 누린 한제국도
후한 말 쇠퇴일로를 걷게 되는데……

周大荒 著/鄭鉉祐 譯/전3권

小說
楚漢誌

역사 속의 명작!

역사의 뒤안으로
사라져 간 영웅들

바야흐로 수많은 영웅 호걸들이
우후죽순처럼 일어나 천하의
패권을 놓고 다툴 때
역사의 수레바퀴를
돌려놓은 자는 누구인가?

金相國 譯/신국판/전5권

儒林外史

사회, 정치풍자소설의
古典 유림외사

《阿Q正傳》의 작가 루쉰이
중국 풍자소설의
효시라고 극찬한 《儒林外史》!
《삼국지》·《수호지》를
능가하는 다양한
인간군상들의 활극장!

중국 풍자소설의 진수!

부귀공명의 언저리를 장식하는 아부·교만·권모술수,
그리고 그 속에 우뚝 선 청아한 인격자들!
유림외사는 인간이 보여줄 수 있는 최고의 아름다움과
추함에 대해 풍자의 칼을 대고 있어, 개인주의의 첨단을
달리고 있는 현대인들에게 깊은 감동과 지혜를 준다.

吳敬梓 著/陳起煥 譯/신국판/전3권

后宮秘話

삼천삼백년의 장구한
중국역사를 화려하게,
피눈물나게 장식했던
후궁·궁녀들의
사랑·횡포·애증, 그리고
권모술수의 드라마!

경국지색들의 실체 해부

중국의 역대 제왕들은 어느 궁녀를 사랑해야 할지 몰라
기상천외의 방법들을 생각해 냈고, 후궁과 궁녀들은
제왕들의 눈에 들기위해 눈물겨운 사투를 벌이게 된다.
은나라의 '달기'에서부터 청말의 '서태후'까지,
역대 왕조의 흥망에 지대한 영향을 끼쳤던 여인들의
파란만장한 일대기!

成元慶 編著/신국판/전3권